贾平凹研究 2

王春林 谷鹏飞 主编
杨辉 副主编

陕西师范大学出版总社

图书代号：WX22N0134

图书在版编目（CIP）数据

贾平凹研究.2 / 王春林，谷鹏飞主编. 杨辉副主编. —西安：
陕西师范大学出版总社有限公司，2022.10
ISBN 978-7-5695-3175-6

Ⅰ. ①贾… Ⅱ. ①王… ②谷… ③杨… Ⅲ. ①贾平凹—文学研究—文集 Ⅳ. ①I206.7-53

中国版本图书馆CIP数据核字（2022）第167684号

贾平凹研究 2
JIA PINGWA YANJIU 2

王春林　谷鹏飞　主编　杨　辉　副主编
────────────────────────────────
出版统筹 / 刘东风　郭永新
责任编辑 / 宋媛媛
责任校对 / 彭　燕
封面设计 / 张　通
出版发行 / 陕西师范大学出版总社
　　　　　（西安市长安南路199号 邮编710062）
网　　址 / http://www.snupg.com
印　　刷 / 中煤地西安地图制印有限公司
开　　本 / 889 mm×1194 mm　1/16
印　　张 / 8.5
字　　数 / 260千
版　　次 / 2022年10月第1版
印　　次 / 2022年10月第1次印刷
书　　号 / ISBN 978-7-5695-3175-6
定　　价 / 45.00元
────────────────────────────────
读者购书、书店添货或发现印装质量问题，请与本公司营销部联系、调换。
电话：(029) 85307864　85303629　传真：(029) 85303879

编 委 会

名誉主编：王德威

主　　编：王春林　谷鹏飞

副 主 编：杨　辉

编　　委（按姓氏笔画排序）：

丁　帆　王　尧　王双龙　孔令燕　白　烨　朱寿桐　刘炜评

孙　郁　李　浩　李　震　李国平　李继凯　李敬泽　杨乐生

吴义勤　汪　政　张学昕　张清华　张新颖　张燕玲　陈思和

陈晓明　罗宾·吉尔班克　季　进　周燕芬　孟繁华　胡宗锋

南　帆　郜元宝　段建军　阎晶明　韩春燕　韩鲁华　程光炜

谢有顺　穆　涛

目录 CONTENTS

特稿

001　丁　帆　不离不弃文友缘

综合研究

009　廖高会　平民视角下主体性的反思、批判与重建——论贾平凹长篇小说的主体书写

021　张慧敏　重访"商州"：贾平凹商州系列作品中的地方性问题之考察

027　王云杉　生态文学视野下的贾平凹新世纪小说创作

036　樊　娟　贾平凹小说叙事的外缘影响与现代成型

文本细读

045　张光芒　欲望时代的海市蜃楼及其坍塌——评贾平凹长篇小说《暂坐》

053　徐　勇　乌托邦、恶托邦与返乡叙事——论贾平凹的长篇《极花》

059　李　芸　人是怎样退化和毁灭的？——论《暂坐》中海若的白日梦兼论作品主旨

064　许永宁　论贾平凹《山本》的言"志"旨趣

《秦岭记》研究

071　张　娟　张丽军　笔记小说的当代新书写及其人文之思——读贾平凹《秦岭记》

076　王若冰　一座山岭本体世界的灵性抒写——《秦岭记》阅读随记

083　何亦聪　《秦岭记》的读法，兼谈笔记小说的古典性问题

089　刘　超　横看成岭侧成峰——《秦岭记》的一种读法

批评圆桌

095 罗文婷　秦岭：自然灵性与世俗人性的共生地带——关于贾平凹《秦岭记》

098 洪伊琳　来去之间：志怪志人之下的秦岭命运思虑

100 何　烨　电影化叙事下的传奇与现实——关于贾平凹的小说《秦岭记》

102 龚涵月　原始性的沉落与打捞——《秦岭记》中的自然人性映射

105 赵卓然　山野表达下的失落与坚守——读贾平凹《秦岭记》有感

108 练　韬　秦岭：一场生态的游戏——生态关怀视域下的《秦岭记》

110 张雨荷　《秦岭记》：灵魂在山林深处

书画研究

112 史星文　书画贾平凹

戏曲改编研究

115 马聪敏　杨　佩　文本再造、意义增值、舞台思维——论贾平凹《秦腔》的戏曲改编

传记研究

119 孙立盎　深耕于古典文学之沃土——《贾平凹文学纪传》第五卷节选

研究综述

125 于洁茹　传统与现实对话的多重可能——2021年贾平凹作品研究述评

不离不弃文友缘

丁 帆

余生有限，相见亦难别亦难，在同庚的文友中，平凹算是一个与我历经磨洗交往弥久的老友。名声显赫时不媚，众声诽谤时不弃，也许这才是衡量情谊的标准。

1979年年底，《文学评论》编辑部拟定了一个评论家跟踪作家的研究计划，让我挑选一位年轻作家作为跟踪研究对象。因为有着刻骨铭心的六年插队农村的经历，后又从事中国乡土小说研究，所以在几十个中青年作家中，我决定从中国乡土小说领域遴选一位青年作家作为跟踪研究对象。文学所的前辈老师说，1978年获得全国优秀短篇小说奖的作家中有两个贾姓青年作家，一个是贾大山，一个是贾平凹，正好他俩都是乡土小说创作新锐。我说，贾平凹是一个有前途的文学怪才，我就选他为追踪对象吧。《文学评论》编辑部的老师很快就帮我联系到了贾平凹。我便请贾将他所有作品的目录寄给我，于是，我就收到了他的第一封用练习簿纸写来的信件，其漂亮工整、一笔不苟的钢笔字让我怦然心动。

很快，我就撰写了《谈贾平凹作品的描写艺术》一文，发表在《文学评论》1980年的第四期上，同年"人大复印报刊资料"第七期也转载了此文。从此，我们就开始了长达四十多年的联络。

从那时起我便感觉平凹的作品与众不同，他往往与当时的文学潮流背道而驰，充满着逆思维意识。当"伤痕文学"流行时，他就写人性的真善美，《满月儿》就是对那个苦难时代中乡村美丽女性形象的塑造。与其说平凹是如曹雪芹那样去抒写"水做的女人"，还不如说他是对孙犁《铁木前传》中最丰满的人物形象小满儿性格的一种放大与补充，其深刻的含蕴就在于从历史的暗隅里发现人性的光芒。而当文学思潮转向改革题材书写时，他却写出了发掘人性深处阴暗面的《二月杏》和《晚唱》这样令人沉思的力作。于是，我便更加认定他是一个有着巨大潜力的作家。

那时我还在扬州工作，每每收到平凹的来信都很兴奋，虽然我始终不能理解他为什么总是用那种从练习簿裁下来的纸写信，而且总是写得密密匝匝，但我想，这也许是经历过那个时代苦难生活的读书人因节俭留下的印迹吧——敬畏纸张是传统读书人的美德。

那时我们谈论的主题多为他新近发表和出版的作品与书籍，我常常毫无顾忌地畅谈自己并不深刻的观点，而他总是以一个谦谦君子的姿态倾听，并客客气气做出应许与宽容的回答。

那时，他每出版一本新书都给我寄来一本，每次拿到他的新著我都欣喜若狂，连夜阅读。如1984年出版的那本薄薄的散文集《月迹》，我也是一口气读完，而且翌日就在写作课上向学生解析这篇文章之妙处。这么多年，我曾经在许多种大学语文和中学语文教材中推荐这篇范文。那时，我遐想，西京静虚村里正在写作的贾平凹和扬州瘦西湖畔正在教书的我，是否有一种心灵感应呢？

无疑，20世纪80年代初期，贾平凹还在一种受传统文化统摄和熏染的环境中书写和挣扎。没有新的文化思潮和文学思潮的推动，任何一个作家都不可能走得很远，就像孙犁在给《月迹》作序时所说的那样：

"贾平凹是有根据地,有生活基础的。是有恒产,也有恒心的。他不靠改编中国的文章,也不靠改编外国的文章。他是一边学习、借鉴,一边进行尝试创作的。他的播种,有时仅仅是一种试验,可望丰收,也可遭歉收。可以金黄一片,也可以良莠不齐。但是,他在自己的耕地上,广取博采,仍然是勤勤恳恳,毫无怨言,不失信心地耕作着。在自己开辟的道路上,稳步前进。"是的,他的勤奋和天分是具备了,犹如有了"地利"与"人和"条件,独缺"天时"就无法成功一样,只有等到了成熟的时机,其创作的巨大能量才能瞬间爆发出来。

大时代的转变何时到来呢?

改革开放的疾风暴雨给贾平凹的创作转型带来了时代的契机。

80年代中期,当我看到他发表了一批反映在改革开放中农村人性异化的中短篇小说时,感到十分兴奋,预感到他创作的高峰期到来了。果然,一连串的中短篇组合拳,让我看得眼花缭乱。起先,其节奏还较舒缓,记得我还将他与我关于《小月前本》的讨论信件发表在了《钟山》杂志上。但是,随着《鸡窝洼的人家》《远山野情》《天狗》《冰炭》的发表,尤其是《腊月·正月》的发表,以及长篇《商州》《古堡》的发表,其创作的节奏便越来越快,开始引起文坛较大的反响,这让我看到了平凹敏锐的观察能力和对人性在大时代转型时的细致变化的深刻思考。更使我兴奋的是,我确信我选择跟踪的作家是对的,他将成为中国文坛一颗冉冉升起的新星,因为这些作品均被即时收入了各种当代文学史评价体系中,作为转型期中国乡土小说的典范作品被评判。

1985年,中国社科院文学研究所举办了俗称"黄埔一期"的首期文学评论进修班,让我和李明泉担任班长,那时,贾平凹的作品已成为大家课上讨论热议的范本了。从昌平县郊赶到城里要骑很长时间的自行车,我在小城的报刊亭里买了一本刊登了贾平凹第一部长篇小说《商州》的杂志,回来后大家连夜传看,通宵阅读讨论。因为熄灯问题,王干和同寝室的室友吵将起来,差一点老拳相加。可见那个时代人们对读书的认真和刻苦,如今,能够完整读完一部长篇小说的读者尚有几人呢?即便是专业评论家和批评家,也是囫囵吞枣、一目一页地扫过而已。《商州》是贾平凹的第一部长篇,其叙事结构是建立在一个老套的爱情故事之中的——一个卡西莫多与爱斯梅拉达式的中国乡村叙事,但是,看似恪守传统的贾平凹,却也汲取了"拉美爆炸后文学"大作家略萨结构现实主义的创作方法,让小说充满了艺术的张力。这又一次让我对贾平凹刮目相看,感觉到了他在"拿来主义"的借鉴与模仿中的那种大胆与生涩——那硬性插入整体故事结构中的一个个风俗段子充满了艺术的反差效果,尤其是那个进城拍订婚照的笑料让我久久不能忘怀,冷幽默中透露出来的是一个时代的反讽,读者只有用内在的眼睛才能看见它的内涵。

可以看出,从1985年贾平凹在《人民文学》杂志上发表中篇小说《黑氏》开始,到后来的几个中短篇的尝试,比如《天狗》《人极》等,对性意识描写的觉醒,成为老贾小说一个由隐秘到显现的新看点。殊不知,这正是作者"穿着性的外衣"来描写人性深处的玄机所在,无疑,这也是为后来震惊文坛的长篇小说《废都》做题材、主题和艺术上的准备的试水之作。多少年以后,当一个女生问贾平凹为什么净写这种下三烂的东西时,我却对一个时代的文青感到深深的悲哀,因为她只能看见作品的表层结构,而无法理解作品的深意所在。性描写只要不是为了刻意满足读者赤裸裸的欲望需求,而是为了表达人在下意识中所表现出的本能是有指向的,隐含着作家对所要描写的性之外的社会属性表达,那么这样的性描写就是小说艺术不可或缺的重要元素,只是各个作家的表现方式和描写程度有所区别而已。这也就是近百年前茅盾先生在总结中国现代小说与世界接轨的问题时,提到小说必须具备的重要元素——"穿着恋爱的外衣"去表达人物内心世界的复杂性——他在自己早期的创作中充分体现了这种描写在小说创作"曲笔"中的重要性。像《蚀》三部曲和短篇小说集《野蔷薇》中那些披着恋爱的外衣的女子，个个都是革命罗曼蒂克里的典型人物，尤其是《诗与散文》这个短篇小说里披着恋爱的外衣的性描写，已然将这种不可或缺的元素在小说主题表达时的关键作用说得再清楚不过了。纵观林林总总的世界名著，为什么那些大作家都钟情于这种描写方法呢？不言而喻，它对人性深处的密码揭示，它对时代潮汐的阐释，都起到了至关重要的作用，这才是小说表达功能的长处，它甚至优于一切艺术表现形式的表达。20世纪80年代，实在憋不住的张贤亮首先打着"现代启示录"的幌子，充分表达了性压抑下人性的释放，《男人的一半是女人》一夜之间成为当年最畅销的书，它唤醒了中国新时期许许多多作家对这一表达元素的关注意识。80年代末，王安忆《岗上的世纪》其性之外的主题和艺术的表达远远超越了其他同时代作品的表现力。因此，贾平凹对这个领域的关注也是理所当然的事情，因为他也清楚地意识到中国将面临一个农耕文明即将崩溃的时代。就像后来陈忠实在《白鹿原》的一开头就描写主人公与七个女人的故事那样，并非简单注入一种生殖的文化图腾的描写，而是以此来阐释中国乡土宗族社会强大的生命力。所以，我认为贾平凹在告别和跨越80年代传统写作时已经找好了自己的突破口，尽管80年代经历了现代主义小说表现形式和手法的洗礼，也经历了许多"先锋""新潮"和"试验"小说的高仿和"寻根文学"叫魂的过程，但毕竟"内容表达为王"才是小说的根本。

虽然贾平凹的小说获得过许许多多国内外奖项，但我以为衡量一部小说的优劣并不只是以其所获奖项为准绳的，更重要的是它必须经过时间的磨洗，在文学史的长河中越来越显示出其历史意义的重要性，唯此，我们才能得出对一部小说较为客观的历史评价。

大时代的转型终于来了！

这个时代对于有思想准备的作家而言，简直是天赐良机。

《废都》，作为一个褒贬不一的历史文本，它的存在并不仅仅局限于文坛对一部作品的评价，更是对一个作家的历史检验。

作为一个见证这部小说出生的人，我想从题外话切入，而后转入对文本的分析，最后总结其在20世纪的地位。

1992年是中国社会转型期最为关键的岁月，南方谈话对于许许多多对政治不敏感的人来说就是"岁月静好"，而对于对历史大转折十分敏感的作家而言，他会意识到在这样的背景下能够获得更多的写作素材。作家对政治的洞察力和敏感度就决定了他对作品主题的开掘深度，从这个意义上来说，披着农民外衣的贾平凹狡黠地踩准了这个时代的步点，因为他正在抓紧写一部轰动文坛和影响历史的长篇小说。

其实贾平凹在写一部离奇的长篇小说的风声早已在文坛传开了，那一年许多出版社都盯上了这部作品，江苏文艺出版社老总蔡玉洗听说我要和《钟山》杂志主编徐兆淮一同去西安组稿，就让我一定把贾平凹正在创作的这部《废都》的稿子约给江苏文艺出版社，无论稿费多高都可以谈。在西去的列车上，我和兆淮商量了一个可行的方案：小说最好先在《钟山》上发表，而后再由出版社出版。当我们住进陕西作协招待所的时候，这种美好的期待便打上了一个沉重的句号。因为我们从陕西作协其他作家和领导那里了解到，早就有一个著名出版社的女编辑在西安候着呢。见着平凹，他才一开口便证实了作品已经允诺别家的事实。一夜无话。

翌日，平凹领我们去鼓楼美食街品尝陕西的各种特色小吃，因为南方与北方百姓对"吃"和"食"这俩动词在用法上的不同，平凹与同桌的那一个年轻食客进行了学术辩论。我们知道平凹是为了维护客人的面子，却也看到了平凹对事较真的一面。

吃完饭，平凹领我们去他家看他收藏的大量瓦当，我提出还要看他的字画，于是，花了两个多小时，我们匆匆浏览了他的文物收藏家当。临了，他拿出第39号作品《外面的世界真精彩》题赠与我。那是一幅设色的中国文人画，画面构图是一个向外张望的挺胸女子，身着的红色石榴长裙下蜷缩着一个猥琐的男人。当时，我并没有揣摩其中的深意，只是连连感谢。其实，那时我根本就不知道贾平凹的书法可以送人，但他的绘画却绝不送人的规矩，所以也就并不知道这份礼物的珍贵。

平凹告诉我们，他明日将去户县完成《废都》，我们便告辞，临出门前，平凹拉着我和兆淮，叫来妻子韩俊芳一起合影。

1992年11月底，当我们登上南下回宁的列车时，好像是在一份《文汇报》上看到了贾平凹与韩俊芳离婚的消息，我俩惊讶无比。无疑，我们成了他离婚的见证人，那张最后的合影至今还静静地平躺在我的旧照相簿里。

回宁后，徐兆淮写了一篇记叙这段经历的散文，登在江苏的《扬子晚报》上。副刊主编要求兆淮把平凹送我的那幅画拿去拍照制版，于是，兆淮就从我这里拿走了那幅画。谁知文章登出后几个月，兆淮两次去要那幅画，均无功而返，只得作罢。在一次饭局上偶然谈起此事，苏童、叶兆言都说一定要讨回来！于是，经过熟人再次斡旋，此画完璧归赵了。回想起这幅画的经历，我想，我死皮赖脸地追讨是值得的，因为这是平凹送给我的情谊，我岂能把情谊转送他人呢。

三十年过去了，几次搬家，我遗失了一批作家给我的信札，当然也包括平凹的一部分信札，但是，这一幅《外面的世界真精彩》却静静地躺在樟木箱里。这不仅是友谊的象征，更是我对贾平凹内心世界认知过程的见证物。

1993年，《废都》发表在《十月》第四期上，后来又很快在北京出版社出版，一时洛阳纸贵。虽然我并不知道包括大量的盗版在内《废都》总共印行了多少万册，但我估计，这是中国百年来罕见的小说印量。

我连夜阅读了刊登在杂志上的这部长篇小说，感慨万端。俄顷，我就接到了贾平凹第一个责编老师陕西评论家费秉勋先生信函，说他约请了中国十个评论家各写一篇评论《废都》的文章，要求一个月之内交稿，于是，我连夜赶写那篇关于知识分子"文化休克"的长文。那时候我还没有使用电脑，是用钢笔一字一句地写下来的，好在我习惯了通宵达旦的工作方式，次日就完成了一万一千多字的初稿，便用保价航空邮寄给了费先生。一个月过去了，稿件如泥牛入海无消息，突见《废都》被列为禁书，知道发表无望了，那边传来消息说出韩文版，最后亦无下文了。再问原稿下落，已是无迹可寻了。二十多年后，在陕西召开的一次会议上，我谈及此事，韩鲁华先生说他有我的手稿，我莫名惊讶，大喜过望。失而复得的手稿，让我又一次燃起了重评《废都》的欲望，于是才有了刊登在2014年《文学评论》杂志上的那篇《动荡年代里知识分子的"文化休克"——从新文学史重构的视角重读〈废都〉》。

我在原稿题记中是这样说的：

> 二十一年前，我与当时的《钟山》主编徐兆淮一同赴西安向贾平凹索《废都》文稿。平凹整整接待了我们一天，在他家里聊了许多关于《废都》的写作构思，并告知书稿已经答应给了北京出版社。第二天他就赶往户县为《废都》的最后结尾杀青。当1993年此书刚刚出版时，我就收到了费秉勋教授的约稿信，言及相约全国十个评论家每人为此书写一万字左右的评论。此时的《废都》已经成为出版业的一个文化事件，一时洛阳纸贵，盗印版的《废都》竟也刷新了中国出版史上的纪录。因为稿子要得很急，我连夜匆匆草就一篇一万一千多字的文章。那时用的还是手写稿，第二天挂号寄出去以后，便如石沉大海，杳无音讯了。痛失自以为得意的文稿，乃为极大憾事。前些天在一次学术讨论会上与平凹兄重提此事，他回西安后竟然

让贾平凹艺术馆的同人韩鲁华先生将此稿打印件翻检搜寻出来了,真是让我大喜过望。读毕旧作,恍如隔世,感慨万端,尤其是最后的那段预言性文字更使我增强了重评《废都》的信心:"我凭直觉来得出结论:《废都》也许不是本世纪小说的'绝唱',但它是一部载入史册的巨著!它是本世纪小说的最后辉煌。它能否影响到下个世纪的小说创作呢?让历史做出最公正的评价吧!1993年9月3日夜于紫金山麓下。"这就是我二十多年后的今天试图再将此作牢牢嵌入新文学史中,并强调它的历史意义的原始冲动,当然,许多新的阅读体验显然比二十年前要有质的飞跃与提升。

因此在这个被埋葬了二十多年的旧稿基础上换一个角度去重评《废都》,以此报答我的"老东家"——《文学评论》(三十三年前我在《文学评论》上发表的第二篇文章就是评论贾平凹的作品)和新编辑盛情相约、不断催稿的命题作文。说实话,没有《文学评论》年轻编辑的敬业精神,也就没有此文的复活。

为了写这篇文章,我反反复复在思考的是:世界文学史自启蒙时代以来,衡量一个国家文学水平高下的重要标志之一就是看其长篇小说创作是否达到了巅峰状态,而综观世界林林总总的长篇名著,许多巨制都是瞄准了其国家和民族命运关键的历史转折点进行大构架的创作,不要说托尔斯泰《战争与和平》那样的鸿篇巨制,即便是雨果的《九三年》就足以使我们看到法国大革命中作家人性高于一切的创作理念和对人类灵魂救赎的伟大贡献。今年恰恰距雨果《九三年》中描述的法国大革命二百二十年,同时也是《废都》出版二十周年,从这个历史的偶然巧合当中,我似乎看到了一种"历史的必然"——在一个历史的节点上,一个作家如果能够迅速地对这个国家和民族的人性异化做出深刻的剖析,那他必然是抢占了文学巨制创作的制高点。当然,如果与当时的历史拉开一段距离,也许就能够站在一个更清醒的高度来描写他笔下的人物。像雨果那样,在法国大革命爆发几十年后、他临终前去写《九三年》,或许比《悲惨世界》更成熟,获得了人性哲理的高度升华。但是,与亲身经历一场社会巨变不同的是,对处于极度亢奋的当事者来说,那种创作的灵感与冲动是任何外部力量都不可能阻挡与遏制的。从这个意义上来说,1992年乃是中国社会转型的历史重要关口,也是作者个人生活转折的年代,在这个历史的节点上,贾平凹以一个作家敏锐的艺术感觉,嗅到了人性的巨变与畸变,作为一个历史生活的忠实"记录员",他为文学史创造的是一块动荡历史时光隧道中各色人等,尤其是知识分子的"心灵活化石"。今天,我们能够从中发现哪些新的文化与文学的思想和艺术元素呢?

而我在文章摘要中是这样说的:

回眸二十年前的一个文化事件,时过境迁,《废都》似乎被历史所淡忘,但是本文认为它更具备文学史的意义,其理由有三:一是长篇巨制应该是截取动荡时代的社会生活与人性生活历史节点的大构架之作;二是必须折射出那个时代人与人性骤变的思想特征,其性描写的外衣恰恰包孕着剧烈的思想穿透力;三是其一切的形式均服从于内容的需求。《废都》正是在满足这三个条件之下,成为20世纪能够在新文学史上立得住的旷世之作。

毫无疑问,在我写这篇文章的八年前,我的脑海

里是贾平凹送给我的那幅《外面的世界真精彩》画面中的意境，是那张与韩俊芳合影的照片留下的深刻思考，所以，我才有了知识分子"文化休克"的想法，才有了超越女权主义对女性形象分析的新思路。

倘若你把《废都》中的主人公庄之蝶与贾平凹的心理世界进行叠合，把他与这个世界里的四种女子类型的对位进行剖析，你就会发现这样一种新的性别态势的出现。当年，我将这四种女性在庄之蝶心理世界的对位写进了教材中，庶几能够说明一二：牛月清是传统文化的化身，唐宛儿是新旧文化交织的化身，柳月是消费文化的化身，阿灿则是理想主义的化身。这些人物只不过是一种文化符号，是叠印在作家无意识和潜意识里抹不去的形象，她们时时刻刻都要跳出作家的大脑，来到这个纷纷攘攘的世界舞台上走一遭，她们身逢其时，在大转型的1992年来到了中国这个农耕文明开始瓦解的时代，凸显出其并不平凡的历史意义，给文学史的人物塑造添上了浓墨重彩的一笔，这就是我认为这部作品可以入20世纪文学史的基本理由。它也是中国社会史的一个形象的侧影，尽管不可否认的是它在艺术描写上还存在着瑕疵，但是衡量一部作品的优劣，尤其是长篇小说的重量，恐怕主要是作品对一个大时代的敏锐发现和即时性的主题深掘。

当然，这只是我的一家之言，从我自己的治学经验和角度去看这个问题，并不排除与我相反的意见。

《废都》成为1993年的一个文化事件，一方面是来自各方对作品从肯定到否定的变化，另一方面是民间社会《废都》盗版书铺天盖地，成为那个年代阅读量最大的热点小说。文坛与坊间形成的一种无形的观念对峙，让《废都》游弋在或明或暗的水域之中。从另一个角度来说，这也是这部著作的生命力所在。

就在此时，贾平凹来到江苏"体验生活"，他到处游走，特别去看了经济高速发展的苏南地区，当然也包括江阴华西村。本来我是想去见见平凹的，但是那个处在舆论风暴眼的西北乡土作家正在焦虑彷徨之中，我去了不是反而添乱吗？我想，让一个满怀忧虑的西北乡土作家来感受另一个从农耕文明直接走向工业文明和后工业文明的文化语境，虽然"外面的世界真精彩"，但这让正在"文化休克"的庄之蝶如何分辨和消化这种异质文化形态给予的精神刺激呢？它或许会打开平凹看待这个世界的"第三只眼"，这无疑会给这个还要回到西北的作者打上深刻的精神反差的烙印。

所以，当一个作家回到自己生活的水域当中，他才能如鱼得水，1995年出版的《白夜》和1996年出版的《土门》，显示出贾平凹又钻进了他的躯壳之中。评论界对这两部作品的评价并不是很高，其原因就是它们又回到作者的老套子中去了，并无新的突破。可我认为，这恰恰就是贾平凹对苏南游走的一次文化精神的思考行为——"我是农民"的文化心理让他拒斥另一种形态的写作理念和方式，那并不适合一个具有强烈地域色彩的中国乡土作家。如果不理解这一点，你就无法理解一个乡土文学大家的苦闷。一个离开了本土的作家是无法正常呼吸的，只有在那块可以自主呼吸的水域当中，乡土作家才能充分发挥自己的才华。不懂得这个基本常识的人，是对作家赖以生存的空间的重要性的无视，而这种无视会扼杀许多作家的才华。

值得注意的是，1998年出版的长篇小说《高老庄》并不像有些人所说的是对传统旧文化魔镜的批判，而是通过一对夫妻城乡观念互换的故事叙事，进行了一场文化逆旅的反抗运动，而这种反抗是在无声无息的日常生活中进行的，甚至就是在子路与西夏回归乡土的二次循环、终究告别乡土的过程中，也不乏作家对乡土社会的深刻眷恋和深刻仇恨的双重人格的显现。如果用一种意象来表达这种充满悖论的精神世界的话，那么，我们仍然能够从作家披着"性的外衣"的描写手法来打开作家至深的心理世界——那个当了大学教授的高子路仍然无法摆脱自己身上农村文化背景下的卑微屈辱的潜意识，他站在小板凳上与高挑漂亮的城里女人西夏的交媾场景，立马就让我想起了平凹送给我的那幅画，那个蜷缩在石榴裙下的猥琐男人。正是这种无意识层面的揭示，才使得《高老庄》有了更深一层的文化蕴含和活气。也许这是我的偏见，但这正是我对这部作品的最高褒扬。没有想到的是，正是这个偏见克服了我和平凹之间的一场情感危机。

记得我们七八个来自各地的评论家在西安参加了一场《高老庄》的研讨会，会上我发表了类似上述的一番言论，却有一个著名的陕西评论家对我的发言提出了批评和质疑，认为我瞧不起西北乡土作家。这真是天大的误解。我无法对这样的责难做出更多的辩解，心想，让时间来磨洗一切吧。会后，我受一位朋友之托，请平凹写一副对联。那时我并不知道平凹的字那么值钱，还不断为朋友索字，现在回想起来是有点过分了，因为穆涛说，我们陕西人向他要字难得很呢。第二天，平凹一下子拿来了八九幅字，给每一个参会的评论家赠送一幅，大家喜出望外，可见平凹并没有在意会议上这些小节问题。我私下里与他解释我的阐释意图，他十分大度地说，评论家怎么说我都不会在意的。

贾平凹的创作力是中国作家少有的，其作品数量首屈一指。不可否认的是，他的作品并不是篇篇珠玉，而评论界对他的作品也过分严苛，所以褒贬不一是理所当然的事情。仁者见仁，智者见智。作为一个专业读者，我只是挑选我喜欢的作品进行评论。

世纪之交的 2000 年，贾平凹出版了一部叫作《怀念狼》的长篇小说。为什么要"怀念狼"呢？无疑，这是作者对这个世界中人与自然和人与人关系的深度思考。许多评论都认为这是一部表达环境保护主题的作品，而我从"狼也没对手了"的叩问中读到了一种在人类生存中没有自己敌手的悲哀况味——人类一旦失去了自己的竞争对手，他们本身的存在意义就没有了依托，从这个意义上来说，这部小说的荒诞故事性是小于它的哲理性主题表达的，它的震撼力就在于人类对生存危机的忽略——生于忧患，死于安乐。因此，"怀念狼"的意义就在于：当人类占据了自然界的绝对控制权的时候，我们需要考虑的不仅是不能滥用对其他物种的杀戮权，而且更需要让那些对人类有威胁的物种生存下来，保持人类抗御大自然的能力。所以这部长篇小说的最强音就是那一声声的呐喊：

我需要狼！

我听说贾平凹在写《怀念狼》的过程中生病了——大约是在 2001 年。我问过他，他也说他病了，还住了院。但是，2002 年，他竟然又出版了长篇小说《病相报告》。我以为这部作品与其说是对几十年来社会病相的诊断，还不如说是贾平凹内心世界的病理报告。我以为这部小说也是被低估了的作品。

2005 年《秦腔》问世，立马招来了如潮的好评，尤其是海派评论家众星捧月，使其在两年后获得了"茅盾文学奖"。我并不否认这部小说在地缘书写上的杰出贡献，平凹在对清风街这个乡土世界的书写中，对现实和历史的描写都有着较深刻的思想穿透力。但是，从个人的审美好恶来看，我认为作品中的风俗画描写在走向极致的路径中，滑向了对神神道道的传统迷信文化的迷狂之中不能自拔，这并非尼采艺术上的"酒神精神"释放，而是另一种形态的迷狂。记得后来在沙家浜讨论贾平凹长篇小说《带灯》的时候，我也强调了这种观点。当然，《带灯》虽然恢复了那种平静的叙事，剥离了迷信的躯壳，但又削弱了风俗画和风情画的艺术魅力。如果能将两篇作品的长短互补一下该有多好啊。这是我的一孔之见，当然不足为凭。因为我衡量作品的标准往往带有个人的喜好，我知道这样并不是客观的标准，但我还是克制不了这种主观价值评判的介入。后来在"新中国 70 年 70 部长篇小说典藏"评审会上我被指派第一个发言时，也毫不犹豫地推荐了平凹的长篇小说《秦腔》，因为它在七十年的历史长河中仍然是熠熠发光的作品。但是在我内心世界的文学史序列对照表里，《废都》是排在《秦腔》之前的，尽管后者在艺术上比前者成熟，然而，从大时代转型的历史节点上来看，前者更有历史意义。当然，也许再过半个世纪，或者一个世纪，《废都》从历史的幽暗中走向前台时，它的价值就会显现出来，就像《金瓶梅》经过几百年的磨洗，最终还是被今人接受一样——虽然我根本无法看到那一天的到来。

值得一提的是，2007年长篇小说《高兴》的出版。因为这是我在《中国乡土小说的世纪转型研究》一书中最着重阐释的"城市异乡者"群体的最佳力作。看完这部作品当天，我在飞机上就开始写评论文章，可惜的是文章草稿写了两千多字，存在电脑里，后来连同几篇没有发出的文章一起丢了，几个月的时间里，我一直处在一种失魂落魄中，找了许多电脑专家都无法找回。《高兴》太让我震撼了，尤其是刘高兴背着五富的尸体回家的长镜头让我潸然泪下——离乡与归乡恰恰是这个时代生活在最底层的"零余人"两难的生存境遇。这群在城市里讨生活的"打工仔"的底层生活，让我们在这个浮华时代里看到的是卑微小人物的欲哭无泪。刘高兴们带着对新生活的憧憬来到城市，试图告别农耕文明而获得一种新的生活方式，然而等待他们的却是无尽的悲剧，正如平凹自己所言："在所有的大都市里……到处张扬着盛世的繁荣和豪华，或许从他们的生存状态和精神状态里能触摸出这个年代城市的不轻易能触摸到的脉搏。"我兴奋的是贾平凹找到了城市的脉搏，写出了一曲时代的挽歌，其文学史的意义不同寻常。

2011年，长篇小说《古炉》出炉，虽然我对作者沉迷神道描写的部分仍然不适，但是觉得它比同年出产的许多小说还是强了许多，所以在第一届"施耐庵文学奖"的评审会上仍然力挺这部作品——我的观点是"瘦死的骆驼比马大"。

近些年来，从2014年出版的《老生》到2018年出版的《山本》，再到2020年出版的《暂坐》，贾平凹雄风犹在，宝刀不老，保持着长篇小说不断出炉的态势，显现出旺盛的创作生命力。

我与平凹有心照不宣的原始默契——不喜欢或者觉得并不十分出色的作品我不发声，让我激动的作品一定发声。《山本》刚刚面世时，一个报刊留下版面让我写一篇评论，我连夜阅读小说，在书页的两边和天地间用红笔写下了许多批注，但是，看完以后我决定不写了，因为我喜欢从文学史的角度看问题。对于同一地区、同一题材的作家作品，我往往会采取比较的方法，我认为和《白鹿原》相比，《山本》还是欠了一点火候。

此生难忘的是2017年，我和贾平凹受华中科技大学人文学院院长何锡章先生和一位作家朋友之邀，奔赴武汉讲学。我们一起待了五天，留下了许许多多的小故事，现在回想起来，倒是弥足珍贵，好在马丽女士用摄像机记录下了每一个历史的细节。

这次文代会，我一进首都宾馆的大厅，隔着玻璃一眼就看见平凹坐在饭桌上与人聊天，我敲打玻璃，就像远隔千山万水一样呼喊着他。

然而，日子还要继续过下去，只要友情还在，我们遥遥相望，彼此祝福，也就足矣。作为一个老朋友，我会一直关注他的作品——那是一部观察贾平凹生命体征的遥控检测机器——直到我自己再也不能阅读为止。尚不知这一时间的延长线会定格在哪一个节点上。

作者单位：南京大学中国新文学研究中心

平民视角下主体性的反思、批判与重建①
——论贾平凹长篇小说的主体书写

廖高会

贾平凹作为农裔作家，他自称为"山里人"，土命，并说自己即使到了城里，仍然无法摆脱农民意识，抹不掉农民的烙印。丰富的乡村经验对其小说题材选择、叙事视角与叙事风格都产生了深刻的影响。贾平凹说自己"喜欢农村，喜欢农村的自然、单纯和朴素，我讨厌城市的杂乱、拥挤和喧嚣"②，因而其内心深处始终缠绕着无法摆脱的乡土情结和浓郁的家园意识，他始终把故乡作为自己的写作对象，而对故乡的抒写"是为了忘却的回忆"，是为了重温不能再回去的家园。家园便成为贾平凹的叙事母题，而家园主体则是其小说叙写的重点。他把对家园主体的书写缝合在个体与族群、人类与自然、人性与神性、历史与现实、主流与民间等共同交织成的历史画卷之中，从而使小说的历史真实与艺术真实、日常生活的情味与艺术审美的超拔形成了高度的融合统一。

一、平民视角下的主体书写

自20世纪90年代以来，贾平凹便特别关注社会转型给人们带来的巨大精神震荡，并着力探寻通往现代物质家园与精神家园的可靠路径。贾平凹承续了传统知识分子心怀天下的忧患意识，他说"关怀和忧患时下的中国是我的天职"③，而长篇小说的创作就是"要为历史负责，成为一面镜子"④。也即是说，写作要具有历史意识，尽量抵达历史的真实与存在的真实。而作家对历史或现实存在的书写离不开现代视域或现代意识。贾平凹认为现代意识便是人类意识或家园意识，他说："我们的眼睛就得朝着人类最先进的方面注目……正视和解决哪些问题是我们通往人类最先进方面的障碍，比如在民族的性情上、文化上、体制上、政治生态和自然生态环境上、行为习惯上，怎样不再卑怯和暴戾，怎样不再虚妄和阴暗，怎样才真正地公平和富裕，怎样能活得尊严和自在。"⑤为了完成这样的历史使命，贾平凹主张采用平民的写作视角。他认为，作家应该具有平民意识，他说自己祖祖辈辈都是农民，与农民"在血脉上是相通的。咋样弄，都去不掉平民意识。这似乎是天生的。自觉不自觉地就流露出来了"⑥。在《高老庄》后记中他也强调说："我的出身和我的生存环境决定了我的平民地位和写作的民间视角。"⑦因此平民视角是贾平凹小说创作采用的主要叙事视角。

平民视角使贾平凹把写作视点下移到普通大众，他更多地去叙写老百姓琐碎的日常生活，去关注家园中的"人本身"而不去刻意渲染故事，即使写事也是"写关于人本身的事"，要写出"当代中国人的一种精神状态"⑧。这里的"精神状态"简言之便是人的主体性存在状况。主体与主体性是文学书写的重要内容，而时代需要什么样的主体与主体性，也始终是当代文学持续关注的热点话题，因而健全的主体与主体性建构亦是文学创作的时代使命与艺术旨归。贾平凹在很大程度上践行了"文学是人学"的理念，始终关注主体的精神状态，回归并坚持主体书写。进入90年代后，他不再把故事的传奇与宏大以及文字的优美作为追求目标，转而写人的琐碎生活以及隐藏于文字背后的存在,以此确立了自己抒写人性、生命和存在的写作向度,这在一定程度上赓续了现代文学的国民性书写。《废都》出版后,国外学者大加赞赏,认为"这是五四以来中国最突出的小说,并认为终于看到中国的小说写到了'人'本身"。雷达在《〈高老庄〉北京研讨会纪要》中曾谈道:"现在的贾平凹,早走出故事,走出戏剧,而走向了混沌,走向了日常性,走向了让生活自身尽可能血肉丰满地自在涌动的道路。"⑨也即是说贾平凹继承了古典文学中的"混沌"书写,使琐碎的日常生活在家园意识整体关照下,不但繁而不乱,而且形象圆融,意蕴浑厚。这种美学效果与贾平凹运用象征与隐喻的艺术手法分不开。贾平凹强调要赋予日常琐事以象征意义。他说自己从《废都》开始,便经常使用意象来丰富小说思想内涵或提升小说的审美效果。因此,琐碎的日常书写由于被赋予了象征与隐喻内涵,特别是通过对日常琐事日复一日侵蚀与消解主体性的揭示,以及对生存的家园、存在的主体和主体性之间复杂关系的探寻,将日常书写提升到了有关存在的形而上书写高度,从而形成了显明的艺术张力与审美效果。

贾平凹认为现实中积压了许多问题,比如"体制的问题、道德的问题、法制的问题、信仰的问题、政治生态问题、环境生态问题"⑩等,但这些问题归根结底是人自身的问题,因此,贾平凹始终把"人本身"置于艺术时空的前台,用自己全部的热情与良知持续不断地关注脚下的家园及其生活其上的人们,将他们的主体性作为书写的重点,对其进行全面的、多向度的、多层次的、深入的探寻与揭示。这其中既潜隐着贾平凹对家园不再与精神颓废现状的焦虑与忧患,同时也寄托着他重塑主体性进而重建家园的情感诉求。

二、源自家园的忧患与精神重负

在贾平凹20世纪80年代的小说作品中,洋溢着乡村山野的自然古朴之风,他将故乡商州作为乡土社会的代表,将火热的青春激情与山石明月融会贯通,以诗意的笔触描摹商州山水自然、人情世态以及风俗民情之美,使商州超越地理学概念而上升到民族历史与文化层面,从而赋予了商州诸多的象征性文化内涵,成为其抒写乡愁的理想之所。这个时期贾平凹笔下的乡土家园充满了蓬勃生机与牧歌诗意。但随着80年代高昂的理想主义和诗意精神的落潮,社会发展进入转型时期,在经历了市场经济、消费主义和城镇化的冲击,以及目睹了全球不断发生的天灾、战争、饥荒、瘟疫以及金融危机等破坏性事件后,贾平凹对自己生存的地球家园,特别是脚下的神州大地所遭遇的前所未有的人文危机与生态危机忧心忡忡。正因为此,其20世纪90年代以来的长篇小说才转向了凝重而严肃的反思与批评。贾平凹时常往返于城市与乡村之间,因此城市与乡村、现代与传统之间的碰撞也使其灵魂遭遇了矛盾冲突与分裂痛苦。但城乡之间镜像式的互照,却极大地促进了贾平凹对现实社会特别是人的主体性的深入挖掘与探寻,以及对存在世界的深度揭示。

批评界普遍认为,贾平凹创作风格与审美观念的显著变化是从长篇小说《废都》开始的,即从审美转向了审丑。有学者对此变化描绘如下:"在贾平凹清丽明朗的文学园地里,天空突然布满凝重的色彩和灰色的暗影。"⑪"废都"之"废"是相对于辉煌的历史而言的,其中蕴含着浓郁的怀旧意识和对现代文明的深刻反思。小说直面现实,从审美转向审丑,续接了以鲁迅为代表的现代乡土作家的现实主义批判精神。贾平凹自己也说:"最早主要学鲁迅。学习鲁迅主要学他对社会的批判精神,对社会的透视力,这一方面鲁迅对我影响大。"⑫他试图通过对物质家园与精神家园中作为主体的人在现代化进程中所出现的病症进行诊断,重新赋予家园居住者(主体)完整而健全的主体性。

审丑是对现实生活中存在的"丑陋"或"缺陷"进行审视,以揭示其中潜隐的生活真相或本质,并在对"丑"的反观中去体验真善美。而正视生活中的丑陋与不足，并将其纳入小说艺术的"真实"叙写之中，这不仅符合现实主义创作方法的要求，而且也表证了贾平凹思想的成熟，用他自己的话说，他90年代的小说比80年代的更显得深入些，他以民族文学传统和古典主义美学为基础，借助现代主义的艺术手法，对普通大众琐碎的日常生活进行较为全面而深入的揭示，从而赋予了小说更加丰富复杂的文化内涵。

贾平凹认为对存在本质的认识以及世界观的变化必然引起文学创作观念的变化，从审美向审丑转化正是贾平凹对存在本质的认识发生变化的结果。随着年龄的增长，贾平凹的思想越来越成熟，他把历史与现实进行反复的对比咀嚼，从中体悟到了世态百味，并逐渐了悟到生活的本相和人性的复杂与荒诞。他采用平民的视角，穿透历史的迷雾与现实的表象，以如椽之笔直逼现实之丑，展开对家园主体及其主体性的批判，以悲悯之心去描绘作为精神本源的日常生活并揭示存在的本真。贾平凹90年代以来的长篇小说除了对看得见的"存在"进行抒写外，还对看不见的"存在"进行揭示，也即在现实日常生活以及国家社会历史的维度外，还兼顾了存在意义的维度、神性的维度，以及内在生命的维度——谢有顺称这种多维度的叙事为"文学整体观"。无论是何种维度的叙写，对家园渐逝的焦虑以及主体性失落的忧患始终伴随着贾平凹，成为他乡愁抒写与重构乌托邦精神家园的主要内驱力。

贾平凹在90年代以来的长篇小说中对物质家园与精神家园的失落、衰败甚至坍塌进行了广泛而深入的揭示，同时贯穿着"寻找家园"的主题。在《土门》《高老庄》《秦腔》《病相报告》等小说中，贾平凹集中笔墨对现实生活中物质家园中的各种"病相"进行了揭示。随着90年代市场经济的逐渐发展，消费主义观念渗入社会各个角落，人们欲望的闸门被打开，欲壑难填的人们不断向大自然索取，于是乡土大地惨遭污染，森林被大肆砍伐，河流被严重污染，贾平凹对此忧心忡忡。这种忧患本质上是他的乡愁情结或家园意识的直接反应。在《高老庄》中，以地板厂为代表的工业文明与商业文明给古老的山村环境和人伦秩序带来了严重冲击，致使高老庄人与人之间是非不断、男女关系混乱、官商勾结、道德沦丧，记忆中的乡土家园已经不复存在。《土门》中的仁厚村是传统乡土家园的象征，但在现代城镇化进程中被"连根拔起"。《古炉》中的极端政治运动更是对乡土家园的严重破坏与摧残。《秦腔》中的清风街，自从有了集贸市场后，城市中的各种欲望便源源不断地流入村庄，各种伤风败俗的现象不断发生。而且大量农民涌进城市打工，土地被撂荒，乡村也走向了衰败与荒芜。《带灯》揭示了工业化给乡土自然环境带来的负面影响。比如严重的污染使樱镇十三名妇女患上了肺矽病；农民也日益变得刁钻狡猾，他们不择手段地向政府要拆迁款，为各自的利益大打出手，甚至演变为仇杀。因此小说更多是从乡土伦理遭到破坏来表达作者的乡愁意识以及对家园渐逝的忧患与焦虑的。《极花》中乡土社会的贫穷带来的愚昧与悲剧更是令人唏嘘感叹，巨大的生存压力与传统道德观念对人的压抑与撕裂是如此令人扼腕悲叹。

在《废都》中，贾平凹展示了当代社会精神危机问题，对现代社会中家园惨遭破坏而留下精神废墟的现状焦虑不已，那种深沉而悲愤的忧患意识可以说正是对鲁迅孤独绝望的抗争精神的接续。继《废都》后的《白夜》则是对现代社会人们的心灵孤独以及无家可归的失乡状态的叙写。其中的夜郎、虞白、丁琳、吴清朴等人的精神都处于无所归依的状态，他们是寄生与浮游于城市之中的文化浪子。来自农村的夜郎，认为生活在城市总有种生活在"荒原"之感，他总是在梦游中拿着一把过时的钥匙去开启现代城市之门，这种时空错位的象征性抒写强化了现代人家园不再的痛楚与无奈。因此，《白夜》同样写的是现代人精神家园的丧失。

如果说《废都》主要展示男性知识分子的精神溃败的话，《暂坐》则重点关照都市女性知识分子的精神困顿与失落。西京城中以海若为代表的一群女子以"暂坐"茶庄为中心，结成互相帮助的姐妹联盟，在复杂的都市中左冲右突寻找各自的生存之道与存在的价值，但是她们久久盼望的拯救灵魂的活佛始终没有到来，最终也只能在俗世的生活中挣扎与沉浮。因为灵魂的救赎之门并没有向她们打开，她们精神家园的象征之地即"暂坐"茶庄也在一次爆炸中变得危机四伏而难以为继。另外，西京严重的雾霾也成为现代人挥之不去的阴影，物质家园与精神家园所遭遇的破坏一样严重。因此无论何种家园在贾平凹笔下都已经遭遇了严重的危机，这种危机感与焦虑感带给他沉重的精神负担，进而凝结成浓郁的无以摆脱的乡愁意识。

贾平凹对家园的焦虑感和精神压力，更多表现在他对家园居住者（家园主体）的主体性逐渐失落或缺失的深忧。因为无论是物质家园还是精神家园，其主体仍然是人，人是家园属性与盛衰状况的决定性因素。而贾平凹的乡村经验与平民视角，促使他把叙事重点放在了对家园及其主体性（主体精神）的反思、批判与重建方面，这也是贾平凹把"人本身"作为叙写重点的根本原因。

贾平凹对主体性的反思批判是多方面的，下文将重点从乡愁主体性与伦理关系两方面展开分析。

三、乡愁主体性的异化与缺失

贾平凹对存在状态及其意义的探寻是旷日持久的，在对存在家园与存在主体性的追问方面更是广泛深入而发人深思。贾平凹认为，当前人们，包括知识分子在内，缺乏独立精神的人太多了。他对主体性的探寻、追问与批评，便源于不满人们的精神匮乏而试图改变这种现状。所谓主体性，即"在一定社会关系中的人在特定的社会历史条件下从事特定的实践活动并在活动中表现出来的自主性、能动性和创造性"[13]。在贾平凹的小说中，生活在现代家园中的主体被沉重的物质欲望所包裹与奴化，他们的自主性、能动性与创造性遭到了严重的压抑、遮蔽，以至丧失，他们失去了守护与建设家园的能力与可能性，这正是家园主体性缺失的表现。有学者批评贾平凹90年代以来小说中的人物特别是农民缺少主体性，这种批评恰恰证明了贾平凹"无主体性人物形象"塑造的成功。而现代家园中的主体性缺失最为直接的原因在于主体对家园情感的逐渐疏远、丧失甚至断裂。缺少乡愁情感的驱动，家园主体的理性生成也十分困难，最终造成乡愁主体性的缺失。乡愁主体性是指居住在家园中的主体——居住者，在与家园（故乡）相关的情感体验活动中所体现出来的自主性、主动性、能动性和自由性，这是主体与家园情感维系的纽带，也是主体自主地、能动地维系与建构家园伦理秩序和促进家园发展的内生动力。乡愁主体性作为社会实践活动的产物，受时空距离与时代风尚或时代精神的影响，具有鲜明的历史性，即不同时期乡愁主体性的内涵与强弱存在着差异。贾平凹小说中的乡愁主体性由于受到物欲浪潮的冲击，呈现出逐渐弱化或异化的特点，这也是贾平凹小说进行主体书写与主体性批评的重点。

马克思认为，人是感性的存在物，是激情的存在物，而"人作为对象性的、感性的存在物，是一个受动的存在物；因为它感到自己是受动的，所以是一个激情的存在物。激情、热情是人强烈追求自己的对象的本质力量"[14]，即人作为感性的存在物，不仅有饮食男女感性的物质生活或实践，还具有审美的感性的精神生活，从而表证了"人的内在的主体性本质力量特征"[15]，也即人的本质力量的特征之一就是人的感性与激情。缺失了感性、激情也就意味着主体性的不完整。贾平凹小说中，生活在现代家园中的现代人由于受现代化的影响与冲击，表证人的审美的感性的内在生活即精神生活逐渐弱化，甚至完全被外在的感性的物质生活所压倒，从而导致了人的感性的不完整，并最终造成主体性的缺失。具体到家园主体的乡愁情感而言，由于感性的物质欲望以绝对的优势压倒与驱逐了亲情、友情与爱情，同时也压倒与驱逐了对田园风景的审美与乡土伦理道德的认同，因此也拒绝或消解了精神价值的建构。

乡愁主体性的缺失首先表现在家园主体的欲望化带来的乡愁意识或乡愁情感的丧失。除了空间距离以外，乡愁意识最根本的生成条件是主体本身的情感生成能力。一个对周边世界漠不关心的人，一个极端自私的人，空虚无聊的人，灵魂麻木的人，情感生成能力是十分低下的。在贾平凹90年代以来的长篇小说中，存在着较多的失去了乡愁情感生成能力的现代人。就知识分子而言，精神最为颓败的是《废都》中的庄之蝶，这位来自农村的作家，尽管其心中还残留着传统道德意识，但最终都在各色都市欲望的诱惑中节节败退，他表面上具有强大的情爱能力，但这实质上是精神空虚的深度体现。他放纵自己的欲望，压抑了健康的人性与情感，其乡愁意识也就很难产生。《高老庄》中的农民知识分子子路离弃了农村的原配妻子菊娃，他身上的农民本色逐渐退去，加之返乡后，发现故乡的一切都物化、商品化与欲望化了，乡情亲情也都遭到了异化，子路再也回不到原来的故乡了。如果说庄之蝶是因自身的堕落而与故乡失去了情感联系，那么子路则主要是因故乡的异变回不到过去的家园——类似子路这样的知识分子更多是因为现实挤压而失去了乡愁情感的生成能力。《秦腔》中的夏风是从清风街走出去的农民知识分子，但是进城后的夏风却逐渐疏远了故乡及亲人，逐渐变得冷漠与自私，他与白雪离婚以及与父亲反目，象征着他与家乡的情感联系的断裂。《暂坐》中西明医院的王院长，作为农民的儿子，贪婪自私，徇私舞弊，显然已经失去了农民后代的优秀品质，被金钱与物欲充斥的灵魂留给乡愁情感的生成空间自然十分逼仄。另外，诸如《白夜》中的夜郎等农民知识分子，则成为被时代抛入城市中的浪子，在现代化进程中，他们的文化身份遭遇了既进不了城市也回不到乡村的尴尬。

由于城乡之间发展的不平衡，农民的乡愁情感更容易为各种现代物质欲望所遮蔽或替代。小说《白夜》中，颜铭从家乡出走后，整容改名，戴着"面具"生活，其情感已经他者化，她几乎完全失去了自我，她与故乡断绝了联系而混迹于都市，故乡对她来说已经失去了意义，因而她也就丧失了乡愁情感产生的可能。《土门》中的眉子为了过上享乐的日子，嫁给了拆迁仁厚村的开发商，从而被村民骂作"叛徒"与"帮凶"。眉子因为满足私欲而置仁厚村的前途和村民的利益于不顾，她同样失去了乡愁意识产生的情感基础。贾平凹借助《暂坐》中人物冯迎的笔记指出："世界在褪色，人们对事物的好奇，做事的热情，对老人的孝敬，对小孩的爱护，以及爱情都失去了能力，都变色了。"贾平凹所说的"变色"具体到乡愁主体来说，便是乡愁情感的欲望化和异化。

家园主体的冷漠与麻木也会导致乡愁情感的丧失，进而导致乡愁主体性的缺失。小说《高老庄》中，高老庄的村民蔡老黑与外来的地板厂厂长王文龙发生冲突，一些村民围攻地板厂，但更多的村民是前来看热闹的，黑压压的村民作为看客，展示他们的冷漠与麻木，也喻示着这些随波逐流的看客村民，已经丧失了自主性与独立性，他们的家园主体性也因此扭曲与异化了。在子路父亲去世三周年的祭祀活动中，没有任何人发自内心地缅怀与追忆死者，有的只是假哭与玩闹，丧失了对逝者的尊重，留下的仍然是冷漠。《土门》中开篇便是警察猎杀无证狗的场景，而狗作为家园附着物遭人猎杀，显示了机械式治理中缺少了温情与人性的现实情况，杀狗者与看热闹的人都表现出现代人的冷漠与残忍。在《古炉》中的杀人现场，仍然有人抢着向前用馒头蘸人血来治病，这种冷酷、愚昧和毫无人性的行为令人愤怒，也发人深省。

主体的情感遭遇扭曲与异化同样会造成乡愁主体性的丧失。在《高老庄》《带灯》《古炉》和《山本》中，村民因争权夺利而产生仇杀，乡情与友情为仇恨所替代和异化。这四部小说中，《高老庄》《带灯》从现实角度，《古炉》和《山本》从历史角度，展开了对乡情解体的多视角揭示。《高老庄》中，葡萄园主蔡老黑与地板厂老板王厂长、苏红之间因利益争夺而造成流血与洗劫事件。《带灯》中的村民在金钱与欲望的强刺激下，为了争夺挖沙权而大打出手，而权力又在这种利益的博弈中推波助澜，最终使邻里关系变成了你死我活的敌对关系。《古炉》讲述了"文革"期间古炉村榔头队与红大刀两派村民之间你死我活的相互斗争，并借助善人之口指出，那个时代的农村进入了"人见人仇，是扰乱世界的秋季"。《山本》则把家园主体的情感异化追溯到了二十世纪的二三十年代。涡镇中以井宗秀为代表的保安团与乡土社会中各种势力进行真刀真枪你死我活的较量，以井宗秀为代表的乡民在历史的旋涡中不能自主，他们既是残酷历史的参与者也是权力斗争的牺牲品。贾平凹从历史与现实两个层面来展现乡土家园中存在的仇恨心理，揭示了温馨和谐的乡土世界完全被仇恨与杀伐所扭曲与颠覆的血淋淋的现实；并且通过对从历史到当下的纵深挖掘，揭示了家园主体主体性丧失的深层文化根源。贾平凹还在《暂坐》中借助冯迎笔记对乡愁主体性失落的文化根源进行了总结：仇恨、褊狭、贪婪、嫉妒、对权力和利益的追求是现代社会中最大的精神污染。

无论是精神遭受污染还是乡愁情感的缺失，都将导致家园主体的主体性残缺不全。而主体性的丧失也必然使家园中曾经稳定的社会结构关系遭到破坏，从而使家园逐渐衰败、异化甚至消失。贾平凹对家园主体的乡愁情感丧失或异化的深沉忧虑，寄寓着他对传统乡土家园的缅怀之情以及重建新型家园的渴望与吁求。

四、家园伦理的破坏与失序

人的主体性除了自身具有的感性特点外，还表现在理性地存在于社会关系之中，正如马克思所说，人的本质是一切社会关系的总和。人与他人或社会组织发生联系时，并非完全被动和消极地等待，而是理性地积极主动地去适应与建构各种关系，而主体性便在这种关系的建构过程中体现出来。伦理关系是众多关系中最重要的一种。家园主体拥有正常而健全的主体性有利于维护伦理秩序的稳定，反之，主体性丧失将会造成固有的伦理秩序的失衡甚至破坏。贾平凹深刻地认识到，要重建健全的主体性，就必须持续不断地对伦理失序的现象进行揭示与批评，这是一个作家不可推卸的历史责任。

贾平凹有着浓厚的家园意识，且深受道家"天人合一"观的影响，因此他将关涉人与自然关系的生态伦理作为反思与批评的第一要务。《怀念狼》便是从生态伦理角度，阐释自然界与人类的关系问题：当人们大肆捕杀狼后，人也就患上了一种病，成为"人狼"，即一种喜欢攻击陌生人的动物。小说通过狼被过度捕杀后人遭受大自然报复的事例来警示人们：人在与自然的交往中，应该理性地抑制欲望，主体性不能扩张到对自然无度的开发与攫取，人的主体性也不应该是"人类中心主义"，人应该与自然平等和谐相处，人的主体性应该回归到人的自然属性。《高老庄》中，现代企业入驻古老的乡村后，农田被侵占，森林被滥伐，自然生态受到严重的破坏。《带灯》中的樱镇在开发中破坏了梅李园，杨树林、柳树林和樱树林也都破坏了，与樱镇相邻的华阳坪在过度开发中只剩下残山剩水。《暂坐》中不断出现对西京雾霾弥漫的描写，几乎可以算作贯穿整个小说的一条暗线。可以说，生态意识始终贯穿在贾平凹90年代以来的长篇小说之中，其本质是家园意识或乡愁意识。

贾平凹对家园中人与人之间伦理失序的批判，首先针对的是人们之间关系的异化。《废都》中的"四大名人"沽名钓誉、追逐名利、毫无道德底线，龚靖元狂赌，汪希眠贩假，庄之蝶玩色，阮知非逐金，他们生活在虚假的尘世之中，他们的沉沦堕落正是当代知识阶层的颓败现状与精神沉沦的象征性抒写，这些文化精英与外部世界的关系严重扭曲和异化，也是整个西京大社会中各种关系异化的具体表现。《白夜》中阿蝉与女老乡之间的同性恋，夜郎、虞白与颜铭之间的三角恋，邹云抛弃男友投身金矿老板，阿宽返乡遭到嫂子嫌弃，吴清朴与兄妹之间因争夺遗产反目成仇，另外还有官商勾结，颜铭整容后异化为他者，等等，在整个西京城中，人鬼不分，真假难辨，白天与黑夜时空颠倒，一切显得混乱无序，这些都是现代都市家园中各种关系扭曲与异化的集中反映。《秦腔》中乡土伦理关系的破坏尤为明显。清风街在现代工业文明和市场经济的影响下，传统乡土社会中以血缘与亲情为纽带的乡土伦理逐渐让位于以逐利为目的的商业伦理，于是父子反目、兄弟争利、恃强凌弱、出卖肉体、放纵欲望等现象出现，媚俗的大众文化逐渐取代了高雅的传统艺术。对传统家园最为致命的打击是农民与土地关系的异化。随着改革开放和市场经济的发展，清风街中的年轻一代农民，要么从事商业活动，要么进城打工，他们与土地越来越疏远，甚至断绝了与土地的联系，这种家园主体与土地关系的异化，是导致家园固有伦理秩序解体的主要原因。《高兴》中的城里人仍然看不起以刘高兴为代表的来自乡下的打工农民。高兴用身份证为教授开门锁后，教授便怀疑高兴的道德人品；高兴去宾馆收破烂却遭遇保安的无端刁难：这些既是城乡二元对立的现实反映，也是现代社会主体道德素质下滑的真实写照。《古炉》《带灯》与《山本》中邻里关系因为权力与利益的争夺而演化成你死我活的斗争，因极度自私而互相敌视与仇恨的劣根性，在贾平凹80年代的小说《金狗》中已经进行过揭示。除此以外，在《山本》中井掌柜的儿子井宗丞为革命筹集资金绑架了自己父亲；井宗秀成为县保安团团长后，僭越逆行，对县长进行了软禁式的"关照"；在游击队里，也因为嫉妒与权力之争，发生了同志之间的陷害：这些都是人与人之间关系异化的表现。人与人之间关系的异化必然导致伦理失序，而伦理失序与主体性丧失是互为因果的，家园伦理秩序遭到破坏，也会造成主体自我认知的迷失与混乱，从而造成主体性的进一步丧失。

家园主体的劳动异化也必然导致伦理秩序的无序或解体。自由自主地进行劳动，是构成人的主体性的要素之一。贾平凹的小说主体的劳动权利出现了三种不同的状况：一是想耕作而不得，如《土门》中仁厚村的农民参与土地劳作的主体权利因为城镇化的推进而被剥夺，《极花》中被拐卖的女子胡蝶被囚禁而完全失去劳动的权益；二是有土地却自动放弃耕种的权利，如《秦腔》中的年轻一代农民都不愿耕种土地；三是劳动的变异，如《废都》中的画家汪希眠贩卖假画，《白夜》中的南丁山大搞假义演发黑心财。更为严重的是，在现代化进程中，不愿种地或失去土地的农民进入城镇之中，多数会到工厂打工，成为现代技术主宰下的大机器运转中的某个"部件"，这种工具理性在促进经济发展的同时也把人对象化，使人最终被技术所奴化或异化，从而失去了主体性。比如《土门》中仁厚村失去土地的农民，《带灯》中到华阳坪矿场中打工的农民，都成了现代技术专制下的劳动异化者。当主体的劳动权利丧失或异化后，家园的守护与重建就变得日益困难。马克思认为，主体性是主体对客观对象的实践活动中表现出来的主动性、能动性，而劳动则是人的主体性得到实现的关键环节。劳动权利被剥夺或劳动被异化后，人的主体性也就发生了异化，家园的主体性也就变得残缺不全，家园自身的伦理秩序也就变得难以为继。

贾平凹还对家园主体逐渐脱离本性而他者化的现象进行了反思与批判。所谓主体的他者化，是构成存在主体的某些特性发生了本质性的变化，导致主体缺少自我认同感，从原来的存在状态蜕变成另一种存在状态。比如农民成了"非农民"，知识分子成了"非知识分子"。在小说《秦腔》中，村里的农民已经不再种地了，开始到城里打工或者从事商业活动，成为不愿种地也不会种地的"非农民"。又比如庄之蝶作为知名作家，他的行为并不符合人们对作家的素质要求，他的所作所为与"灵魂工程师"相差甚远。《白夜》

中的颜铭，完全改变了自己的外貌，从外在的他者化逐渐演变到了内在精神的他者化，她活着但已很难回到自己的本真状态。《高兴》中的刘高兴进城后参照城市文明行事，试图被城市接纳而成为城市人，这种文明化过程也是他者化的过程，可以称之为文化带来的他者化。除了城乡文化的二元对立造成主体的他者化以外，男权文化同样会造成女性主体他者化，比如《废都》中的阿灿，《白夜》中的颜铭，都是受男权文化影响而失去了主体性的女性。

主体的他者化，在贾平凹小说中还表现在人名的非独立性和话语权的丧失上。比如《古炉》中的狗尿苔、霸槽、马勺、顶针、田芽、牛铃、水皮、跟后、杏开、秃子金、灶火、天布、守灯、麻子黑、冬生、冯有粮、半香、六升、开石、护院、信用、立柱、磨子、迷糊、土根，《秦腔》中的君亭爹，《土门》中的魏小小媳妇，等等。他们或借用器物、动植物来命名，或借用绰号、时间、事物性状来命名，或依附于他人来命名，这些名字不具有个性特点，在依附于他者的同时也被他者化或物化了。而"名字是符号，指征的是主体建构"⑯，贾平凹的小说中没有自己独立名字的人物，实际处于"无名"状态，因而也无法建构自己的主体性。实际上，这类人物多数都被边缘化了，因此也失去了话语权。本维尼斯特认为，言说是说话人建构自己主体性的一种方式，"人在语言中并且通过语言自立为主体。……言说的'自我'即存在的'自我'"⑰。在贾平凹的小说中，以无名者为代表的边缘化人物，他们的自我言说的可能性被遮蔽或压抑，也因此丧失了主体性。当然，一些有话语权的人，如《老生》中的冯蟹，指鹿为马、睁眼说瞎话，使用完全颠倒是非的伎俩，这类人由于语言的虚假性而无法通过自我言说完成主体的确立，因此最终也丧失了主体性。而话语权中的政治话语权对主体性建构具有非常重要的意义。在《古炉》中，地主身份烙印让狗尿苔等人始终抬不起头来，地主分子或右派分子也都失去了政治话语权，他们的主体性特别是政治主体性因受到抑制而缺失。特别是《病相报告》中，胡方因为"历史问题"在历次政治运动中屡遭打击，在失去政治话语权的同时，他的很多权利包括获得爱情的权利也被剥夺了。在此，贾平凹借助胡方话语权的丧失，对工具理性主导下的机械的政治机构运转所带来的技术专制进行了深刻的反思。

在进行以上主体性反思与批评的同时，贾平凹还对家园主体的主体性与群体性，即个人伦理与公共伦理之间的关系进行了深入的思考。其90年代以来的长篇小说中，在商品经济与消费主义浪潮的影响下，个人主义大肆盛行，"人不为己天诛地灭"成为利己主义者的通行证。而中国传统文化向来重视个体利益与集体利益、个人伦理与公共伦理的统一。费孝通认为，在中国传统乡土社会中个体诉求与族群或团体诉求往往能达成一致，这得益于中国传统社会重视"礼"，重视人际关系，希望建立"大同"世界，即完整的社会结构。在中国传统乡土社会中，个体与族群之间在利益上能够保持高度的一致，从而维持乡土社会的稳定，这个时候的主体与群体或族群之间的裂痕较小。个体是社会的个体，因此个人与群体，主体性与整体性是相互依存的统一体，"人类只有作为整体，才有可能成为主体。或者反过来说，人类要成为主体，就必须以主体整体的方式存在"⑱。贾平凹推崇优秀的传统文化，骨子里浸透着家国情怀，他在90年代以来的长篇小说中始终把忽视公共伦理的个人主义和利己主义作为剖析与批评的重点对象。

贾平凹对个人主义和利己主义的批评是广泛而深刻的。其中城市中的市民和乡土社会中的农民的个人利益与自利心理是贾平凹关注和揭示最多也最普遍的，但贾平凹始终以平民的视角给予了应有的理解与同情。除此以外，贾平凹还在《废都》《白夜》《暂坐》等城市题材的小说中对当代知识分子的个人主义进行了深入的剖析。这几部小说中的故事都发生在具有后现代特点的90年代以后。受后现代社会思潮影响的以庄之蝶为代表的"四大名人"，以海若为代表的十姐妹，以及夜郎、虞白、吴清朴、邹云、丁琳等人，都追求文化、意义和个性的多元化，他们脱离族群而原子化，追求个性自由，任由主体性扩张，他们组建自己的小圈子，经营着自己的利益，缺失了对社会的责任与担当，于是自觉或不自觉地滑向了"个人中心主义"，最终因个体身份与价值的游离而走向孤独、寂寞、焦虑、困惑、恐慌与虚无，有的甚至走向精神颓废与人格堕落。另外，《土门》中的开发商，《高老庄》中的地板厂厂长、蔡老黑，《秦腔》中的农贸市场的商贩们，无不为着私利四面奔走，左冲右突，他们更是现代社会中的利己主义者。

贾平凹还对主体性无限放大后形成的"人类中心主义"深表焦虑与担忧。欲望化主体一旦把自然界作为满足贪婪欲望的手段，必然导致人与自然关系的敌对与紧张。《怀念狼》展示了主体性放纵给生态环境造成的严重后果，以此向人们进行慎重的警示。当然只重视公共伦理而忽略个人伦理也会造成主体性的丧失。《土门》中仁厚村的村民面对城镇化发展的历史大趋势，奋起反抗，抵制拆迁，在护卫家园的过程中体现了主体的积极性与主动性。但他们的主体性最终被压抑，个体的主体性（个人伦理）不得不让位于群体性（公共伦理），从而不得不承受丧失家园的悲剧命运。有类似这样的主体性悲剧的还有《秦腔》中的夏天智、夏天义，《土门》中成义、梅梅等人，他们对传统伦理秩序的守护充满了悲剧色彩。

贾平凹把这些悲剧人物还原到现代化进程的历史现场之中，既要表现他们各自性格缺陷带来的悲剧，也要揭示他们因历史变迁不可左右自身命运带来的悲剧。这其中也蕴含着贾平凹对遭遇历史悲剧的人的同情与悲悯，以及对现代性冲击下家园渐逝的迷茫。

五、乌托邦试验与主体性重建

贾平凹80年代的创作充满了诗意与理想，从90年代特别是从《废都》开始，便转向了"审丑"与主体性批判。笔者认为，这种转型并非突然出现的，也没有造成前后期的断裂。无论是对乡土家园的诗意抒写还是对现实生活缺陷的严肃批评，贾平凹前后期小说之间存在着某种程度的关联与续接，只是前期小说以浪漫的诗意抒写为主，后期小说则以现实批评为主。就《废都》而言，表面看起来，它是对前期田园牧歌般的以商州为代表的理想家园的全盘否定，散发出末世的感伤情绪与颓废色彩，但本质上是对80年代田园牧歌的诗性抒写的反向性回应，它既是一种挽歌般的诀别，也是重整旗鼓继续上路的宣言。可以说，贾平凹90年代后的小说"审丑"是对其80年代小说"诗化"的翻转，它们更加重视文学的"美刺"功能中的"刺"，而"美"则成了隐藏在文本背后的理想，且成为"刺"的参照物。总体而言，贾平凹在对家园主体进行审视与批评的同时，也在不断建构自己理想的家园及其主体性。这种建构主要采用了两种方式：一是直接在小说中通过家园主体的乌托邦试验来重构主体性；二是在小说艺术世界中着力塑造具有优秀传统美德的典型形象，以此彰显理想的主体性。

贾平凹以艺术形式进行的乌托邦家园试验，兼顾了城市和乡土两大时空背景。小说《土门》中仁厚村的村民在反对拆迁的过程中形成了自己的一套管理和运行制度，并试图建构具有鲜明传统乡土特色的"理想国"。但这种拒绝现代文明的乡土乌托邦试验在现代城镇化进程中遭遇了失败。因此贾平凹又构想了神禾塬，将其作为自己的理想社会模型。"它是城市，有完整的城市功能，却没有像西京的这样那样危害，它是农村，但更没有农村的种种落后，那里交通方便，通讯方便，贸易方便，生活方便，文化娱乐方便，但环境优美，水不污染，空气新鲜。"神禾塬可以把传统与现代两种文明融为一体，从而形成既具有现代性也有传统乡土色彩的现代乌托邦家园，这是贾平凹建构乡愁家园的一种理想范式。只不过仁厚村的人并没有去过神禾塬，它更多存在于人们的观念之中。《高老庄》中的西夏不断在高老庄寻找墓碑并抄写碑文，这些碑文本质上是对传统乡土社会的记载，它们综合在一起则在某种程度上还原出了昔日高老庄和美的田园图景，其中既蕴含着作者对传统乡土田园的怀旧情愫，同时也包含着重建家园及其主体性的美好想象。不过小说通过碑文还原呈现的理想化高老庄与《秦腔》中的夏天义着力打造的七里沟世界同样具有保守性。夏天义试图把七里沟还原为自己心中存留的乡土田园景象，但七里沟已经被现代城镇化的浪潮推向了边缘，而且夏天义所带领的劳动者只有疯子与哑巴，乡土家园建设主体的保守性以及主体性的残缺，与现代城市文明无法形成平等的对话和有效的沟通，其失败是无法避免的。夏天义是当代社会现代化进程中的悲剧英雄，而《秦腔》正是贾平凹为逝去的家园竖立的纪念碑。特别值得一提的是，《高老庄》中西夏给省城的朋友写信，还描绘出一个具有现代田园乌托邦色彩的高老庄：这里风色秀丽，空气清新，山峦神秘，湖水湛蓝，神鸟护水，蛙鸣虫唱，丝竹之声不绝，石碑岩画随处可见，土地散发着幽香，村民朴素而单纯，食品健康无污染，有着令人神思飞扬的葡萄园，以及等待现代文明前来开发的处女地。这显然也是贾平凹的乡愁乌托邦构想，但这样的乌托邦想象立即遭到了子路的解构。子路说高老庄："有着争权夺利的镇政府，有着凶神恶煞的派出所，有着土匪一样的蔡老黑，有着被骂为妓女的苏红，有躺在街上的醉汉，有吵不完的架，有臭气熏天的尿窖子，有苍蝇乱飞的饭店，有可怜兮兮的子路，有蛇有蚊有老鼠有跳蚤……"西夏与子路对高老庄的不同描述，映照出贾平凹对传统乡土社会爱恨交织、矛盾重重的文化心理。

除了在乡土空间中进行乌托邦家园的想象性建构外，贾平凹在城市空间中也进行了乌托邦建构试验。《白夜》中的夜郎、虞白、丁琳、宽哥等组成了音乐组织"乐社"，试图通过它找到连接精神家园的通道。尽管他们在其中找到了生存的乐趣与生活的慰藉，但"乐社"最终在现实生活的冲击下难以为继。《暂坐》中海若等十多位女性知识分子以城市一角的"暂坐"茶庄为据点，结成了姊妹联盟，茶庄的众姊妹相互扶持相互帮助，形成了一个温暖的大家庭。海若还把茶庄的二层装修成迎接活佛的佛堂，以便众姐妹能了却生死，解除烦劳。但是茶庄的众女子却各怀私心，加之她们要在现代大都市中生存下来，因此不得不四处走关系找门路，最终陷入是非之中。而她们等待的活佛始终没有出现，这场精神救赎就成了"等待戈多"式的荒诞闹剧。最后，受一场腐败案件的牵连，一场火灾的偶然出现，便导致"暂坐"茶庄名存实亡。于是，海若等人在大都市所做的精神乌托邦实验也以失败告终。贾平凹笔下的现代知识分子试图在现代大都市中用艺术形式来挽留行将消失的美好传统，建构小范围的乌托邦世界，但商品主义经济浪潮以前所未有的趋势淹没了一切。商品拜物教将一切非功利性的审美形式摧毁，艺术乌托邦不可避免地成为时代的过客。

很显然，无论是乡村还是城市中的乌托邦试验和主体性建构都失败了。参与这些试验的主体有着共同特点：一是脱离了时代逆势而动，二是脱离了群体孤军奋战。他们的失败既是艺术世界中人物命运发展的必然，也是贾平凹自身对理想家园不断探寻与建构又不断自我否定的矛盾心理的直接反映，同时也体现了贾平凹在面对现实与理想、传统与现代严重冲突时，灵魂裂变所带来的焦虑与痛苦。但值得肯定的是，贾平凹并没有完全陷入彷徨无处的境地，在他的潜意识中始终坚守着理想与信念，始终坚信在历史与当下仍然存在着民族脊梁式的人物以及优秀民族文化孕育出来的精神之光。因此在贾平凹90年代以来的长篇小说中，几乎都会着力塑造一位或几位具有优秀传统美德的典型人物形象，试图以此完成家园主体性的建构。可以说，在贾平凹的长篇小说中，对优秀传统文化的书写已经形成了一种自觉，成为贯穿其小说创作的一条辅线。比如《白夜》中的宽哥，《土门》中的云林爷，《高老庄》中的西夏，《秦腔》中的夏天义、夏天智，《古炉》中的善人，《山本》中的陈先生、陆菊人，等等。

他们身上凝聚着传统文化的精华，闪烁着人性的光辉，也是家园中理想的主体。

2018年，《带灯》在很大程度上代表了贾平凹对家园主体性思考的深入与成熟。小说着力塑造了带灯这位基层民政女干部形象，在贾平凹笔下，带灯身上兼具传统与现代的优点，她积极向上、一心为民、无私奉献、任劳任怨、不计个人得失，具有较高的思想觉悟。带灯是贾平凹探寻家园主体和建构乡愁主体性的典范。贾平凹说："我才觉得带灯可敬可亲，她是高贵的、智慧的，环境的逼仄才使她的想象无涯啊！我们可恨着那些贪官污吏，但又想，房子是砖瓦土坯所建，必有大梁和柱子，这些人天生为天下而生，为天下而想，自然不会去为自己的私欲而积财盗名好色和轻薄敷衍，这些人就是江山社稷的脊梁，就是民族的精英。"⑩由此可见，带灯是贾平凹着力塑造的具有完整主体性的乡土家园中的理想人物，也是贾平凹对家园主体性探寻的一次总结。

贾平凹对家园主体性的探寻并不仅仅停留在现实空间之中，他还把对主体性的探寻与神性进行了关联，使主体性追求上升到一个更高的也是最高的层次。这又形成了贾平凹长篇小说书写的另一条辅线，只是这条辅线以书写隐秘的存在为主。贾平凹在小说中常常以诗性的笔触书写大自然的神奇与秀美，同时还不停地把佛、仙、道、鬼等极为神秘的人事引入小说情节之中，比如《废都》中的牛能进行哲理性思考，《土门》中的云林爷半人半仙，具有了神性色彩，而《秦腔》中的引生、《古炉》中的狗尿苔、《高老庄》中的石头等都能与自然界的动植物进行神秘的沟通交流，《山本》中的陈先生可以预知未来，《老生》中的唱师不仅长命不死，而且能跨越阴阳两界。除此以外，贾平凹还赋予动物以神性，比如《怀念狼》中的狼具有了灵性，《老生》中的猫会说人话，《高老庄》中的蝴蝶能与石头对话……在贾平凹的小说中，这种神秘叙事可以说比比皆是。其实，一方面，神秘叙事既是贾平凹对神秘的不可知的存在的探寻，也是其赋予主体性以神性的一种有效的艺术手段。贾平凹在《高老庄》中借助西夏发现的碑文指出："人无神不灵，神无人不显。是神与人互相为捍卫者也。"贾平凹追求的是人神一体的理想境界，认为获得这样的境界也就拥有了最完整、最自由、最理想的主体性。另一方面，贾平凹还试图通过对神秘的民间文化的叙写，来抵制现代科技或技术主义对人的主体性的压抑或异化，希望能回归人的原始的自然本真状态，从而赋予主体永恒的神性，以此抵御现代性所带来的碎片化与虚无化，最终抵达精神家园，实现灵魂的诗意栖居。

贾平凹作为具有浓厚的古典情结的作家，其身上具有鲜明的传统士大夫精神气质，他始终坚守一个作家的本分与良知，坚持以平民视角和悲悯情怀书写日常琐碎生活，回归大地与民间，审视生存家园和主体命运，探寻普通人生活的本相与存在的本质。贾平凹始终把人的主体性批评与建构作为自己的艺术使命，坚持以批评为手段，以建构为旨归，将对俗世生活的关怀、对自然生态的关注、对存在意义的叩问、对永恒神性的追寻融为一体，并将琐碎日常生活与匠心独具的艺术构思相结合，完成了多维立体的审美空间建构。而这一切都是为了留住家园的记忆，慰藉孤独的灵魂，为包括自己在内的现代人守住灵魂栖居的精神家园。然而在势不可挡的现代化洪流中，贾平凹记忆与想象中的家园似乎都变得摇摇欲坠了，从这个意义上说，贾平凹对家园坚守的艺术创作不免带有几分悲剧色彩和悲壮意味。

注释：
① 本文系2018年教育部人文社会科学研究一般项目"新时期乡土小说中的乡愁叙事研究"（18YJA751019）的阶段性成果。
② 贾平凹：《贾平凹答〈文学家〉问》，载《文学家》1986年第1期。
③ 韩小蕙选编：《1998中国最佳随笔》，辽宁人民出版社1999

④ 林建法、李桂玲主编：《说贾平凹》，辽宁人民出版社2014年版，第49页。

⑤ 林建法、李桂玲主编：《说贾平凹》，辽宁人民出版社2014年版，第14页。

⑥ 林建法、李桂玲主编：《说贾平凹》，辽宁人民出版社2014年版，第62页。

⑦ 韩小蕙选编：《1998中国最佳随笔》，辽宁人民出版社1999年版，第352页。

⑧ 贾平凹、穆涛：《平凹之路——贾平凹精神自传》，青海人民出版社1994年版，第65页。

⑨ 孙建喜、穆涛：《〈高老庄〉北京研讨会纪要》，载《小说评论》1999年第4期。

⑩ 林建法、李桂玲主编：《说贾平凹》，辽宁人民出版社2014年版，第406页。

⑪ 雷达主编、梁颖编选：《贾平凹研究资料》，山东文艺出版社2006年版，第152页。

⑫ 雷达主编、梁颖编选：《贾平凹研究资料》，山东文艺出版社2006年版，第152页。

⑬ 刘明石、于海洋：《交往视域人的主体性》，哈尔滨地图出版社2008年版，第28页。

⑭ 马克思：《1844年经济学哲学手稿》，人民出版社1985年版，第126页。

⑮ 马克思：《1844年经济学哲学手稿》，人民出版社1985年版，第126页。

⑯ 徐德明：《乡下人进城的一种叙述——论贾平凹的〈高兴〉》，载《文学评论》2008年第1期。

⑰ 张智庭：《法国符号学论集》，南开大学出版社2018年版，第23页。

⑱ 潘志恒：《主体与存在》，厦门大学出版社2015年版，第103页。

⑲ 林建法、李桂玲主编：《说贾平凹》，辽宁人民出版社2014年版，第13页。

作者单位：中北大学人文社会科学学院

重访"商州":贾平凹商州系列作品中的地方性问题之考察

张慧敏

众所周知,贾平凹是中国当代文学最具创造性的重要作家之一,被誉为"鬼才"、中国当代文坛的一棵"常青树"。如果从1973年他正式发表第一篇小说《一双袜子》算起,他迄今已有将近半个世纪的创作历程。截至目前,年近古稀的贾平凹已公开出版了十七部长篇小说和不计其数的散文、中短篇小说以及各种回忆录和创作自述、作品序跋、演讲录、访谈录等。这些作品,有的为他带来无穷的争议,有的则获得巨大的荣誉,无论如何,承认贾平凹的艺术创作已臻炉火纯青之境界,大概并不算太过。大体上说来,他的创作主要建基于商州和西安两地,有论者因此将其概括为"商州情结 长安气质"①,一方面,商州是贾平凹早期成长的故乡,也是他个人性格和艺术禀赋的生成之地;另一方面,他对于人生和社会的判断与认识,他的文学经验和文学思想的养成又和他四十多年的西安生活经历密切相关。"我的创作基地有两块,一是我的家乡商州,一是我现在工作和生活的城市西安。所有作品里的故事都发生在这两个地方,即使故乡的素材来源于别的地方,但我仍是改造了把它拉到这两个地方。"②借助于商州的故事和人物,贾平凹创造出一个超越了商州的更为普遍和更为博大的文学版图,而这样的超越,基于他四十年的西安生活,他的文学艺术观念、精神追求和他的文人气质与他在古城西安的生活经历是分不开的。在文学史上,我们也可以发现,很多优秀的作家总要在真实与虚构之间建立自己的文学根据地,譬如福克纳的约克纳帕塔法、马尔克斯的马孔多、沈从文的湘西以及莫言的高密东北乡等。这熔铸了真实空间与想象空间的"第三空间",是作家创造力与想象力的确证。因此,要更好地理解贾平凹的整个文学世界,就不能不一次次进入他的"商州"。商州,可以说既是贾平凹成功书写和创造的精神故乡,也是他文学诞生的最初地理空间以及后来源源不断的写作实践的不竭动力。

一

虽然贾平凹从20世纪70年代开始的文学创作就以描写山乡风貌见长,带有强烈的地域色彩,但真正使其立足并扬名文坛的还是80年代的"商州系列"作品。这些作品开始让读者认识到一个神奇的商州世界,也开始让贾平凹意识到他真正的写作兴趣之所在。找到一种独一无二的声音或形式来描述和呈现本土文化与自身的地方性审美经验,这也是自80年代以来中国当代小说努力的主要方向。"对于'家乡'或'乡土'的现代迷恋是有关地方(the local)或区域(the regional,汉语中称为乡土、地方)的现代表征的重要组成成分"③,不少作家选择返回过去,或回归故乡,在时间和地理的陌异性中寻找灵感,以迂回的寻根来重新进入当下的现实。因此,批评家多将这一类作品纳入80年代的"寻根文学"思潮的范畴之中,"'商州系列'与同时期的李杭育的'葛川江系列'、稍后莫言的'高密东北乡系列'以及之前沈从文的'湘西世界'等共同建构起了中国现当代文学史上极富文化意味的中国乡土想象格局"④。然而,在理解这一问题时，如果仅仅止步于认为这些作品只是完美地呈现了商州的地域文化或风俗画卷，依然在外部环境的意义上赞赏其中山川风物、民风民俗之描写的生动细致，我以为，就仍然没有较好地揭示出贾平凹商州文学的丰富性和复杂性。

关于商州系列作品的创作，贾平凹曾自述道："我想着眼于考察和研究这里的地理、风情、历史、习俗，从民族学和民俗学方面入手。"⑤具体来说则是："我在商州每到一地，一是翻阅县志，二是观看戏曲演出，三是收集民间歌谣和传说故事，四是寻吃当地小吃，五是找机会参加一些红白喜事活动。这一切都渗透着当地的文化啊！"⑥自然地理之外诸多文化因素的介入使得贾平凹显然绝不仅仅是要提供一份为世人所不知的商州的旅游指南——虽然从读者来说确实有着这种客观的作用（贾平凹在其小说《浮躁》序言之一中就抱怨说："现在已经有许多人到商州去旅行考察，他们所带的指南是我以往的一些小说，却往往乘兴而去败兴而归，责骂我的欺骗。这全是心之不同而目之色异的原因，怨我是没有道理的。"）。而贾平凹所谓的文化，毫无疑问正是雷蒙德·威廉斯所界定过的文化，也即"一群人、一个时期或一个群体的某种特别的生活方式"，或者说，就是人们日常生活的一部分。县志书写、戏曲演出、歌谣传说、小吃制作以及红白喜事等，这就是活生生的文化或实践，正是这些文化实践赋予生命和生活以意义。在贾平凹笔下的商州中，自然地理与社会历史、风俗民情、传统文化已经融为一体，难分彼此，它们一起构成了人物得以存在的"地方空间"或索雅所谓的"第三空间"。"第三空间是生活的空间（lived space），它打断了感知空间（perceived space）与空间实践（spatial practices）的区分。他以第一空间这个词汇来描述在经验上可以测量和描绘的现象。第二空间是感知的空间，是主观与想像的空间，亦即再现和想像的领域。第三空间或说生活的空间，是一种不同的思考方式。第三空间是为人所实践及生活的空间，而不仅是物质（构想）或心灵（感知）的空间。"⑦由此可以进一步说，商州就不仅是世界上的某一"地方空间"或"第三空间"，它还是主体认识世界的一种方式，如作者所言，"我是站在西安的角度上回望商州，也更了解商州，而又站在商州的角度上观察中国，认识中国"⑧。因此，当以一种"离去—归来"之姿态出现时，贾平凹是发现并重塑了商州，他在这里看到了不同于他人所看到的事物，看到了一个不同于他人的意义和经验的世界，尤其看到了其中人与地方之间的情感依附和关联。

因此，在这一系列的作品中，贾平凹从地方文化内部出发对故乡商州地区的自然地理、文化历史及生活变迁等进行深描，通过对风情、习俗、伦理等地方性知识的书写完成了对商州的文学地理学空间重塑。所谓深描，是排除他者视角的解释性呈现与讲述，是从内部视角出发的对所有充满省略、前后不一致、杂乱无章的行为都能心领神会的描述。这种内部视角，尤为贴合、切近人类学家在面对地方性知识时所强调的"文化持有者的内部视界"，它涉及人类学书写者的思维和解释立场及话语表达的问题。写作者不能是一个纯粹"族内人"的身份，否则他的书写即成为地方文化承担者本身的认知，代表着内部的世界观，是内部的描写，也是内部知识体系的传承者；同时也不能是一个纯粹的"外来者"，否则他的书写只能代表一种外来的客观的"科学"的观察。那么，人类学家应该怎样才能做出与其文化持有者文化状况相吻合的确切的诠释呢？在人类学家吉尔兹看来："它既不应完全沉湎于文化持有者的心境和理解，把他的文化描写志中的巫术部分写得像是一个真正的巫师写的那样，又不能像请一个对音色没有任何真切概念的聋子去鉴别音色似的，把一部文化描写志中的巫术部分写得像是一个几何学家写的那样。"⑨应该说这正是贾平凹面对商州所占据的位置。虽然生于且长于商州，但不同于另外的商州本地人士，彼时的贾平凹已经有了在省城西安读书求学以及工作成名的经历，这使他获得了一个相对于商州的他者的视角。因此，他既是商州的一个"外来者"，同时也是一个"族内人"，他不需要通过"移情"的方式刻意去培养一种认同本地情境的"地方感觉"，他自己就具备这样一种"地方感"，并且可以反过来对其进行相对客观的考察与审视，从而完成那些近乎民族志书写的商州系列作品。

二

格尔茨认为，一部具体的民族志，其描述是否成功"并非取决于它的作者能否捕捉住遥远的地方的原始事实，并且把它们像一只面具或一座雕塑那样带回家来"，而是取决于作者的讲述或阐释能否唤起一种创造性想象力，说服人们"减少对鲜为人知的背景中陌生行为自然要产生的那种困惑"。⑩ 而文学作品中写"地方性知识"，有时也许并不特别符合所谓事实的"真实性"或"客观性"尺度，却往往能超越于此，表达出情景化的个体经验并解释经验背后更为深邃的文化意义。而"理解文化不只是简单地理解客观'现实'，一个可以在世界的'某处'被现成地发现的'现实'。存在着多种现实，每一个群体都有它可以声称是'真实的'世界观，这些世界观只有通过表征的形式才能得以利用。它们必须被作为故事来被讲述、被书写，作为油画被描绘，作为电影被放映以及作为歌曲被歌唱和作为戏剧被表演。我们需要注意世界通过各种媒体都描述（或再次呈现）的方式"。⑪ 贾平凹写商州，不仅对商州的山川地理形势和小镇村庄做客观记述，就是对每一地的历史沿革和民间传说的描写，也多参考当地县志，因此在读者读来，他的作品颇近似于历史地理通俗读物，但即便如纪录片似的客观纪实，那镜头后面也有着一双眼睛。当他跋涉、漫游于商州大地之上时，"心中的确装着司马迁写《史记》，沈从文写《湘行散记》时的眼光和文化情怀"。⑫ 他对于商州地理与历史文化的熟悉，简直到了如数家珍的程度。譬如在《商州初录》的引言中，作者谈道：

我曾经查过商州十八本地方志，本本都有记载：商州者，商鞅封地也。这便是足见商州历史悠久，并非荒洪蛮夷之地的证据吧！如果和商州人聊起来，他们津津乐道的还是这点，说丹江边上便有这么一山，并不高峻，山峁纵横，正呈现一个"商"字，以此山脚下有一个镇落，从远古至今一直叫"商镇"不改。还说，在明、清，延至民国初年，通往八百里秦川有四大关隘，北是金锁关，东是潼关，西是大散关，南是武关；武关便在商州。一条丹江水从秦岭东坡发源，一路东南而去，经商县，丹凤，商南，又以丹凤为中，北是洛南，南是山阳，西是柞水，镇安，七个县匀匀撒开，距离相等，势如七勺星斗。

诸如这样的描述在商州系列的作品中比比皆是。《商州初录》中依次描述下来的黑龙口、莽岭一条沟、桃冲、石头沟、龙驹寨、冯家湾、贾家沟、山阳、棣花、白浪街和镇柞等，无一不是以工笔细细描绘出其地势地形和乡民生活，有的地方甚至在别的作品中反复出现，《浮躁》中所写"一脚踏三省"的小镇白浪街即是《商州初录》中的白浪街，而贾平凹本人的家乡棣花街，甚至成了其2005年的作品《秦腔》中的主要空间。在《秦腔》后记中，他告诉读者："在陕西东南，沿着丹江往下走，到了丹凤县和商县（现在商洛专区改制为商洛市，商县为商州区）交接的地方有个叫棣花街的村镇，那就是我的故乡。"⑬ 当然，棣花街在小说中被虚构为清风街，而它在《商州初录》中早已被浓墨重彩地加以描绘过，"无论如何我是该写写棣花这个地方了。商州的人，或许是常出门的，或许一辈子没有走出过门前的大山，但是，棣花却是知道的。棣花之所以有名，有各种各样的说法。文人界的，都知道那里出过商州唯一的举人韩玄子"⑭。韩玄子又出现在贾平凹同一时期另一篇作品《腊月·正月》中，成为小说主人公的名字。还有，贾平凹的第一部长篇小说不但以"商州"命名，也同样在每一单元的第一部分中用大量近似实录的笔墨穿插描绘出了商州各地的地域地理、风土人情和历史习俗，使得这部小说呈现出一种文体上的杂糅风格，既是近似于"商州三录"的半纪实性的非虚构文学，又是像"改革三部曲"一样的虚构文学。其实，这种文体上的杂糅与含混本身在"商州三录"中就已存在，譬如，有的论者将其视为纪实性散文，而另一些论者则毫不含糊地将其视为小说。之所以会有这样的问题，一方面在于一般读者常常会依据自身在长期阅读中形成的文体经验来框定对象，而更主要的当然是文本中渗透着的作者自身的个体经验，以及组织这些经验的方式。

典型的人本主义地理学家段义孚就尤其重视人的经验的视角，经验是跨越人认知真实世界及建构真实世界的全部过程，"经验是一个适用于各种模式的应用广泛的术语。一个人可以通过经验了解现实，并建构现实。……假如我们对一种物体或一个地方的体验是完整的，也就是说，调动了所有的感官且经过了大脑积极的反思，那么它就实现了具体的现实性。长期居住于某地使我们能够熟悉该地，然而，如果我们不能从外部审视它，或者基于自身的经验反思它，那么它的形象就缺乏清晰性。而如果我们只是从外部——通过游客的眼睛或者阅读指南中的介绍——知道某个地方，那么这个地方会缺乏真实意义"⑮。这也是前述贾平凹对商州进行深描的恰切位置所在。英国文化地理学者迈克·克朗则指出，人文地理学者在文学作品中找到了注重地区经验的描述，他们意识到，文学作品中的描述同样涵盖了对地区生活经历的分析。他引用波科克的观点说："小说的真实是一种超越简单事实的真实。这种真实可能超越或是包含了比日常生活所能体现的更多的真实。""这些充满想象的描述使地理学者认识到了一个地方独特的风情，一个地区特有的'精神'。"⑯而在论及"文化是怎样塑造日常空间的"这一问题时，他的结论是，"文学作品不能简单地视为对某些地区和地点的描述，许多时候是文学作品帮助创造了这些地区"⑰。因而，文学作品中的空间不能简单地视为对某些地区和地点的描述，在个体经验的烛照之下，它背后的带有想象力和创造性的意义才是将现实与读者一体相连的关键所在。

由此，在贾平凹商州系列的大部分作品中，他自身的影子随处可见。如在《商州初录》中出现一群旅行者后慢慢聚焦的"那一个"旅人叙述者，这个旅人从《黑龙口》一直到《镇柞的山》，在《商州又录》中摇身一变而成为商州一个抒情的歌者，到《商州再录》中又成为商州历史传说的回忆者和讲述者。在小说《商州》中，贾平凹甚至一开头就专设了一条线索将自身安置进去："有这样一个后生，性情乖觉，不愿披露姓名，但祖籍商州，诞生于鼠年，属十二相之首，相推则为金命。"无论是虚构还是纪实，主体之时时刻刻的存在更加彰显出作为地方的商州的意义。地方本就是存在的空间，是意义和价值的中心。段义孚强调空间可以透过对象物和地方的相对位置而经验到，文艺著作的功能就是使这种经验获得可见度；地方是一种"价值的凝聚"，因此人对地方会产生一种特殊的精神，即超出物质和感官并且能够感到的对这个地区精神的依恋，也即地方感。克朗则认为文学艺术正是人们表达这种情感意义的一种重要方式。这种"地方感"不仅存在于贾平凹和商州之间，它同时还存在于作品中人物与其活动于其中的商州之间，甚至也存在于某些读者与其体验到的商州之间。

三

至于商州系列作品创作的动机问题，贾平凹自己多次做过说明，相关的文献和研究也解释得相当全面和细致。从间接的一面来说，在经过将近十年的创作后，彼时的贾平凹发现自己开始陷入苦闷彷徨的创作瓶颈期，他需要寻求自己新的突破；从直接的一面来说，起因于1982年西安"笔耕"文学评论组在一次小说创作讨论会上对贾平凹1981年前后一些作品尖锐的批评。这次批判事件对他的刺激和影响很大，应该说是直接促发了他的商州之行："那时我对城市还存在着一定的抵触，心里不畅了，喜欢回故乡。在故乡待了一些日子，乡下的生活唤起了我小时记忆，我醒悟到我的创作一直没根，总是随波逐流，像个流寇。别人写伤痕类的作品，我也写，而我写这类作品，体悟并不深刻。别人写知青，而我又是回乡青年，我得有我的根据地呀，于是萌生了写故乡的人与事。此后，我开始有意识地回故乡采风。"[18] 到1985年，在连续发表《商州初录》《商州又录》和《商州再录》等作品之后，商州这个地名已经在全国产生了很大影响，贾平凹也自称再次找回了一度迷失的自己："这一组笔法大致归之于纪实性的，重于从历史的角度上来考察商州这块地方，回归这个地方的民族的一些东西，而再将这些东西重新以现代化的观念进行审视，而做一点力所能及的挖掘、开拓。我觉得这个路子最宜于表现商州，也最宜于表现我。"[19] 也就是说，商州系列不仅成就了商州，也成就了贾平凹自己，与此同时，贾平凹也通过商州系列中对商州的发现和创作，与故乡之间不再像幼时成长期那样只是简单的生存与依附的关系，而真正实现了两者之间的一种认同。如前所述，每个人都对某一地方有一种主观和情感上的依附，也即有"地方感"，而文艺作品尤其是能唤起这种"地方感"的媒介形式。显然，对于每个人来讲，地方都不仅是某一空间，它还是认识世界的一种方式，"地方也是一种观看、认识和理解世界的方式。我们把世界视为含括各种地方的世界时，就会看见不同的事物。我们看见人与地方之间的情感依附和关联。我们看见意义和经验的世界"[20]。千言万语一句话，商州对于贾平凹来说，可能是他终其一生都难以离开的精神原乡。

然而，有趣的是，事情到此并没有结束。2020年，贾平凹在一次接受《新民周刊》记者采访时还声称，"我对家乡的感情是又恨又爱"——爱当然是因为商州这方水土养育了他，恨则是因为在青少年时期因为贫穷而常常吃不饱肚子。爱恨交织大概也是很多人对于自己故乡的一种态度。时至今日，贾平凹应该不会再因为饿肚子而记恨家乡了。因为，今时今日的商州相对于上世纪贾平凹所写商州系列作品中的商州，实在已经不可同日而语了——像中国大多数的城市和农村一样，那里也发生了并继续发生着天翻地覆的变化，而这些变化，在很大程度上都与贾平凹有关，与他之前所写的商州有关，正如《新民周刊》的报道说的，"贾平凹没有料到，文学写作的力量也很强大，可以帮助老家发展经济"。这里的"帮助发展"，一方面是贾平凹成名后依靠其文化资本进言献策，譬如他在作为全国政协委员和全国人大代表之时参政议政，用政协提案和人大建言，参与国家建设——每年全国两会开会前，贾平凹都会认真做一些调研，提交一些文化领域的议案、建议，支持陕西的社会和经济发展。"我觉得，人大代表是有一份责任的，就是要你给大家说话的，要把最基层的人民的意愿表达出来反映上来，我本来的角色是写作者，地方作协的一个工作者。对我来说，最起码要把地方上的那些文艺工作者的想法表达出来。"另一方面，也是更主要的方面是地方机构将贾平凹的文化资本通过文旅形式高度转化为经济资本，在贾平凹的老家棣花镇建设贾平凹文学馆，保护贾塬村贾平凹住过的老宅，利用他在国内外的社会影响力，招商引资，开发文化旅游产业，发展地方经济。更奇妙的是，在贾平凹文学馆的兴建过程中，根据贾平凹小说里所描述的景观，当地政府在棣花古镇上，复建了清风街（老街）、古驿站、戏楼、二郎庙等古建筑，连同新建设的千亩荷塘，形成了今天的旅游景区。这对于贾平凹和文学来说，都不啻莫大的荣幸和骄傲。尤其在"文学无用论"主导的现代实用主义社会中，文学居然会引发真实现实的巨大改变并生产出一连串实实在在的地理景观，这是否会让我们再次想起王尔德那句名言，"生活模仿艺术远胜于艺术模仿生活"？而且，我们是否需要再次认真地思考一下这个命题？

商州究竟是怎样形成的？如果说贾平凹在他20世纪80年代的商州系列作品中第一次发现并塑造了商州，如人文地理学家所认为的那样，地方显然是经由文学、电影和音乐这类文化实践而创造的，而作为

综合研究 | 025

地方的商州却并未止步于此，地方在某种意义上也从未真正完成，而是透过反复的实践不断地被生产；那么，在新世纪以来，由于贾平凹及其文学世界巨大的社会效应，他在文学中借助于想象和虚构完成的个体化的和文化化的商州，被引入复制到现实世界中来，从而完成了商州的第二次生产和塑造。我以为这一点恰恰是贾平凹商州系列作品最大的意义和价值所在。它同时也促使我们再次思考文学的功能，文学和真实，文学和现实等一系列历史深处久远的命题，它们远没有被思索到尽头。至少，我们再不可能回到简单的反映论中去，再不会简单地以"无用"来界定文学的功能——虽然这不过是常识。对贾平凹和他的商州系列作品的反复阅读和思考，让我们看到，他并非简单地对地理意义上的商州进行描述或再现，而是通过语言来发现或创造一个文学地理学意义上的商州，它尽管带着强烈的个体经验和深邃的文化意义，但依然能对读者和现实世界进行持续不断的影响甚至改变。只有知晓了这一点，我以为我们才能真正理解贾平凹或其他一切事关地方的文学作品。

注释：

① 程华：《商州情结　长安气质——贾平凹从商州到西安的文学创作》，载《商洛学院学报》2014年第3期。
② 贾平凹：《文学与地理——在香港贾平凹文学作品国际研讨会上的发言》，载《东吴学术》2016年第3期。
③ 杜赞奇：《地方世界：现代中国的乡土诗学与政治》，见王铭铭主编《中国人类学评论》第2辑，世界图书出版公司2007年版，第21页。
④ 李遇春：《守望及变革——论贾平凹四十年小说创作轨迹》，载《湖北大学学报》（哲学社会科学版）2016年第1期。
⑤ 贾平凹：《腊月·正月》，北京十月文艺出版社1985年版，第423页。
⑥ 贾平凹：《贾平凹文论集：访谈》，生活·读书·新知三联书店2015年版，第6页。
⑦ Tim Gresswell：《地方：记忆、想像与认同》，徐苔玲、王志弘译，群学出版有限公司2006年版，第65页。
⑧ 贾平凹：《文学与地理——在香港贾平凹文学作品国际研讨会上的发言》，载《东吴学术》2016年第3期。
⑨ 克里福德·吉尔兹：《地方性知识——阐释人类学论文集》，王海龙、张家瑄译，中央编译出版社2000年版，第73—74页。
⑩ 克利福德·格尔茨：《文化的解释》，韩莉译，译林出版社2015年版，第21页。
⑪ 阿雷恩·鲍尔德温等著：《文化研究导论》（修订版），陶东风等译，高等教育出版社2004年版，第143页。
⑫ 程光炜：《贾平凹序跋、文谈中的商州》，载《文艺研究》2016年第10期。
⑬ 贾平凹：《秦腔》，作家出版社2005年版，第558页。
⑭ 贾平凹：《商州：说不尽的故事》第4卷，华夏出版社1995年版，第84页。
⑮ 段义孚：《空间与地方：经验的视角》，王志标译，中国人民大学出版社2017年版，第14页。
⑯ 迈克·克朗：《文化地理学》，杨淑华、宋慧敏译，南京大学出版社2005年版，第41页。
⑰ 迈克·克朗：《文化地理学》，杨淑华、宋慧敏译，南京大学出版社2005年版，第40页。
⑱ 贾平凹：《贾平凹文论集：关于小说》，生活·读书·新知三联书店2015年版，第206页。
⑲ 贾平凹：《贾平凹文论集：关于小说》，生活·读书·新知三联书店2015年版，第24页。
⑳ Tim Gresswell：《地方：记忆、想像与认同》，徐苔玲、王志弘译，群学出版有限公司2006年版，第21页。

作者单位：山西大学文学院

生态文学视野下的贾平凹新世纪小说创作

王云杉

贾平凹在 1987 年发表了第一部长篇小说《浮躁》，并在此后保持着良好的创作状态，凭借一大批优秀的作品，逐渐获得了学界的认可和赞扬。据统计，在小说方面，目前已出版的贾平凹作品版本多达三百余种[①]。新世纪以来，贾平凹创作了多部质量上乘的长篇小说。众多论者纷纷撰文探讨贾平凹作品的创作特色和艺术成就，涌现出不少具有启发性的研究成果。不过，人们大多在乡土文学、城乡书写、底层写作等既定的阐释框架内，使用传统与现代、进步与落后、本土与西方等批评话语来分析贾平凹的创作，而借助生态文学的学术视角对贾平凹作品进行讨论的文章较少。相关的文章仅仅涉及《商州初录》《怀念狼》等少数贾平凹作品，呈现出碎片化和零散化的研究现状。实际上，贾平凹生态叙事的作品并不少见。有学者曾经指出："对自然的迷恋和敬畏使贾平凹成为中国当代文学中较早关注生态问题的作家。"[②]不难发现，无论是较早的《白夜》《土门》《高老庄》，还是新世纪以来的《带灯》《老生》《山本》等作品都具有较强的生态写作意味，但是人们对贾平凹的生态叙事缺乏系统和充分的研究。因此，我们不妨在生态文学的视野下，重新进入贾平凹的小说世界，分析作家生态意识的几个层面，并对贾平凹作品的文学意义进行再阐释。

一、重审人与自然的关系

随着工业文明的不断发展，日益严峻的生态问题引起了人们的注意。吉登斯在《现代性的后果》中指出人类社会的诸多危机，其中包括了生态灾难，例如核污染、海洋化学污染、大气污染与温室效应、海平面上升、热带雨林被大量砍伐、滥用肥料与土壤退化等。吉登斯对于人类社会风险性的认识不无道理。应该说，生态文学正是人类社会环境危机的产物。在 20 世纪 80 年代，中国作家已经介入现实生活中，并以报告文学的形式，直接反映了改革开放时代中的诸多环境问题。有论者曾对中国当代生态文学的发展脉络进行了较为全面和细致的梳理，认为作家的生态叙事萌发于 80 年代初期到中期，并在 90 年代之后逐渐进入高潮。[③]这一论断是符合实际的。我们发现，孔捷生、阿城等少数作家在 80 年代的创作中，已经触及人与自然的关系问题。到了 90 年代之后，迟子建、铁凝、张炜、石舒清等更多的作家则进一步反映了人与自然之间的紧密联系，正如袁文卓所说："20 世纪 90 年代小说中的生态叙事，早已一改 80 年代末期对以自然环境恶化为书写对象的叙述范式，转为对人与自然和谐共生的深度阐发。"[④]新世纪以来，作家的生态意识不断深化，并从多个层面认识到人与大地的内在生命联系。其中，贾平凹发表于 2000 年的长篇小说《怀念狼》，以及姜戎《狼图腾》、郭雪波《大漠狼孩》、杜光辉《哦，我的可可西里》、叶广芩《老虎大福》和《狗熊淑娟》、严歌苓《小站》等动物叙事的文本，都展现了人与自然之间的复杂关系。应该说，贾平凹《怀念狼》较早反思了"人类中心主义"的观念，并且表达了"整体主义"的生态意识。

人与自然的关系属于生态文学的创作母题之一。

贾平凹在新世纪长篇小说的生态叙事中，从对既定生态观念的直接反映，到发现人与自然的内在生命联系，呈现出一定的转变过程。与姜戎《狼图腾》提出"大命"与"小命"，即草原和人与动物的辩证关系相比，贾平凹《怀念狼》同样认识到动物对维持生态平衡所起到的重要作用，并以平等友善的眼光，发现了动物不可代替的生命价值。我们看到，狼在商州逐渐消失时，当地人纷纷患上了莫名其妙的怪病，甚至成了行为古怪、脾气暴躁的"人狼"。应该说，虽然贾平凹较早反映人与自然和谐共处的生态观念，但是作品也留下了一个问题：人为什么离不开狼？人们可以认为，狼是生命的象征，"怀念狼是怀念勃发的生命，怀念英雄，怀念着世界的平衡"⑤。然而，生活中的实际情况与作家的观点恰恰相反。由于狼的存在，人的生命安全无可避免地受到一定的威胁，这也是《怀念狼》和《狼图腾》都包含着人猎杀狼的相关情节的根本原因。以此观之，《怀念狼》对于生态"整体主义"观念的表达，依然存在着概念化的艺术缺陷。当然，随着时间的推移，贾平凹重建了人与动物、植物以及土地之间的内在联系，并将科学的生态观念自然地融入作品之中。

贾平凹新世纪以来的小说大多以乡村为创作题材。长期以来，人们对贾平凹的城乡书写、底层叙事、民间文化之类的话题保持着浓厚的兴趣，却容易忽视文本内部的生态叙事问题，这在《极花》的评论中得到了集中体现。实际上，《极花》反映了人与自然之间的生命联系，但在作品出版之后，众多论者受到作家"我关注的是城市在怎样地肥大而农村在怎样地凋敝着"⑥这一句创作谈的启发，纷纷阐释作品中的现实关怀和社会批判主题而贾平凹在创作《极花》时复杂的心态活动，却没有引起人们足够的注意。作家写道："小说的生长如同匠人在庙里用泥巴捏神像，捏成了匠人就得下跪拜，那泥巴就成了神。"⑦从这里可以看出，人物的命运和故事的发展似乎超出了作家的控制。应该说，《极花》不是一个纯粹的社会问题小说，并非仅仅反映乡村地区的婚恋、家庭问题，以及反思城乡文明的冲突，而是蕴含着较大的思想张力，具有多种解读的可能性。

在《极花》中，小说使用了多种叙述视角。因此，我们需要追问："我"、主人公胡蝶和小说的核心意象极花之间是什么关系？纵观整部小说，作家主要以第一人称"我"为叙述视角，兼用第三人称胡蝶的视角来展现部分情节。视角对于小说意义的理解非常重要。戴维·洛奇指出："确定从何种视点叙述故事是小说家创作中最重要的抉择了，因为它直接影响到读者对小说人物及其行为的反应，无论这反应是情感方面的还是道德观念方面的。"⑧视角不仅表现作家的叙述伦理，而且参与小说主题的建构。在《极花》中，当主人公胡蝶遭受身体上的暴力伤害时，作家即用第三人称的叙述视角。例如胡蝶第一次跳窗逃跑，被村民发现后，遭到黑亮等人的毒打之后，"我"的灵魂脱离胡蝶的身体，看着被囚禁在窑洞中的胡蝶绝望地摔打东西。又如胡蝶被村民固定在炕上，随后遭受黑亮强加的暴力侵害的过程，同样是通过胡蝶的第三人称视角来呈现的。与此同时，作者在叙述满仓娘给"我"接生的过程中，在第一人称和第三人称两种视角之间来回转换。可见，作家使用了多种叙述视角来呈现故事情节。当"我"回忆胡蝶"被侮辱和被损害"的场景，以及生育孩子兔子的时候，小说视角发生了转换。申丹对小说叙述人称和视角的变化曾有深刻的研究，认为第一人称属于回顾性的叙述视角，其中包含两种眼光："一是叙述者'我'从现在的角度追忆往事的眼光，二是被追忆的'我'过去正在经历事件时的眼光。"⑨申丹认为第一人称叙述视角包含着叙述者和小说人物不同的观察立场，其中的差别不应该被忽视。在《极花》中，"我"和胡蝶两种叙述视角，为"我"和"自我"的对话提供了可能性。村里的老老爷告诉"我"，胡蝶（蝴蝶）的前世是一朵花。于是，"我"发现了自身和极花之间的潜在联系。"黑亮在镜框里装了极花就来了我，村里那么多光棍效仿着也在镜框里装极花，那么，我来寻的就是极花？"⑩可以说，胡蝶将自我和极花视为一个生命共同体，并在与极花的精神对话中，找到了面对苦难命运的生存勇气与信念。

正是小说叙述视角和人称的变化，使人物与自然意象产生了重要的内在联系。在小说结尾，胡蝶意识到自己的生命将成为一张干枯、空洞的皮囊，这与极花被晒干、挤压后装在镜框中的形象颇为相似——胡蝶和极花都属于被外界极力压榨的个体生命。同时，作家还以动物的视角描写胡蝶和其他人物。胡蝶被黑亮等人侵犯的时候，正如一群狮子围捕一只鹿，由此，胡蝶把自己想象成"一只被剁了头的鸡""死海里的一条鱼""一只颜色还嫩黄的小蚂蚁"的形象。同时，在"我"看来，村里人"有老虎有狮子也有蜈蚣蛤蟆黄鼠狼子，更有着一群苍蝇蚊子"⑪。植物和动物组成的自然意象并非仅仅是作家的点缀之笔，而成为小说中重要的观察视角。其中，主人公与极花的生命联系最为密切。借助极花意象，作家写出了人在恶劣环境中坚忍顽强的生命形态。在极度贫瘠的村落中，胡蝶没有被黑亮和村民施加的暴力所压垮，而是渐渐适应了生活，学会做种种家务劳动和农活。胡蝶的性格变化不仅与儿子的出生有关，还是生活环境影响的结果。作家在人物与自然之间创造出了紧密的关系，使小说具有生态文学的文体特点。按照王诺的说法，"生态文学是考察和表现人与自然关系的文学"⑫，《极花》建立了人物与动物和植物之间的内在联系，具有强烈的生态写作意味。

《极花》的生态叙事还表现在村里人对自然植物的伦理态度方面。极花、血葱等自然意象，既可以展现胡蝶旺盛而强悍的生命力，又映照出人性中的贪欲和罪恶。在小说中，村民为了摆脱物质贫困的生活处境，纷纷开采当地的自然资源，并用其换取丰厚的经济利润。当村民听说有人收购青海冬虫夏草的消息时，纷纷将本地出产的虫子毛拉冠以"极花"的名号，卖给外地的收购商。小说的情节反映了诸多生态文学的基本主题，即"随着人类社会的发展，人们对物质的需求急剧膨胀，人的无限欲望与自然的有限供给的矛盾越来越尖锐"⑬。随着村民开采活动的进行，为数不多的毛拉即极花消失殆尽。于是，村民们又将目光转移到血葱种植业上。其中，立春和腊八掌握着县城里的血葱代销点，比其他村民赚取了更多的经济收入。当兄弟俩吵架分家的时候，立春的媳妇訾米同样被视为没有生命的客体。面对"分妻"的人伦悲剧，訾米无动于衷，最终选择了腊八，这种行为被"我"视为精神沦落和人性丧失的表现。此后，立春、腊八到暖泉附近的房子向訾米求欢，恰巧被突如其来的走山（地震）吞噬了生命，而在兄弟俩尸骨未寒的时候，村里的男青年纷纷打起了訾米的主意，并算计訾米手中的血葱代销点。可以说，物质财富在一定程度上扭曲了村民家庭中正常的伦理关系。有学人认为，生态文学通常包含着欲望批判的主题，即"欲望膨胀扼杀了人的灵魂和美好天性"⑭。《极花》通过展现人对自然资源的掠夺行为，及其间接产生的严重后果，还有金钱对人性和伦理的扭曲过程，呼应了生态文学的创作主题。

从《怀念狼》到《极花》，是贾平凹生态意识不断发展的过程。作家发现了人和动物、植物和土地的内在生命关系，并且建构了人与自然相互依存、共同发展的生态伦理。在作家看来，自然不仅仅是人的生活环境，更是人自身生命中重要的组成部分。人与自然并非传统意义上的主、客二元对立关系，而是互相交融、相辅相成的一个生命共同体。可见，贾平凹新世纪的创作不仅关注乡土世界中的人情风俗、道德伦理、文化变迁，以及城乡之间的互动关系，其中还蕴含着丰富的生态意识。随着贾平凹创作的转变，生态意识也有机地融入其多部长篇小说的内部，而非仅仅是观念式地浮现在文本的表层。

二、现代性反思与精神生态的建构

有学人对新世纪的生态文学进行了总体性的评价，认为"在中国社会现代化的进程中，人们在现实利益的欲望推动下，对'生态'的重要性缺少充分的认识，因此，'生态小说'叙述内容及其表达方式仍然存在着许多问题"[15]。就此而言，作家怎样形成独特的生态意识，并用个人化的艺术形式表达自身的生态观念，成为值得讨论的议题。新世纪以来，姜戎、陈应松、红柯、雪漠、叶广芩、杨志军、郭雪波、阿来、迟子建、严歌苓等作家创作出一大批优秀的生态文学作品，从不同的层面表达对生态环境问题的忧思，以及顺应自然、敬畏生命的生态伦理观念。在生态叙事的创作谱系中，贾平凹小说同样体现出强烈的生态意识和生态关怀，以独特的方式参与到生态书写的创作中。从总体上看，贾平凹的生态叙事不仅展现出人对自然环境的种种破坏行为，及其带来的严重后果，进而深刻地反思现代性问题；而且从"人学"的角度出发，对人的"精神生态"进行建构，并对当今社会的生存困境做出回应。

在长篇小说的创作中，贾平凹始终关注着现代性对乡土社会产生的强烈影响，正如陈晓明所说："贾平凹相当多的作品一直都在回答这个问题，乡土中国走向现代历经了怎样的创痛。"[16]《带灯》同样展现了现代性与乡村的矛盾，以及现代性对生态环境的影响，从而表达了作家的生态关怀。生态文学不仅展现人与自然的关系，还思考着人在大地上的生存处境。汪民安认为："生态文学及其研究的繁荣，是人类减轻和防止生态灾难的迫切需要在文学领域里的必然表现，也是作家和学者对地球以及所有地球生命之命运的深深忧虑在创作和研究领域里的必然反映。"[17]可以说，人对生态环境的关注，本质上是对自身命运走向的思索。因此，生态叙事作品通常反映人类社会发展与自然生态环境的复杂关系。小说《带灯》的故事发生在偏远落后的樱镇。曾经的樱镇人强烈地反对现代工业文明的入侵。在历史上，村长元老海带领村民试图阻止隧道开凿的工程，引发了影响恶劣的打砸事件。如今，樱镇的干部决定引进外资，建造工厂，同样引起了群众的强烈反对。王后生不断地对村里人诉说工厂建设对当地河流、空气、地质等方面造成的负面影响，试图将村民"团结起来"，以集体上访的形式，阻止工厂落户樱镇。从小说情节来看，王后生的担忧有一定的合理性。由于工厂需要占用樱镇的大片土地，树林资源便遭到了严重的毁坏。小说写道："毁掉了梅李园，连着梅李园外一直到北坡根的那些杨树林子，柳树林子，樱树林子也一块毁掉了。"[18]从带灯参与"维稳"和抗旱的相关情节来看，樱镇所处地区的生态环境非常脆弱，而大量植被遭到毁坏，又为即将发生的生态灾难埋下了巨大的隐患。果然，连续数日的降雨给樱镇带来了洪灾和泥石流。尽管带灯和其他干部在事前积极地投入上级布置的防汛工作，但是仍然无法避免洪涝灾害造成的经济损失和人员伤亡。洪水过后，樱镇人的生活环境更加恶劣："河滩还是往日的河滩，但面目已经全非。那些靠堤根的，沙厂并没有吞并掉的一块一块席片地，再也没有，到处是石头，大石头小石头，或卧着或竖着，缠扯着树枝、草根、破布条子、塑料袋子和一窝窝的松塔子栗子包，还有腐烂的死狗烂猫。"[19]在小说中，环境保护问题没有引起樱镇人的重视，即使面临着生态持续性恶化的现状，人们依然肆意开采自然资源。村里的元家和薛家为了争夺河道的采沙权，发生了激烈的肢体冲突。可以说，社会经济的发展和人的欲望膨胀，对自然生态造成了严重的破坏，进而威胁人类的生存。

尽管现代性给乡村的自然环境带来诸多负面的影响，但是作家并没有简单地否定现代性，而表现出了复杂暧昧的态度立场。在小说中，作家对现代性进行了强烈的批判。现代性是一个庞大复杂的概念，其在社会上的突出表现是工业文明。工业文明的发展不仅造成了干旱、洪涝、滑坡、泥石流等自然灾害，而且极大地损害了人的生命健康，对民众的生存产生了较大的威胁。在小说中，作家展现了以王福娃为代表的乡村妇女的痛苦生活：众多妇女的丈夫到矿区打工，吸入大量的粉尘，感染了致命的肺病，却得不到矿区的赔偿款，使各自的家庭陷入了更加困窘的境地。同时，现代性还提倡追求物质财富。马克思·韦伯将现代性与资本主义精神联系在一起，从而认为："人竟被赚钱的动机所左右，把获利作为人生的最终目的。在经济上获利不再从属于人满足自己物质需要的手段了。这种对我们所认为的自然关系的颠倒，从一种素朴的观点来看是极其非理性的，但它却显然是资本主义的一条首要原则。"[20] 可以说，现代性为人们追逐经济利益提供了合法的证明。在小说中，工厂建设需要占用村民的土地。为了获得更多的拆迁补偿款，村民们疯狂地种树，违背了基本的自然规律。与此同时，元黑眼和换布不仅想方设法地争夺村里河道的采沙权，而且雇用、组织村民疯狂地淘沙，将自然资源视为赚取利润的资本。由于元家和薛家的矛盾日益激化，双方大打出手，用异常残酷的暴力手段互相攻击，正常的人性和伦理被金钱所扭曲。然而，现代性虽展现出诸多弊端，却并非一无是处。曾经的村长元老海带领村民阻止了高速路的修建，保护了樱镇的自然环境，"可也让樱镇沦落到了秦岭里第一穷镇"[21]。为了发展经济，樱镇的干部毅然决定在本地建设工厂。引进工厂的合同正式签订后，镇政府职工的薪金随之增加，主人公带灯得知消息后，给同事竹子发短信，分享了自己的喜悦。应该说，作家的现代性反思，体现在对乡村发展与自然环境如何保持平衡的问题的思考上：人们如果一味地排斥现代性，只会让乡村陷入贫穷落后的境地，而只重视经济和工业文明的发展，又会极大地破坏生态环境，进而影响到民众的生活质量。

作家试图在反思现代性与自然生态关系问题的基础之上，建构人的"精神生态"，表达其独特的生态意识。具体而言，贾平凹的小说将生态灾难产生的根本原因归结为乡土社会与现代性的矛盾，并尝试从人自身的角度，表达对生态问题的认识。詹姆斯·奥康纳曾经说："自然界的历史与人类的发展史被视为一个整体过程的两个方面：它们相互影响，在某种意义上甚至是相互决定的。"[22] 可以说，人类与自然是相辅相成、和谐共存的关系。因此，生态危机和现代性问题的根源，在于人类自身。小说主人公带灯的形象，体现出贾平凹试图建构人类"精神生态"家园的创作观念。作为中国社会基层单位的干部，既有现实人物的原型，又寄托着作家的精神理想。面对许多棘手的问题，带灯也会感到无能为力。比如，乡镇干部的一项重要工作是阻止群众的上访活动。由于干、群关系紧张，村民王后生成了专业的"上访户"，他从没有拿到赔偿款的妇女那里赚取黑心钱，又为了阻止工厂的建设而征集村民在上访材料中签字。由于多次上访触犯到相关部门的利益，王后生甚至还遭受过打骂。从这些情节来看，乡镇的社会问题非常复杂，在小说中，带灯还曾经目睹干部为了完成计划生育的任务，强行给孕妇做流产手术的场面。后来的生育政策虽然有所调整，给予了村民更多的生育自由，但上访案件的数量仍然有增无减。

正是在平庸琐屑的日常生活图景上，作家通过主人公带灯的形象，对人的"精神生态"进行了建构。在小说最后，作家描绘了一个"超现实"的画面，即萤火虫纷纷停落在带灯的身上。"竹子看着，带灯如佛一样，全身都放了晕光。"[23] 带灯原名叫"莹"，刚被分配到镇政府办公室的时候，别人称她"莹干事"。莹在麦草垛旁边看到带着小灯的萤火虫，于是改名为"带灯"——可以说，越是在暗淡无光的现实中，人们越期待自带光辉的人物形象。在工作中，带灯属于理想主义者，她时常给"不在场"的省委领导兼散文家元天亮写信，期望与自己的精神导师交流。在故事的最后，带灯被政府解除职务，患上了夜游症，成为幽灵一般的存在。带灯不可能凭借一己之力，改变污浊的现实环境，却为昏暗的世界增加了一丝光亮。与此同时，带灯还被塑造为一个自然化的人物形象，她的性情、思想、言行都带有大自然的特性。作家曾经这样展现带灯的心灵世界："我像棠棣花一样只顾开放。我觉得我爱的人是天是地是宇宙是大自然，那么我就像草木一样为大自然绿着而天地给予阳光雨露清风明月。"㉔带灯将自己的生命融入自然天地之中，吸收了山川河流的灵性，从而具有淳朴善良的人性。就此而言，带灯形象体现了作家对美好人性的赞扬，正如汪民安指出的："自然人，或者说，处于自然状态的人，才能够体现人性。"㉕我们还发现，带灯虽然处于乌烟瘴气的环境中，但是依然保持着高贵的人格，她喜欢读书和思考，与身边老成世故的干部们格格不入，缺乏深入交流的可能性——带灯始终保持着健康自然的本性，没有与他人同流合污。卢梭曾指出人的本性常常被社会扭曲的事实，他在《爱弥儿：论教育》中写道："一个生来就没有别人教养的人，他也许简直就不成样子。偏见、权威、需要、先例以及压在我们身上的一切社会制度都将扼杀他的天性，而不会给它添加什么东西。"㉖通过带灯这个具有理想主义和自然化色彩的人物形象，贾平凹一方面展现了现实生活的沉重与压抑，另一方面表达了对理想人物和健康人性的赞扬。面对纷纷攘攘、众声喧哗的社会现实，作家希望人们返回自然环境中，并且像小说中的带灯一样，保留一片理想主义的精神净土。

三、传统生态意识的现代转换

除了现实题材的作品，贾平凹的生态意识还体现在历史叙事的文本中。贾平凹的长篇小说通常容纳了广阔的时空环境，具有西方文学中"史诗"的文体特点。有学者曾将贾平凹的创作概括为"世纪写作"，即"从《废都》到《秦腔》，再到《古炉》《带灯》和《老生》《山本》，贾平凹的个人写作史，他大量的重要文本同中国近百年来的沧桑彼此交融渗透，成为探索这一古老民族历史和现实的重要解码"㉗。贾平凹能够将个人的命运遭际与社会的历史变迁有机地融合为一体，正如学人指出的："历史和人性，必然和偶然，逻辑和无序，简洁与浩瀚，悖论与诡谲，都交织在文字里。"㉘无论是展现当下生活中的社会病症，还是建构民族国家近现代以来的历史记忆，贾平凹的关注点始终在于个人与社会之间的复杂关系，以及个体生命的尊严、价值等重要的话题。贾平凹历史叙事的思想指向仍然是现实生活，正如作家曾说的："当文学在叙述记忆时，表达的是生活，表达生活当然就要写关系。"㉙长篇小说《老生》就对人与人、人与社会、人与自然的关系进行了出色的表现。不仅如此，贾平凹的创作还与中国古代文学和文化存在着千丝万缕的关系，例如《山海经》就影响了作家《老生》《山本》等小说的创作。值得注意的是，贾平凹不仅继承了中国古代"天人合一""敬畏生命"等传统的生态意识，还对其进行了现代化的转换和创造——作家站在宇宙天地的高度来书写人的历史，并且建构了适应现代社会需要的生态伦理。

贾平凹从中国文学传统中汲取精神资源，并通过动物叙事的艺术形式，展现了自然的神秘性和未知性。《老生》对动物形象的塑造超出了人们的日常生活经验。在小说中，动物具有人格化的特点。老黑和父亲在罂粟地里遭遇山里的黑熊，黑熊不但没有攻击人，还会发出笑声，甚至笑到昏厥。茶姑村里老婆婆家里养的猫，会开口说"婆"字。三海家的公狗和其他人家里的母狗，会发出哭声。牛和豹子在村里的耕地中打架时，会像人一样直立起身体。"我"在埋葬游击队员王朗的时候，完成了死者"面部朝下"的遗愿，后来，一匹狼在深夜不断地敲击药铺的门，并为"我"送来一个银项圈。拴劳家里的牛死于拉煤的路上，旁人将剥下的牛皮披到拴劳的背上，牛皮随即卷了起来。作家对动物形象的塑造，受到了《山海经》的影响。作为中国经典的文化古籍，《山海经》包含着地理、历史、动物、植物、天文、气象、医学、药学等多种学科知识，描绘了人们闻所未闻、见所未见的珍禽猛兽。同时，《山海经》并非仅仅呈现出地理学、历史学、民俗学等古代社会的知识，还表达了人类在生活中形成的复杂观念，比如对大自然的热爱、对神的敬畏、对美好生活的向往，以及对未知世界的探索等。古人通过描写诸多奇花异草和鬼怪神仙，表达对自然世界神秘性的认识，以及"敬畏自然"的生态伦理，正如西方学者所说："超自然物，比如精神和神灵都是人们自身畏惧自然现象的镜像。"㉚贾平凹小说通过塑造活灵活现的动物形象，展现出秦岭大地广袤、壮阔、瑰丽、神奇的自然面貌，表达人对自然的敬畏之情。

在内容上，《老生》从20世纪20年代的革命历史，写到改革开放以后的社会变革。应该说，正是当下的种种时代病症，触发了作家对生态环境问题的严肃思考。小说一共叙述了四个故事。其中，最后一个故事反映了当代社会的生活面貌。我们看到，人在市场经济时代沉浸于强烈的物欲中，造成了诸多严重的生态后果。县政府为了发展经济，决定大力开发本地的自然矿场资源。于是，人们纷纷前来"淘金"，工厂机器的轰鸣声不绝于耳，而在此过程中，不少民工死于开山炸石所引发的意外事件。小说写道："确实发了财的人很多，街道上的小汽车多起来，穿西服的多起来，喝醉酒的和花枝招展的女人多起来，而为了发财丧了命的人也多。我常常是这一家的阴歌还没结束，另一家请我的人就到了门口。"㉛小说还叙述了当地的孤魂野鬼幻化为人形，在商店购物时，用阴钞结账的情节，颇有反讽意味。物质财富扭曲了健康自然的人性，改变了人与自然的关系，自然中的植物和动物成了人们用于经济交易的资本。戏生和荞荞在山里采到一棵特大的秦参，并将其免费赠予老余，之后获得了老余送来的巨额"扶贫款"。后来，老余听说上级设立生态保护区的消息，伪造了三张老虎的照片，将其当作秦岭地区存在老虎的"证据"，试图骗取上级单位设立的生态保护资金。与此同时，秦岭地区的人们违背了自然规律，盲目地从事农业生产活动，最终危害到人的生命健康。为了提高农副产品的市场价格，农民滥用农药和饲料，生产出大量极不安全的食品。村民们受到老余的鼓动，在耕地上种植中药当归，并滥用防治虫害的药物，保证了当归的丰收和出售。随后，戏生受到了上级单位的表彰，老余还带人拍摄了一部关于当归种植的宣传片。由于人们只顾经济的发展，忽略生态环境的保护，造成了巨大的环境污染，又为后来的瘟疫传播埋下了较大的隐患。小说写道："鸡冠山的矿藏差不多挖完，到处是废弃的矿洞，崖坡坍的坍，垮的垮，成为一座残山，山下沟岔里的水也是剩水，不再流动，终日散发着恶臭。"㉜在这样的情况下，发源于南方并在全国迅速传播的瘟疫最终降临在回笼湾镇，其中死亡人数最多的是当归村。在小说结尾，"我"不得不为整座消亡的村落唱起阴歌。可以说，人们对自然环境做出的种种毁坏行为，直接导致了自身的悲剧命运。

面对乡民的生存困境，作家将关注点转移到乡村的历史进程上，并试图构想民族未来的发展命运。作家的思考始终集中在人与自然的关系问题上。在历史叙事方面，《老生》涉及20年代陕南游击队与地方势力的斗争史、50年代的土改运动，以及60年代的一系列政治事件。作家在创作《老生》的时候，思考了文学如何讲述历史的问题。毫无疑问，贾平凹的历史叙事融入了当代人的价值观念和情感判断。克罗齐曾有"一切历史都是当代史"的名言，即"当代史固然是直接从生活中涌现出来的，被称为非当代的历史也是从生活中涌现出来的，因为，显而易见，只有现在生活中的兴趣方能使人去研究过去的事实"㉝。小说的前三个故事都发生在改革开放之前。不难发现，历史与现实存在着一定的相似性。如前文所分析，当代社会的人们贪婪地掠夺自然资源，造成了极大的环境污染，最终给自身带来了严重的生存危机。而革命年代中各种身份的人物都是贪财好色、无耻下流之徒。位高权重的匡三司令曾经将父亲埋葬在河流边，被人认为是忘恩负义之人，又在游击队与地方势力的战斗中，割下两个敌人的四只耳朵，谎称消灭了四个敌人，向老黑谎报战功。底层出身的马生在土改运动中掌权后，不仅违反政策，有意将富农划为地主，还霸占了地主王财东的妻子玉镯，用权力满足自己的私欲。村干部刘学仁和冯蟹为了鼓动人们参与批判资本主义的运动，恶意陷害无辜的妇女马立春，导致受害者精神失常。在小说中，作家写出了历史变幻莫测、翻云覆雨的复杂面貌。

《老生》包含着丰富的历史信息，但是其创作主旨却是思考人在自然中的生命归宿，即："路是我走出来的？我是从路上走过来的？"㉞在作家笔下，历史有"变"和"不变"两种形态。尽管四个故事中的主角不相同，但是作家写出了人性中恒定不变的一面，即对金钱和权力的贪欲。可以说，历史被描绘为"你方唱罢我登场"的把戏，让人联想起鲁迅"人类的悲欢并不相同，我只觉得他们吵闹"㉟的名言。不过，《老生》对于"革命历史"的叙述方式，虽然不同于主流的革命历史题材的小说，但也不属于人们常说的"新历史小说"，正如论者所言："将《老生》和《山本》归入'新历史主义'及相关思想和审美谱系中加以讨论，难以敞开其更为复杂的寓意。"㊱《老生》试着去发现历史与现实之间的内在逻辑，并打通人的历史与自然历史的潜在关系。小说以唱师"老生"的视角来叙述故事，并把不同身份的历史人物呈现在读者眼前。作为神职人员，唱师不仅目睹了诸多人物的生活经历，还能和死者的灵魂进行对话。他通常会以朴实无华的唱词，道出生命的哲理，比如："人生一世没讲究呀，说要走就得走，不分百姓和王侯，妻儿高朋也难留，没人给你讲理由，舍不舍得都得手，去得去不得都上路。"㊲人的生命相对于自然大地来说，显得无比渺茫和短暂。同时，唱师还指出了人的生命来源于自然，并且最终回归于自然的道理，"人吃地一生呀，地吃人一口"㊳。在小说最后，唱师的生命同样消逝在窑洞中。应该说，作家从时间和空间的角度，充分展现了生命的有限性，诚如苏轼所说："渺沧海之一粟，哀吾生之须臾，羡长江之无穷。"更进一步说，历史由一个个普通人的生活经历所构成。如果说人的生命仅仅是茫茫宇宙中的一个点，那么，人的历史同样仅仅是大地历史的一个部分。至此，我们就能够理解作家将《山海经》的部分篇章有机地融入《老生》的创作用意了。作为古代文化典籍，《山海经》描绘了华夏大地上的山川河流所构成的自然世界和各种半人半兽、稀奇古怪的人物形象，记载了上古社会丰富精彩的神话传说，表达了古人将自身有限的生命融入山河大地的理想愿望。以此观之，作家在《老生》中，使人间的纷繁扰动与自然的安详静谧形成映照，表现出人类社会与自然世界的辩证关系。贾平凹不仅继承了中国古代"道法自然""物我一体"的生态观念，而且融入了现代社会"顺应自然"和"敬畏生命"的生态伦理，从而深刻地认识到人与自然界之间的生态整体主义关系，实现了对传统生态意识的现代转化。

詹姆斯·奥康纳指出："即使不说在所有场合，但至少可以说是在许多或大多数场合，想要在自然界的历史与人类历史之间划出一条简单的因果之线是根本不可能的，因为，它们是相辅相成的。"㊴贾平凹新世纪的小说创作，始终关注着人与自然的关系问题，体现了当代作家的生态意识从觉醒到深化的过程。贾平凹认识到人与动物、植物、土地的内在生命关系，表现出人对自然大地的伦理态度，反映了社会发展与生态环境的矛盾，并对现代性进行深刻反思。在此基础上，作家塑造了具有理想主义色彩的人物形象，对人的精神生态进行建构，表达了自身的生态关怀。值得注意的是，作家还超越了"人类中心主义"的思维局限，从自然宇宙的高度，呈现出人类文明与自然历史的辩证关系。总而言之，从生态文学的角度，我们能够进一步理解贾平凹作品的文学意义。

注释：

① 张博实：《以"中国之心"诠释当代中国经验——新世纪以来贾平凹创作研究述评》，载《当代作家评论》2013年第3期。
② 汪政：《论贾平凹》，载《钟山》2002年第4期。
③ 汪树东：《中国当代文学的生态批判》，载《武汉理工大学学报》（社会科学版）2011年第6期。
④ 袁文卓：《20世纪90年代小说中的生态启蒙主题——以迟子建、铁凝以及张炜等作家笔下作品为考察核心》，载《广西社会科学》2020年第11期。
⑤ 廖增湖：《贾平凹访谈录——关于〈怀念狼〉》，载《当代作家评论》2000年第4期。
⑥ 贾平凹：《极花·后记》，《人民文学》2016年第1期。
⑦ 贾平凹：《极花·后记》，《人民文学》2016年第1期。
⑧ 戴维·洛奇：《小说的艺术》，王峻岩等译，作家出版社1998年版，第28页。
⑨ 申丹：《叙述学与小说文体学研究》，北京大学出版社2019年版，第208页。
⑩ 贾平凹：《极花》，《人民文学》2016年第1期。
⑪ 贾平凹：《极花》，《人民文学》2016年第1期。
⑫ 王诺：《欧美生态文学》，北京大学出版社2011年版，第24页。
⑬ 王诺：《欧美生态文学》，北京大学出版社2011年版，第244页。
⑭ 王诺：《欧美生态文学》，北京大学出版社2011年版，第246页。
⑮ 王光东：《新世纪以来的生态小说》，见陈思和主编《新世纪小说大系·生态卷》，上海文艺出版社2014年版，第3—4页。
⑯ 陈晓明：《穿过"废都"，带灯夜行——试论贾平凹的创作历程》，载《东吴学术》2013年第5期。
⑰ 汪民安：《文化研究关键词》，江苏人民出版社2007年版，第302页。
⑱ 贾平凹：《带灯》，人民文学出版社2013年版，第174页。
⑲ 贾平凹：《带灯》，人民文学出版社2013年版，第290页。
⑳ 马克思·韦伯：《新教伦理与资本主义精神》，于晓、陈维纲译，生活·读书·新知三联书店1987年版，第37页。
㉑ 贾平凹：《带灯》，人民文学出版社2013年版，第62页。
㉒ 詹姆斯·奥康纳：《自然的理由——生态学马克思主义研究》，唐正东、臧佩洪译，南京大学出版社2003年版，第41页。
㉓ 贾平凹：《带灯》，人民文学出版社2013年版，第352页。
㉔ 贾平凹：《带灯》，人民文学出版社2013年版，第81页。
㉕ 汪民安：《启蒙现代性》，载《外国文学》2005年第3期。
㉖ 卢梭：《爱弥儿：论教育》上卷，李平沤译，商务印书馆2009年版，第6页。
㉗ 张学昕、张博实：《历史、人性与自然的镜像——贾平凹的"世纪写作"论纲》，载《西北大学学报》（哲学社会科学版）2019年第6期。
㉘ 张学昕：《"原来如此等老生"——贾平凹的"世纪写作"》，载《当代文坛》2017年第4期。
㉙ 贾平凹：《老生》，人民文学出版社2014年版，第293页。
㉚ 马克斯·霍克海默、西奥多·阿道尔诺：《启蒙辩证法——哲学断片》，渠敬东、曹卫东译，上海人民出版社2006年版，第4页。
㉛ 贾平凹：《老生》，人民文学出版社2014年版，第219页。
㉜ 贾平凹：《老生》，人民文学出版社2014年版，第269页。
㉝ 贝奈戴托·克罗齐：《历史学的理论和实际》，傅任敢译，商务印书馆1982年版，第2页。
㉞ 贾平凹：《老生》，人民文学出版社2014年版，第290页。
㉟ 鲁迅：《鲁迅全集》第3卷，人民文学出版社2005年版，第555页。
㊱ 杨辉：《历史、通观与自然之镜——贾平凹小说的一种读法》，载《当代文坛》2020年第2期。
㊲ 贾平凹：《老生》，人民文学出版社2014年版，第217页。
㊳ 贾平凹：《老生》，人民文学出版社2014年版，第108页。
㊴ 詹姆斯·奥康纳：《自然的理由——生态学马克思主义研究》，唐正东、臧佩洪译，南京大学出版社2003年版，第41页。

作者单位：南京大学中国新文学研究中心

贾平凹小说叙事的外缘影响与现代成型

樊 娟

作为中国当代汉语文学的代表作家，贾平凹已经获得国内外多项文学大奖。2008年，他以《秦腔》获得中国最高荣誉文学奖——茅盾文学奖。早在1988年，他就凭借《浮躁》荣获第八届美国美孚飞马文学奖。法语版《废都》是1997年获得法国费米娜外国小说奖的，意大利语版《带灯》则获得了2018年意大利克拉里丝·阿皮亚尼翻译奖。近几年来，贾平凹小说译介的国度、语种不断增加，可还处于对外传播的过程中，并未深入域外作家的阅读、创作与文本中。但域外相关思潮与作家早已对贾平凹的小说创作产生了影响。贾平凹的小说被认为是具有中国气派、中国风格与中国韵味的，这都是因为其小说中传统成分比较大。可事实上，影响贾平凹小说创作的域外资源并不是微薄的，这些资源对他作品独异性的生成起着非常关键的作用。在世界文学语境中，贾平凹的小说不仅接通了自身传统的血脉，也有民间文化的滋养，更受到域外资源的影响。他也借传统、民间与现代这三大资源来培育自身文学生命的能量，他的创作有这样的自觉追求："从事任何艺术，它都需要有现代性、传统性、民间性，现代性是你作品的格局和境界，传统性是你作品的根基，民间性是你不断能丰富的源泉。"[①]这在现代意识与现代技巧上就与相关域外作家的作品有交叉重合的地方，但贾平凹又是在中国文化背景下进行创作的，因此他的作品自然与影响源有很大的差异。

法国学派的影响研究注重以实证的方法确证国际间文学的影响关系，而贾平凹有没有受到福克纳、乔伊斯的影响，受到哪些方面的影响，是需要进行考证的。2013年2月22日，笔者就影响问题对贾平凹进行采访时，他说最初接受的是苏联文学的影响，这属于上大学时学习的内容。而海外其他作家对他影响最早最大的是川端康成，接着是福克纳、海明威，后来则是乔伊斯。因为贾平凹接受外来文学影响是靠阅读国外小说汉译本，所以就不用追溯到原典文本上。本文之所以选择福克纳、乔伊斯这两个作家来谈，是因为我们主要探讨的是贾平凹小说现代技巧的源头。贾平凹能注意到乔伊斯与福克纳这两位作家，与1985年中国当代文坛兴起的先锋文学思潮有很大的关系。中国先锋派作家当时学习的对象基本上都是20世纪以来的域外作家，均采用比较实验性的叙事手法，进行叙事上的探索与革命，因此中国当代文学的写作重心也从写什么转向了怎么写。贾平凹虽然不是先锋派的核心成员，但也受先锋派的启发，在"怎么写"上进行了探索，这是整体文学氛围的影响。在大的文学环境之下，每个作家又有自己的偏好。虽然福克纳与乔伊斯是在完全不同的文化背景下进行创作的，但他们小说中的某些叙事技巧都被贾平凹采纳了。不过，贾平凹的小说叙事虽然有域外因素影响，但经过他的发展与演化，又与传统成分融汇在一起，这就与福克纳、乔伊斯小说叙事的原本样态有了很大的差异。依据法国学派影响研究与曹顺庆比较文学变异学的思路与方法，本文试着追溯贾平凹接受福克纳、乔伊斯小说叙事影响的过程，阐述他小说中内在叙述视角、异常人物叙述视角与动态叙述方式变异的肌理。总之，笔者试着将贾平凹与对他小说叙事有影响的两位作家进行比较，阐明他们在小说叙述视角与叙述方式上的契合之点与差异之处。

一、叙述者内在视角的探索与回归

从作家在叙述中采用的视角来看，乔伊斯、福克纳多用意识流内视角，而贾平凹采用的多是散点透视的外视角，但他在现代对话描写、内心独白刻画上受到乔伊斯与福克纳的启发，因此小说中也有使用内视角的时候，并由此挖掘出人的内心世界。中国当代作家习惯从世俗的视角审视人生，在与现实、历史的对话中建构作品的精神空间，因而文学的内涵只剩下社会的维度，而贾平凹借鉴这种内在视角就是为了突破单维文学的局限，解决中国文学深度不足的问题，从而呈现出一个民族及自我真实的心灵。

（一）内在视角的尝试使用

贾平凹明确指出，他受了《尤利西斯》对话的影响，认为乔伊斯在对话中把潜意识充分显示出来，扩张、丰富着人的精神空间。而对于怎样写出小说的现代对话，他有自己的理解：

> 以传统的写法，我们就一问一答地写了。而乔伊斯不这么写，张三在问李四：你早饭吃的什么？张三是看着李四的，李四或许坐在窗前椅子上，但现实生活中张三问李四这一句话时，眼睛看着李四，眼里的余光一定就同时看见了李四身后的窗台上还放着一束花，窗子的帘布是红色的或白色的。这些他全看到了，但看到这些一定会反射在他的心里，觉得那束花好看不好看，花是谁送的，帘布合适不合适，是谁买的，又用过多久。这些都是潜意识，不会说出口，更不会影响到他在问李四你早饭吃的什么。乔伊斯却在一问一答中同时把这一切都写了出来。所以说，现代小说的语言更具有独立性，能直接达到目的。

这是贾平凹接受乔伊斯影响的确切证据，而这种现代对话是如何落实在他小说中的，还需要从他作品中找到具体的例子来证实。他的小说《秦腔》中就有大量的对话，但他并不满足于传统的写法，而是试着写出映照内心与精神的现代对话。当乔伊斯在写对话时，他会在说话中加入眼睛的余光所见、潜在的心理活动与潜意识，而不是把周围的事物剥光，这样就可以写出内涵丰富有厚度有深度的对话了。弗洛伊德所认为的潜意识虽然不像意识一样被人察觉，却始终活跃，支配着人的一生。"心理过程主要是潜意识的，至于意识的心理过程则仅仅是整个心灵的分离的部分和动作。"② 因为在日常对话中没有过多的限制，所以人物的行为较为放松，而不经意间的举动恰恰暴露出其内心最真实的想法。在《秦腔》中，贾平凹就通过普通的日常对话写出人物的潜意识，推动了叙事的演进。下面，我们就通过具体的文本对比来对此进行说明。这里选取《尤利西斯》的一段对话：妻子若无其事地告诉布卢姆，当天下午博伊兰要给她送节目单来。布卢姆整天为此事烦恼，因为老婆与此人有染，但他在进项比他多的漂亮老婆面前抬不起头来。

> "信是谁写来的？"他问。
>
> 笔力遒劲。玛莉恩。
>
> "哦，是博伊兰。他要把节目单带来。"
>
> "你唱什么？"
>
> "和J·C.多伊尔合唱《手拉着手》，"她说，"还有《古老甜蜜的情歌》。"
>
> 她那丰腴的嘴唇边啜茶边绽出笑容。那种香水到了第二天就留下一股有点酸臭的气味，就像是馊了的花露水似的。
>
> "打开一点窗户好不好？"
>
> 她边把一片面包叠起来塞到嘴里，边问：
>
> "葬礼几点钟开始？"
>
> "我想是十一点钟吧，"他回答说，"我没看报纸。"
>
> 他顺着她所指的方向从床上拎起她那脏

内裤的一条腿。不对吗？接着是一只歪歪拧拧地套在长袜上的灰色袜带。袜底皱皱巴巴，磨得发亮。

"不对，要那本书。"

另一只长袜。她的衬裙。

"准是掉下去啦。"她说。

正如贾平凹所说，乔伊斯通过随意平常的对话将布卢姆的潜意识揭示出来。"笔力遒劲"里有他的艳羡与嫉妒，酸臭香水味的预想潜藏着他酸酸的心理与精神的胜利。虽然他有苦说不出，但是他见到妻子的贴身衣物时都渗入了自己的感情色彩。脏内裤、歪歪拧拧的灰色袜带、皱皱巴巴的袜底都泄露了他内心的秘密，写出了对妻子的嫌恶。因此，这段普普通通的对话信息容量却是很大的，承载着丰富的精神空间。《秦腔》中有一段典型的中国村干部开会的场景，其中可以看出《尤利西斯》的影响。

君亭哼了一下，秦安就不说了。君亭也没说，把一根纸烟在桌上墩烟头，墩了又墩，再将过滤嘴儿往茶水里蘸蘸，用力从纸烟头吹，茶水从过滤嘴儿滴出来，咕出咕出响，上善说："你说呀！"秦安说："说完了。"君亭眼皮扑忽扑忽闪，说："咱这一届班子，总得干些事情，如果仅仅'收粮收款，刮宫流产'，维持个摊子，那我夏君亭就不愿意到村部来的。"他伸手在空中一抓，抓住了那只蚊子，捉下来拽掉了一只翅膀，又拽掉了一只翅膀，后来把蚊子拍死，闻闻手，臭臭的，把手在桌脚上揩。

秦安在权力上的微弱差势，使其说话的气势显然要弱一些。他是懂得察言观色的，但是又坚持自己的主张。君亭做的吸烟前的一系列动作，都是在扎势摆谱，映照着其既不赞成又不想急于否定的心态。眼皮扑忽扑忽闪正是君亭跃跃欲试，要推出自己主张的前奏，而抓蚊子的动作泄露了他要放手一搏的雄心，也隐藏着他收拾异己的野心。秦安之后的瓜傻显然与君亭对他的排挤有关。君亭主张办市场，秦安则赞同淤地，这意见相左中掺杂着两人的个人恩怨，更有农村艰难发展中两种路线的矛盾纠结。君亭比秦安要有威势一些，可是在历史的变迁中，个人的恩怨就会显得微不足道，究其实质，是否淤地则成为影响将来生存的大问题。

通过对比可以看出，贾平凹并没有接受《尤利西斯》语句上的直接影响，而是借用了其新的视角，因此他不只是关注意识层面的言行，还将人的潜意识挖掘出来，呈现出当时对话的丰富情境。除此之外，他还受福克纳小说技法的影响，将叙述视角切换到人与自我的对话与内心波澜上，这也增加了小说叙事的深度。

福克纳小说中的意识流写法虽然是向乔伊斯学习的结果，但其样貌已发生改变，他不是通过对话顺带出人物的潜意识，而是通过内心独白揭示出内心世界的秘密。"正如福克纳的风格多以内心独白构成，所以他的小说也往往是大篇幅的独白。福克纳的独白来回于今昔之间。它和詹姆士·乔伊斯、马赛尔·普鲁斯特以及弗吉尼亚·沃尔夫等人的意识流大有区别，在他们那里，有的是某种自然主义，一种探索真实思想、理念和记忆过程的企图。福克纳的独白就是他本人的非理性，他把它放入他所写人物的心灵。人物的独白同作为讲述者自己的独白合而为一，也来回于今昔之间。"③在《喧哗与骚动》中，昆丁的独白其实表达了作家想要努力恢复旧有传奇的诉求，因为他面对的现实是美国南北战争后资本主义的入侵与南方传统的没落。当然，昆丁无力解决内心的纠结而自杀，作家也借此透露出先前贵族对受挫现实的绝望反抗。在《秦腔》中，引生的内心独白并不着力于对一种理念与思想的追问，而是对过去清风街的追忆。他的独白与作家贾平凹的独白是一致的，其思绪也在过去与现在之间徘徊。比如引生经常在胡思乱想中引出他的父亲，也引出夏天义管理清风街的时期。这与君亭管理的时期相对照，可以看出两代人的管理理念，也映照着乡村的历史演变。而引生的自断尘根正是当下中国人与土地、传统断裂的一种隐喻。因此，两部作品中小说人物的内心独白都传达出作家的一种怀旧情绪。在《秦腔》中，作家缅怀的是以仁义礼智为代表的传统价值观，以秦腔为代表的传统戏曲艺术，以土地为核心的传统根基。而《喧哗与骚动》是关于美国南方传统的诗意书写，福克纳缅怀的是北方资本主义入侵之前的南方。

（二）整合内在视角与外在视角

与乔伊斯、福克纳不同，内视角使用的比例在贾平凹小说叙述中相对较少，散点透视是他主要采用的叙述视角。在谈到小说创作时，他曾提及一个画像石及其使用的叙事视角，"画这一堵墙是站在这边看，画那一堵墙的时候，又是从那边看，到这边又是从高处往下看那些院子里的鸡、羊、楼房的结构。它是从前后左右上下，各个角度看的"④。这与焦点透视讲究固定观照、光线聚焦不同，空间营造也没那么科学严格。可见，他对这种散状视角是非常熟稔的，并将绘画中的散点透视转化到了小说的书写中，在跨学科中创造性地使用这一叙事规则与谋略，在语言文字中介的折射与过滤中，将叙述画面转为动态的。这样做的效果怎样，我们主要以《古炉》的开场为例来进行说明。与《高老庄》开头中将不同视角下的景物与人事并置不同，《古炉》的开头是慢慢展开的。狗尿苔爬上柜盖闻气味，墙上挂油瓶的木橛却掉了，而这油瓶乃是一件老货青花瓷，婆嫁来时就有了。这就引出婆，而婆此时正在梳头发，头发可以换炝锅糖。接着出现的是婆与狗尿苔的关系，其中笔致摇曳，写了一段气味。因为追打狗尿苔，视角就转向巷道上的景物，落脚到巷口的杜仲树上。树引出圪蹴着的一堆村人，而护院老婆和行运在山门前的吵架扰乱了其氛围，小孩拉屎又引出狗的生态，吵架也暂歇了。正当树下人无聊时，被追打出来的狗尿苔又使得村人立马快活起来。小说的线索就这样接榫上，并在移步换景中推进，这样，散点透视的书写就有了妙处。

散点透视源于中国国画的运笔方式，即用多视点将不同层次的景物处理成平列的，使视域范围无限扩大，这样就有很多个水平线的灭点。这样的流动视角虽然不注重内心深度的挖掘，但也不是没有艺术家个性的显现，其心灵特征早已化在笔墨里，或寄托于一二人物，或如树如石如水如云。创作者的态度更是俯仰自得，内心的念想与趣味通过虚笔与空白即可以读出。在小说《古炉》后记中，贾平凹就提到借鉴西方现代派绘画的做法解决小说结构问题。比如印象派绘画就通过色块渲染出激荡而狂乱的灵魂，跳出传统线性叙事的单调与刻意，还增加了精神层次的丰富与混沌。贾平凹小说中的视角根据他的心意转换，具有流动性。同时，他的小说也逐渐从线式结构转向块式结构。他是以散点透视这一移动视点将流转的社会现实丰富地呈现出来。而当切换到内在的精神图景时，他则运用意识流的技法，通过意识流视角呈现更为繁杂与精微的画面，作家在念头的微细转换中遵循无迹可求的原则，从而使小说呈现出无序化、破碎化的状态。"'意识流'或'内心独白'和古典戏剧中的独白之区别，在于传统的独白完全是理性的，按照逻辑和条理顺序进行的，而象征主义者及其继承者则试图传达意识的真实的'流动'，并创造思维的幻觉以及外界刺激物对人的精神的撞击：即处于一种无法归类的状态中，在主观意识之流中可以见到的那种残骸碎片。"⑤可见，贾平凹小说中虽有意识流的内视角，但主要还是外在化与随意化的散点透视。乔伊斯与福克纳主要在小说中采用意识流内视角，因此内在探索的比例超过贾平凹，这也使他们的小说呈现出更为无序的叙事效果。

二、小说人物异常视角的接受与转化

除了经由作家体现在小说中的内在叙述视角，乔伊斯与福克纳还通过一些特殊人物的视角来超越现实的维度。福克纳就采用儿童与痴傻人的视角进行叙述，受此启发，贾平凹也采用类似的特异视角，通过小说中的人物而不是作家的叙述角度来挑战某个专断立场，避免同质化倾向。这些特异人物不仅可以超脱世俗层面的偏见，甚至还具有预知与感应的超能力，这样就可以使小说挣脱人类理性与三维空间的局限，呈现出更为丰富的神秘维度。而作家采用内视角与特异视角，都是为了增加作品的内涵，使主题从单一性走向模糊性与多义性。

（一）儿童与痴傻人视角的接受

在《古炉》中，狗尿苔就是这样具有特异功能的儿童，因为他总能闻到一种腐朽、死亡或灾祸的味道，预感到某种灾难的来临。小说中多次出现这样的桥段，比如，"牛铃说：狗尿苔真的能闻到一种气味哩，他一闻到了，村里就出些怪事"⑥。贾平凹以狗尿苔这一儿童视角来审视这段并不遥远的历史，这跟作家的回忆性写作有关——"文革"发生时，作家的实际年龄就是十三岁。这样的切入视角也便于作家抛开是非善恶的简单判断，解构武斗双方榔头队、红大刀队自认为的逻辑与理念、常识与次序。这样就能以更为宽广的视野来进行文学性叙述，从而逼近更内在的真相。这与福克纳小说中采用班吉这一儿童视角进行叙述非常类似。

而《秦腔》中的引生相当于常人眼中的疯子，可正是他看到了传统沦落、土地荒芜、价值失序后的农村。在疯子引生的引领下，读者看到清风街的故事从来不是茄子一行、豇豆一行那样简单，小说也呈现出多义、复杂的意绪。如果叙述呈现出的画面是静谧、安详、舒展与井井有条的，那从笔触就可以看出创作者的气力可以把控整个画面。只有内心冲突特别强烈了，失控了，叙述上才有较大的改变。贾平凹在写《秦腔》时，之所以是混沌的，甚至是混乱的，就与目前乡村变动的态势相宜——他也不知道当下的农村会走向何方，发展成何种面目，无法理出清晰的线索来。因此，小说只能是零碎化的细节，支离破碎的叙事姿态，也就很难有大结构。形式分歧的背后其实是精神上的差异。叙事与精神高度密合后，小说中的画面就无法清丽，只能混沌，与现代精神的散乱之气一致。

不管是儿童还是痴傻人，他们对周围世界的判断与表述都是忠实于内心真实的。德国哲学家雅斯贝斯曾论述过，"'普通人'因为逻辑与经验世界对他们的遮蔽，所以往往形成一种盲点，而在'分裂症患者那里'，一切'却成为真实的毫无遮蔽的东西'"⑦。不管是《古炉》中的狗尿苔还是《秦腔》中的引生，他们不会因实际利益而发生心灵的变异，他们在看待这个世界时，也不是理性的把握，因此就能真实地、不加掩饰地记录正常世界所发生的事情，进一步逼近混沌的真实。这与《喧哗与骚动》中的班吉与《夕阳》中的昆丁的叙述视角非常类似。福克纳的小说《夕阳》的叙述者就是九岁的孩子昆丁，他叙述的是他家的临时厨师南茜因为与白人通奸而担心丈夫会杀她的故事，让读者通过一个孩子的眼睛与心灵领略到了南茜的恐惧，因为孩子较少受到成人世界偏见的影响，不会因人种与身份的差异而带来眼光与关系的不同。反之，他父母的反应则是比较冷漠与淡然的。

（二）变非理性视角为通灵视角

进一步而言，贾平凹小说中的特异视角虽借自域外，但他对这种视角的使用已发生变异，出现了人与外宇宙的沟通，即人与动物、植物、神灵之间的平等对话与呼应，其间还渗透着神秘文化的信息，这在福克纳的小说中是找不到的。在《古炉》中，狗尿苔听见与看见的是一个丰富有趣、自足自得的动植物的花花世界。比如，他听见院角的那棵梅李树在伸腰，粗细差不多的五根枝股在相互比试着谁长得通顺。他看见了村里的鸡、猫、狗给古炉村年纪最大的鸡过生日的热闹场面。而《秦腔》则以疯子引生作为作品的介绍人、导游，这其实属于痴傻人的视角。与狗尿苔类似，引生也是具有特殊潜质的人，能从俗常中发现特异，进入通灵的状态，与花、树进行对话，因为螳螂、老鼠能与白雪亲近，他就将他的灵魂赋予这些动物并传达出自己对她的思念之情。贾平凹还采用智慧老者的视角，来沟通俗人与神灵、有限与无限，因此在小说《山本》中，他设置了治病开窍的陈先生，收魂安心的宽展师父。比如，在荒唐的战争中死者众多时，宽展师父都为他们设置牌位——不管他们生前有德无德是善是恶，死后都让他们灵魂安妥，能够重新托生个好人。而130庙与安仁堂其实正是镇里的修行之地，因为人与物身上皆遭诸毒，为免诸恶毒，就要念经书修行，这就成为俗人遇见菩萨的一种方式。这两个人物与《古炉》中的善人、《老生》中的老唱师、《极花》中的老老爷是一脉相承的，共同组成作家建构的神性人物谱系。他们一直都在转化现实与内心的黑暗力量，没有终止。作家依循的是中国天地神人合一的文化机制，遵循的是重综合而非分析的思维方式，因此，在贾平凹小说中，儿童、痴傻人、智慧老者的思维模式具有原始思维的特性，可以打通人与自然，人与神灵的界限，使熟视无睹、习以为常的世界获得陌生化的新意，作品也可切入更纵深化的空间，建构文学的整体维度。

班吉虽是智商只相当于三岁儿童的成人，却有预知与感应的超能力，因此可以将小说引入更隐秘深邃的层面，挣脱人类理性的局限。他能闻到凯蒂身上的树香味以及姐姐身上变化的味道，母亲生病的气味，父亲去世时死亡的味道，比如："'只要咱们一走出大门，他就会不叫的，'迪尔西说，'他闻见了。就是这么回事。'"[8]（这是迪尔西的一种迷信，她认为家里出了凶险、倒霉的事，傻子能凭其超自然的感官觉察出来。）班吉通过神秘的直觉觉察出姐姐的堕落与家族的衰败，作家也借这一视角使小说的维度更为多元，精神内涵也更为丰富。"这个疯癫的叙述人本来没有什么稀奇，早在现代主义时期福克纳就用过，后来中国的阿来又仿着用了一回，都获得奇妙的效果。贾平凹用就算不上什么独创，不过贾平凹用这样的叙述人还是有着显著的区别。在福克纳，那个白痴的视点是为了表现理性不能看穿的真相，为了进入潜意识的深度，揭示人性和心理的复杂性。阿来的那个白痴，几乎从来就不痴，头脑比正常人还清醒。

贾平凹的这个疯癫的引生却是看到生活散乱，看到那些毫无历史感也没有深度的生活碎片。"[9]福克纳主要是为了揭示出美国乡村现代化进程中的内在真实，而贾平凹则主要是为了记录中国乡村转型期的发展态势，因此，即使同样是傻子的视角，两位作家还是依据不同的创作目的与文化背景使其达到了不一样的叙事效果。

三、小说动态叙述方式的引进与变形

三位作家运用内视角与特异视角进行叙述，都让他们的相关小说增加了叙述的厚度与深度，也与传统小说在叙述上有了很大的差异。而在整体叙述方式上，他们也都采用动态的叙述方式，完成了从时间性的叙述方式向空间性的现代叙事方式的转变，从而突破了传统线性叙事的模式，分别形成了生活流与意识流的叙事模式。当然，刚开始时贾平凹与福克纳、乔伊斯的小说叙述方式还处于错位的状态中，后来贾平凹经过学习与转化，使其小说中的叙述方式与另外两位作家的小说叙述基本上保持了同步的态势。

（一）动态叙述方式的启发

贾平凹之所以从怀旧调子、隐逸意味与静态和谐的审美偏向里走出，这与域外叙事方式的启发有关。乔伊斯、福克纳的思维与想象并不局限于现实空间，而能够提供广阔的心理空间。叙述的深度增加了，叙述方式自然就是动态与导入的，不会停留在对景物等的静观与冥想、玩味与欣赏中。贾平凹也以自己的方式呈现生活的流动，其中有对内宇宙的挖掘与呈现，因此改变了中国传统的叙述方式，使小说具备了动感，获得了更大的精神空间。

在贾平凹小说叙述的表层，是简单生动、表现力强的写实，比如，在《古炉》中是富有诗意的日常生活的流动，不过已经不是静谧的诗意，动植物不是静静的，人的动作、神情也不是静静的，而有暴力的一点点升级，但还不是抽象的思想、理念的流动。《秦腔》

是日子带着政事，日子难过。《带灯》是政事引着日子，更难过的是乡村干部的日子，而文化断裂与上访顽疾的难解正是推动叙述的动力。《老生》中历史讲述的重点在于既写出社会生活与政治生活对日常生活的推动与改变，又写出这种剧变对日常生活的扰乱与侵犯。这些动态叙述都以俗世日常生活的流动为媒介，而在叙述的底层，都潜藏着复杂曲折而又活跃的精神暗流。

（二）现代式生活流叙述与意识流叙述的差别

《尤利西斯》的叙述是团状进行的，夹杂着各种历史、现实的典故和人物等，内涵特别丰富。这与乔伊斯追求迷宫叙述的叙事目的有关，"一九二一年乔伊斯在苏黎世一家咖啡馆里曾对为他写传记的画家弗兰克·勃真说：'我在这本书（《尤利西斯》）里设置了那么多迷津，它将迫使几个世纪的教授学者们来争论我的原意。'接着，他还恶作剧地调侃说：'这就是确保不朽的唯一途径。'也就是说，作者是有意把这本奇书写得文字生僻古奥，内容艰深晦涩，扑朔迷离，以致七十多年来，西方乔学家们根据不同版本，对本书内容各执一说，争论不休"⑩。而贾平凹并没有像乔伊斯那样制造那么多的迷津与障碍，而是通过自身擅长的细节流方式来增加叙述的难度，或者如《老生》中那样，有意引入古奥的文言文段落，增加文字咀嚼的意味，也调节整个故事的叙述节奏。跳过这些段落，当然不会影响阅读，但是会错过古文、师生对话与历史故事之间或跳跃或衔接所带来的丰富的阅读体验，也会影响真正的阅读效果。由于贾平凹提倡的是小说要有混沌的看法，这就有别于乔伊斯的追求。相对而言，乔伊斯在叙述上有很强的设计感，贾平凹则胜在描写上及物的程度，并没有设置太多的障碍与迷津，增加阅读的难度。他是立足于事实与看法，也就是实与虚之间，来处理作品的境界问题的。他认为作品应该有看法，但看法不能单一与明确，这样才能超越时代。而事实就是要写出生活的原生态，同时将作家的用意模糊渗透进去。那些政治概念性和哲理概念性的作品，就是缺少这些具体的事实，才不感人。因而事实与看法两者都要有，又要融合得好。

贾平凹小说中的整体叙事风貌、效果与福克纳小说最终呈现出的状态非常类似，因为贾平凹在叙述方式上向福克纳学习的地方比较多。《秦腔》中的意识流就是一堆无法整合的残骸碎片，不仅如此，这部小说还充满多人繁复的对话与密实细节的连缀，虽然引生的内心独白提供了解密的钥匙，但其中的纠缠和打岔，混乱的插话与延搁，频繁的时空切换，都在影响阅读的顺畅度，增加了阅读的艰涩感，所以在表面上看来很乱，就像康拉德·艾肯评价福克纳的那样："人们当然总得要从河水里钻出来，离开水面，才能好好地看看河流，而福克纳恰巧是用沉浸的方法来创作，把他的读者催眠到一直沉浸在他的河流里。"⑪但贾平凹骨子里有数，这也与李文俊对福克纳作品的评价吻合："在开初时显得杂乱无章，但读完后能给人留下一个'超感官'的、异常鲜明的印象。"⑫贾平凹是从民间的立场出发探讨农村土地及其伦理问题，其笔致比福克纳的小说还要再疏散一些，没有那么烦琐。对于中国读者而言，小说中的每个句子都是清楚的，不用费力理清句子的结构，但错综的人物关系，故事的主题以及对内心的揭示还是渗透在日常生活及其对话的细节推动中，意识流也就转变为了细节流。

不过，贾平凹在借鉴动态叙述方式的同时，并没完全舍弃传统的白描写法，小说中还留有静态描写的痕迹，让读者在阅读的节点可做短暂的停留与休憩，领略遗存的旧有诗性叙事的韵味。静态描写虽是作家的基本功，却最能考验作家的写实功力。如果作家的描写不到位、细节不考究、逻辑不严密，小说的物质世界是建立不起来的。贾平凹继承了中国诗性叙事的传统，又主要通过白话而不是文言韵文来传达诗意，因此其研习对象就从曹雪芹、兰陵笑笑生转为废名、沈从文与孙犁等"五四"以后的一脉作家。不管是山水风物还是人事，贾平凹都以白描的手法让其挺立起来，并没有瘫趴在文字里。尤其是作家各种感官的张开，使其小说中关于视觉、味觉、听觉等各方面的描写愈发生动。在《古炉》这部小说中，作家正是通过描写调节小说叙述的节奏，使之充满弹性与张力，不会因题材显出紧张与局促的感觉，也便于张扬小说旷达的精神世界的。比如，说古炉村的云既像棉花垛，又像犁开的地，把雨脚比作跳舞的钉子，都有灵动之感。不过像这种简单的白描还是比较少的，更多的描写已经渗入现代意识，有批判的功能。这说明作家已经无法浑然坐忘于山水景物之间，这种描写也就与传统的静态描写截然不同，远非静态和谐可以形容。比如，村子里冬天干了的柿子树远看像千手观音，近看却像蟒蛇，正是作家对这里温柔与残忍两种人性共存的真实体悟，而蚕婆愁苦与微笑并存的表情也是作者悲天悯人情怀的一种表现。

《极花》讲述的是被拐妇女胡蝶的故事。她被卖去的是荒凉的圪梁村，作家对这个村庄的景色描写就带有残酷而无常的意味，比如风吹歪了葫芦架，乌鸦莫名坠亡，两只鸡啄夺着蚯蚓，瞎子无意间踩烂了蜗牛，野驴被拐，等等。在《老生》中，作家讲述的是20世纪百年中国的历史故事，他试着对打游击、土改、"文革"、改革开放四个历史片段进行还原，而景物与人、事之间都是有机联系的。比如在土改的历史故事中，老城村是颓败与破落的，这样的环境描写奠定了低沉的感情基调，对应的是人的变傻与痛哭。王财东变傻是由于金圆券的贬值引起的，而张高桂哭得像刘备一样是由于土改中他勤苦挣下的土地被分走了。白描虽然没有明显的夸张、变形，感官的直接刺激与冲击也并不十分强烈，但因为是对现代的山水、人事进行描写，其内部也蕴藏着极大的张力，完全融入了整体的动态叙述中。

曹顺庆认为法国学派理论的缺憾在于忽略了"我们的文学在流传过程中，由于不同的语言、不同的国度、不同的文化、不同的时代、不同的接受者，它会产生信息的改变、失落、误读、过滤。换句话说，法国学派忽略了文学在流传过程中发生的变化，也就是我所说的变异。除了有实证的共同性外，更多的是变异性。有些变异性可以实证，有些变异性不可以实证"[13]。福克纳、乔伊斯的小说经翻译与传播离了本国到了中国，再进入贾平凹的视野、阅读、创作与文本中，发生变异就是不可避免的。通过细读与分析可以看到，贾平凹虽然受乔伊斯、福克纳小说中现代技法的影响，但他还是依据传统叙事资源将其转化为了自身特有的叙事样式，增加了叙述的宽度、厚度与深度，传达出现代化的意境。乔伊斯、福克纳制造了较多的迷津与障碍，其作品叙述的难度与深度也超过了贾平凹小说，当然也没有贾平凹小说中特有的现代意境。

总之，贾平凹要与已经被世界文学充分认识与接纳的域外作家构成平等的对话，就不能一味坚持传统的写法，而要在叙述上突破自身局限。外来的资源只有在作家有需要的时候才会有效，感应才会强烈，贾平凹对乔伊斯与福克纳小说中的现代技巧是有感应的，对国外别的作家的叙事技巧则没有多大的研习的兴趣。"有独创性的作家并不一定是发明家或别出心裁，而是能够将借鉴别人的东西糅进新的意境，在造就完全属于他自己的艺术品的过程中获得成功的人。"[14]在跨文化的影响下，贾平凹已经对福克纳、乔伊斯小说中的现代技巧进行借鉴与改造，并形成了中国式的现代叙事模式。"中西比较研究不仅需要理论的阐述，更需要具体文本的实例来阐明和论证文学和文化的可比性，达到不同传统的沟通与契合。"[15]本文正是从文本对照与分析的角度对有事实联系的国际作家进行比较研究，这也有助于域外作家与评论家通过贾平凹这样一个典型的中国作家了解中国的文学与叙事。

注释：

① 贾平凹：《转型期社会与文学写作——在北京师范大学的演讲》，载《美文》2014年第1期。

② 西格蒙德·弗洛伊德：《精神分析引论》，高觉敷译，商务印书馆1984年版，第8页。

③ 悉德尼·芬克尔斯坦：《人性化和异化之间的冲突》，见李文俊编选《福克纳评论集》，中国社会科学出版社1980年版，第120页。

④ 贾平凹：《关于小说创作的答问》，《贾平凹文集》第14卷，陕西人民出版社1998年版，第367—368页。

⑤ 艾德尔：《文学与心理学》，见于永昌等编《比较文学研究译文集》，上海译文出版社1985年版，第246页。

⑥ 贾平凹：《古炉》，人民文学出版社2011年版，第8页。

⑦ 今道友信等：《存在主义美学》，崔相录、王生平译，辽宁人民出版社1987年版，第150页。

⑧ 威廉·福克纳：《喧哗与骚动》，上海译文出版社1984年版，第315页。

⑨ 陈晓明：《穿过"废都"，带灯夜行——试论贾平凹的创作历程》，载《东吴学术》2013年第5期。

⑩ 萧乾：《叛逆·开拓·创新——〈尤利西斯〉中译本序》，见乔伊斯《尤利西斯》上卷，文化艺术出版社2002年版，第14—15页。

⑪ 康拉德·艾肯：《论威廉·福克纳的小说的形式》，见李文俊编选《福克纳评论集》，中国社会科学出版社1980年版，第74页。

⑫ 袁可嘉等编选：《外国现代派作品选》第2册，上海文艺出版社1981年版，第138页。

⑬ 曹顺庆、付飞亮：《变异学与他国化——曹顺庆先生学术访谈录》，载《甘肃社会科学》2012年第4期。

⑭ 约瑟夫·T.肖：《文学借鉴与比较文学研究》，见张隆溪选编《比较文学译文集》，北京大学出版社1982年版，第34页。

⑮ 张隆溪：《从比较的角度说镜与鉴》，载《文学评论》2019年第2期。

作者单位：西安建筑科技大学文学院

欲望时代的海市蜃楼及其坍塌[①]

——评贾平凹长篇小说《暂坐》

张光芒

俄罗斯女留学生伊娃先是在中国留学，回国后历经丧母、失恋之痛苦，再五年后由圣彼得堡重返第二故乡西京寻找精神慰藉。她很快融进以茶庄老板海若为核心的成功女性圈子，且与大作家羿光产生了感情纠葛。然而风流终被雨打风吹去，日常平静的似水流年不久便暴露出此前被遮蔽的颓败恶相，海若在和自己有关系的大人物相继被查之后失联，茶庄爆炸，羿光离开，伊娃伤心抱憾回国。沉沉雾霾笼罩下的热闹美盛的西京城仿佛海市蜃楼瞬息兴衰，而那千年秦腔还在深夜无人的街道呜咽悲吟。贾平凹长篇新作《暂坐》讲述这个新世纪都市故事，不同于其以往聚焦底层人物的乡土叙事，而是在全球化语境下将笔墨瞄准了一群突出围城、外表光鲜、叱咤商场的单身女子。作家以敏锐的观察力与持之以恒的审美探索激情突入新世纪生活的腹地，在经济大潮的时空背景下描绘了新一代娜拉们出走之后的状况以及以羿光、冯迎等为代表的知识分子的精神图景，深刻发掘传统与现代、全球与本土、永恒与当下的内在张力，以现实主义情怀展现了新时代精神能量，同时也犀利地揭示了一代人的心理病症与精神危机，在对都市、女性、知识分子日常生活与内心世界的揭示中透视生存、欲望、历史的本质。

一、重返心灵故乡：寻找当下生存的心理能量

伴随着滚滚前行的历史车轮，十三朝古都西京也进入了高科技经济时代。20 世纪 90 年代，王安忆《长恨歌》曾以一位女性的个人生活情感经历为主线描绘了大上海沉浮飘摇的历史轨迹。贾平凹新作《暂坐》则是通过对漂亮能干的茶庄老板海若及其朋友冯迎、夏自花、陆以可、希立水、应丽后、严念初、虞本温、徐栖、司一楠，以及外围的辛起、小唐等人的日常交往及心路历程的描写，来展示古朴而又繁华的西京城的新时代风貌。随着商业经济的迅猛发展与受教育程度的大大提高，女性有了更多施展才华的机会和舞台，书写当下女性风采的艺术作品也层出不穷。不过像贾平凹这样大规模、集中描写十余位单身成功女性的作品还不多见。在小说中，她们走出家庭，在商场、职场大展宏图，巾帼不让须眉。向其语"将手中的一块地一转手就赚了上千万"，现在与人合办康复医院。应丽后做房地产买卖。严念初先前做过电梯生意，现在做医疗器械生意。希立水、陆以可分别经营汽车专卖店、广告公司。虞本温从事餐饮业。司一楠是全市最大的红木家具店老板。冯迎则是才华横溢的作家。海若自己更是开着高级茶庄，加上与市委秘书长以及大名鼎鼎的作家羿光熟识，在当地真可谓呼风唤雨、无限风光。除了重病躺在医院的夏自花，十姐妹个个衣着时尚、外表靓丽、气场强大，难怪伊娃羡慕不已，"一一叫姐"。

姐姐时代到来了。伊娃将套娃作为礼物送给海若，"拿着套娃，提起一套是一个女人，再提起一套是一个女人"。伊娃对海若说："这就是你么，妻子、母亲、茶老板、居士、众姊妹的大姐大。"海若则直言自己没丈夫了，"给谁当妻子？！"是啊，姐妹们走出了

厨房、客厅那一亩三分地，也不再是惨兮兮的弃妇。她们面对现实，不惧议论，勇敢宣布离婚或者单身，积极追求自由潇洒的人生。工商局爱读杂书的老申一次来向其语的能量舱馆，偶然拉开窗帘，"窗外正是小区院子的东南角，大约三亩左右，高高低低长着松、柳、樱、海棠、丁香、榆、槐、桃，其中夹杂着玫瑰、芍药、美人蕉，月季在院墙头上蓬蓬勃勃了一堆"。老申夸奖这馆选的地方好，向其语问："咋个好？"老申说："长得这么多，树最懂得生长环境的。"的确，姐妹们走出围城之后的好生活、好状态，正是源于好的环境与好的时代。她们蓬勃生长、自由发展，"不喝统一茶"，铁观音、茉莉花、云南滇红、白茶甚至白开水，每个人点自己爱喝的——"我们是每个自己"。面对羿光提出的"好女人婚姻都不幸，女人总要有个家"的问题，希立水这样回答："也不是不幸，是追求自己合适的啊。""海姐她们已说好，将来一块儿去老年公寓，相互在一起，直到死去。至于性吗，嘻嘻，谁也不缺个男人。"聚会时，同性恋人司一楠、徐栖不避嫌地要了同样的肉桂茶。姐妹们不约而同地驳斥"十钗""佳人"的封号，认为这些都太古旧落伍，不但要依附他人，"命还不好"。此后大家欣然接受了羿光"西京十块玉"的建议。这其实也是一种自拟，因为姐妹中最有才华的作家冯迎的一篇小说"就把四个女子叫作四块玉"。

玉，石之美者，价值不菲，赏心悦目。世俗人眼中，她们虽然都是大美女，但"个个不是剩女就是寡妇"。然而她们并不妄自菲薄，而是自强自立，不但自视为玉，而且像严念初那样认为自己"活得像这壁画上的飞天"。严念初说的飞天，是指茶庄二楼的壁画上，"释迦牟尼的背光圈外，两边三层都是飞天。第一层左右两个飞天身子平行，衣袂浮起，一手下垂，一手捧着花盘。第二层左右两个飞天身子呈波浪形，飘带上曳，双手将花盘拱举头上。第三层则是左右两个飞天相向而卧，双脚外侧，双手搭于身前，飘带在各自头上呈光环状"。逃离了不幸婚姻与世俗婚恋观，衣食精致，眼界开阔，思维敏锐，各自用双手打拼出一片天地，她们的确像飞天一样令人仰慕，得到了不少异性甚至是大作家羿光的青睐。难怪无论是留学生伊娃，还是出身农村、家境贫寒的辛起，都以她们为人生榜样。

仰望飞天，享受飞翔的快乐，便"不愿意坠落"。玉石，不但价值不菲，而且象征着高贵典雅的气质。作为姐妹团的核心，海若的名字及其言行修为，很容易让人想到上善若水，有容乃大的古训。她将玉送给众姐妹佩戴，号召员工遵守克己修身的"美德十三条"。她勇敢追求自我，同时又深深眷恋传统生活方式与审美情怀，将布置着佛像、瓷瓶、如意、古琴与仿明家具的茶庄二楼打造成远离喧嚣、放松精神、审美自由、闺蜜聚会之地，堪称闹市中的一块净土，荒漠中的一方绿洲。

而作家兼书画名家羿光"拾云堂"之古风古韵更上层楼，"除了靠着四面墙的柜架上塞满了书外，几乎所有的桌上、案上、柜架顶上、茶几和沙发旁都摆了古玩"，比如陶制的砖、罐、瓦当、彩俑，石雕的狮子、貔貅、麒麟，还有奇石、怪木、水晶、漆器等。窗前竖了一根盆粗的海南黄花梨通天柱，光洁油亮，屋内还有十几块和田玉原石。这些古董玉石当然昂贵，但亦是羿光精神世界、审美格调追逐古朴、向往自然的一种写照，与趋炎附势、庸俗不堪的范伯生之流相比可谓有云泥之别。这也是海若与羿光两人惺惺相惜、互为知音的精神底蕴之所在。

更值得关注的是，海若不但在生活方式、审美情调上追求古风，还将道德情义乃至侠义情怀发扬光大。在她的带领下，姐妹们闲时喝茶聊天，困难时鼎力相助，抱团取暖。就像虞本温所说的，"之所以吃完饭又来茶庄，我们都是在这里相互认识成了姊妹，姊妹们又认识了羿老师，一直走到了今天。可以说，如果延安是革命的圣地，茶庄就是我们走向新生活的圣地"。模特出身、聪慧美貌的夏自花不幸得了绝症。缠绵病床之际，她爱的男人不能及时出现，姐妹们有钱出钱，有力出力，不但尽心尽力帮她找大夫、出医药费，而且为其患有腿疾的母亲治病，善待其年幼的儿子。海若还将捐献血小板的打工者小高请到茶庄做职员。小唐甚至想认养其子夏磊，决定以后如果不结婚便和夏磊过活，即使结婚也把他带着。也许除了对中国文化、语言的热爱欣赏，以海若为首的姐妹团这种不计得失、互帮互助的人性光芒，也是吸引伊娃在有精神危机之时回到西京的一个重要原因。严念初曾经问伊娃，生活在那么好的地方，为什么偏要来中国！伊娃回答："来中国学中文么，中国也好哇，不是就认识了你们这么好的朋友！"离开中国五年之后重返西京，伊娃一见海若便扑到她怀里，"一下子变小变弱"，"她比海若高，却把头埋在海若怀里，嘤嘤哭开了"。积极进取、驰骋商海、追求自我价值的现代意识与海纳百川、古道热肠的精神气质在海若身上巧妙融合，隐喻性地揭示出以她为代表的这群女性身上潜隐的新时代精神能量及其感召力。在城市化全面突进的当下，文本对"西京十块玉"及其精神力量的发掘与描绘，丰富并凸显了女性意识探索与都市体验书写的新变化，充分显示出作家敏锐的观察力与深邃的思考力。

二、卷入风起云涌：敞开全球化视域下的都市百态

《暂坐》共三十五章，每章标题均以"人物·空间"的形式命名，如"海若·茶庄""羿光·拾云堂""应丽后·香格里拉饭店""向其语·能量舱馆""司一楠·登丰巷""夏自花·医院""辛起·城中村"等。叙事空间既有高级茶庄、酒店、咖啡厅、养生馆，也有普通小区、街道、城中村、棚户区等等。第一章和最后一章的标题均为"伊娃·西京城"，由此可见作家匠心独运的蛛丝马迹。西京城熙熙攘攘，过客匆匆，大家热烈期盼着的活佛一直没有来，而怀着朝圣之心的伊娃则在2016年初春的一个夜晚来到西京城。小说有意将西京放置于全球化镜头下进行全景式、深入

式扫描——纵览全文可见，伊娃身上连接着其与海若姐妹团、大作家羿光等中上层精英与知识分子的交往与情感纠结，同时，通过她，小说也展现了平民乃至底层人民的生活现状。

伊娃能够作为贯穿始终的叙事视角，一个重要原因是她热爱中国，更热爱西京，自认为是西京人。多少回午夜梦回，她"走在了只有这个城市才有的井字形的街巷里。在城墙头上放风筝"，或者"坐在夜市的小摊位上吃炒面和烤肉"，"在众目睽睽下将那两颗羊卵子咬嚼得嘴角流油"。她叫得出所有街巷的名字，比如皇城路、汉阳路、朱雀街、玄武路等。她"更习惯了这里的风物和习俗，以及人的性格、气质、衣着、饮食，就连学到的中文普通话中都夹杂了浓重的西京方言"。小说首先通过伊娃租住小区的风景风情，描绘了其眼中普通市民的生活与心理状态。她一早醒来，最大的感受便是"大街小巷里依然是人多，那么多的人啊"。房东大妈不拿这个外国女孩当外人，熟知伊娃最爱吃"韭菜末、西葫芦丝、鸡蛋和剁碎的线辣子"混在一起做的糊烂饼。伊娃返回西京之后第一次出门，"小区外的长条木椅上坐着六七位年长的妇女，身边是大包小袋的肉和蔬菜，脚疼了吧，差不多都是一条腿放在另一条腿上，低头用手捏脚"。"那个胖老太太，是住在和房东同一个单元里的第一层房间，她提了豆腐和芹菜，还有鱼"，"可能在菜场才剖过了，从鱼尾往下还滴着猩红血水，鸡也是宰过的，没有毛，头冠仍在，脚爪却僵硬，戳破了塑料袋而伸出来"，这番观察真是细致入微。

西京百姓勤劳热情、儿女心重，但又斤斤计较、爱占小便宜，这些都被伊娃看在眼里。"这些老太太们平日都是老两口过活，省吃俭用"，一到周末，"能多买些东西就多买些东西"，期待着儿女们回家就餐，"待天黑前儿女们又往各自的住处去了，他们收拾着桌椅板凳，洗涮了锅盆碗盏，然后坐下来浑身酸痛，痛并快乐着"。如果没有深切的生活体验，便不会对当下中国平民家庭生活有这一份贴心贴肺的理解。"小

区院给过伊娃许多温暖,但她也不习惯这里的种种习气",比如老人们"在菜场买一把葱,货比三家,讨价还价,末了把要买的葱剥了老皮,掐掉毛根,临走还要多拿人家一疙瘩蒜"。因此伊娃渴望融入海若的朋友圈,欣赏那一群姐妹情深又性格各异、神采飞扬的女性。后来,她还结识了羿光,展开了一段独特的情感历程。

在书写伊娃与十姐妹日常交往的同时,通过其与一心向上爬、不惜出卖身体的离异女子辛起的相识,小说又进一步将笔墨伸向了掩藏遮蔽在高楼大厦背阴深处的棚户区、城中村。辛起虽然极力靠近海若、希立水,但她自认为"和希姐、海姐她们不是一伙人,她们虽然对我好,我也时不时和她们待在一起,但我知道我是蝌蚪跟着鱼浪的,浪到最后,人家还是鱼,我是青蛙"。辛起出身陕南农村,十六岁就来西京打工,虽然长相洋气漂亮,却因是乡下人而自卑,日子过得也很紧巴。她立志"必须表现为城市人",学会普通话,并与公务员田诚斌结了婚。丈夫虽然有工作有房子,但是"工资低,人又死板",无法满足妻子高贵奢华的生活追求,两人婚后常常争吵打闹。后来辛起干脆闹离婚,和一个七十多岁的香港知名公司的老板相好。"但是人家不想结婚",只肯出点小钱,竹篮打水一场空的辛起只好租住在城中村。和伊娃认识后,她带着伊娃去了自己租住的那条街上:

> 那街算不上街,原本是个自然村,各家各户随意盖的房子,当城市不断扩张,高楼包围了这个村子,这些房子便改造成门面店铺,大多在卖吃食,生的和熟的,也有在卖各种日用杂货,地方特产,随后什么行当的全进来了,旅舍、酒吧、裁缝店、理发馆、洗脚屋、麻将室、歌舞厅,以及修鞋、掏耳、拔牙、按摩、刮痧、文身、染甲、算卦,能想到的都有,没想到的也有。而原先的瓦房,土木结构的就拆掉建水泥结构的,原先是水泥预制板建的平顶房,便全在加盖,有三层的,四层的,还有五层六层,一律出租。就形成了街巷,窄狭、潮湿、阴暗,又高高低低,拐来拐去,进去了如进迷宫。

西京棚户区的现状令伊娃无比震惊。她此前从未来过这样的城中村,更没有想到成千上万的人连自己租住的普通小区也负担不起,而是在如此不堪的环境中拥挤着、挣扎着。目睹辛起悲惨状况的伊娃没有像希立水那样痛骂辛起当小三,反而对她充满同情,"思绪竟然飘到了遥远的圣彼得堡,想到自己的处境,甚至觉得辛起也正说的是她自己的故事"。虽然小说没有展开伊娃的圣彼得堡故事,但是伊娃对辛起的这份同情及其对自我境遇的联想不由让人浮想联翩。巨大的贫富差异造成的生活重压、人心动荡正在全球各大都市舞台上演。

经济大潮滚滚向前,推动了物质生活的繁荣昌盛,同时也激起了浊泥污流。男权中心主义与拜金、拜权意识联手,使不少人不惜利用美貌、青春攀附人脉资源,获取更好更高的位置。正如作家通过羿光之口所说的,在"说是妇女翻身,其实仍然是男性的社会"中,女性要追求经济独立依然不易,"就像坐在窝里孵蛋的鸡",生下的蛋有的大有的小,"有的蛋还是软的,有的蛋还是蛋皮上沾满了粪便和血"。的确,虽然辛起当小三令人不齿,但是推究其他姐妹,其实也多是靠男性行走江湖。身患癌症的夏自花和辛起一样也是富商的小三。严念初骗收藏玉石的老教授结婚,离婚时分得大笔财产。其他姐妹也多是离开家庭却又靠其他男性在商场挣得一席之地,才能爬到"飞天"的位置,且稍有不慎便会坠落。比如陆以可、向其语利用官场熟人做买卖。希立水为了几十块巨型广告屏幕生意,主动向曾经追求自己的处长许少林示好,而且让陆以可和他见面时带一张羿老师的书法作品行贿。海若则靠市委秘书长搞到大批高级茶叶订单,租住茶馆二楼时也得到很大优惠。从本质上说,辛起的所作所为仿佛是不少女性奋斗史上的一个环链,或者说是其成功的"史前史"。辛起的"身体投资"如果成功,那便至少是另一个严念初了，只不过她运气不好，失败了。即使是已经成功的人，比如严念初与庄丽后，也会为了利益纷争而反目成仇。而颇具反讽意味的是，善于思考、洁身自好的冯迎，在家中根本不受尊重，还常常遭受家暴，最后在空难中香消玉殒，令人慨叹不已。

城市的发展给整个社会带来了追梦的机会，也成为人性显影的平台。就像小说中所写的，十年前，这个城市扩张，到处都是工地，"奇迹不停发生，似乎正是经济繁荣时期，却也是所有人为着钱发疯发狂。当官的以权力发财，从商的以投机发财，有资源的以资源发财，有手艺的以手艺发财"。作为西京城的一张文化名片，羿光对海若姐妹的发迹史给予同情的理解，除了因为他欣赏这些明艳照人的女性，并且和其中的不少人有着暧昧情愫，更源于他对社会乃至人性本质的通透了解。既然"权力面前艺术都是雕虫小技"，那何不顺势而为？他也的确在与官场的相互利用中赚得盆满钵满。小说也有意借助许少林这一人物对羿光进行了批判，"市上领导好像重视他，他以为自己真了不起了，其实需要他时他就是金箔，不需要他时他就是玻璃"。"什么政协委员，什么参议员，什么文化顾问，什么作品获过奖，什么一级作家相当于教授，什么政府津贴获得者，政府利用他，他也会利用政府！""我更是看不上他的人。"虽然这段评判酸味十足，也不乏作家的自我反讽，但不可否认这也正揭示了社会文化现象的一种真相及其逻辑。

小说以外来者的眼光串联起普通百姓、商圈精英、政府官员、知识分子等的种种姿态各异、纷繁复杂的生活场景，勾画出真实而驳杂的现代都市市井风情。值得关注的是，伊娃并非只是一个冷眼旁观者，而是不由自主地卷入了时代风云。海若赐玉，羿光赠扇，美酒欢歌，不亦乐乎？羿光财力雄厚、人脉深广、才华横溢，他对自己的青睐、迷恋更是一度令伊娃沾沾自喜乃至心驰神往。然而当其深入西京的名店豪宅与街巷棚户，见识到底层的穷困潦倒，也看到了成功人士的另外半张脸，她越来越发现，贫穷能压垮人，但是财富并不一定带来幸福康宁。茶庄虽然是姐妹们心中的圣地，却非世外桃源。经济独立、科技发展开拓了她们的视野，提高了她们的品位，锻炼了她们的意志与才华，同时也带来了空气污染、情感空虚、金钱至上等问题。姐妹中最能吃苦、最踏实的司一楠曾经大发议论，"临潼的兵马俑原本是有彩色的，但一挖掘出来就褪色了"，"西京城春夏秋冬不分明了，该冷时不冷，该热时不热"。到处是灯光，白天夜晚有时也分不清了。喝茶、养生、美容、能量馆等抵抗不住岁月流逝、容颜易老甚至病魔缠身。曾经漂亮动人的夏自花被白血病折磨得面目全非，撒手人寰。物质的富足也挽救不了海若儿子教育失败的现实。日常生活中碰瓷、仇富、无聊应酬等亦是不胜枚举。而那些所谓的成功男士，一旦退休或者失势，马上便会人走茶凉。在过去的五年里，伊娃在这个城市见过很多这样的老者，他们"曾经是政府官员，或者是教授、银行家、工程师"，退休之后，"再热闹的地方，他们的出现如同风吹来的树叶一样遭到无视"。

更可怕的是，看似牢不可破的关系网、高不可攀的权力山，平时带来滚滚财源，一旦有风吹草动便可能全面溃败。一个神秘电话就能让平时气定神闲的羿光失了方寸，在与伊娃缠绵时力不能胜。而曾经融洽和谐、欢声笑语、高朋满座的茶庄一眨眼便化为云烟，徒增几重雾霾。"关于暂坐茶庄发生的爆炸，社会上说啥话的都有。有的说这与政治有关，因为市委书记倒台后，一个副市长被双规了，市政府秘书长也双规了。"从万里之遥奔赴西京寻找精神慰藉的伊娃，虽然也一度为友情感动，为爱情沉醉，但世事难料，时过境迁，海若失联，羿光的万千柔情也不再。"眼见他起高楼，眼见他宴宾客，眼见他楼塌了"，瞬息盛衰，飞天梦碎，友谊爱情的甘甜琼浆变成了苦水，潮起潮落中的都市人生百态令人叹惋。

三、坠落欲望深渊：揭示雾霾遮蔽下的精神危机

古往今来，多少人慨叹"世间好物不坚牢，彩云易散琉璃脆"。夏自花死了，茶庄爆炸，冯迎坠亡，羿光离开，伊娃没想到，自己无比渴望的精神之旅不过是一次"暂坐"。而在与海若的交往尤其是与羿光的感情纠葛中，她见证了新时代女性与知识分子深入骨髓的精神危机与生存焦虑。小说借一位无名者之口说，西京是越来越庞大繁华了，人是越来越有钱了，"可你不觉得越是庞大人越是小吗，越是繁华精神越荒芜吗？"年轻时候勇敢叛逆、漂泊各地的陆以可，经济独立后却得了心病，疯狂寻找父亲，以至成魔，困守心城，再也走不出去。徐栖、辛起无法摆脱大城市的巨大压力，因为出身农村、县城而自卑。人前笑意盈盈的海若却在无人处叹息，"心事太多啊，都成了疾病啦"！她爱羿光，可是羿光一直躲避，姐妹越来越多，自己夜里却常常失眠。希立水也爱慕羿光而不得，只能在追求者之间无奈摇摆。

金钱追逐着权力，又不断打造着新的欲望。层出不穷的欲望浪涛令人兴奋更让人疲惫不堪，循环往复，周而复始。虽然不同于唯利是图、追名逐利、俯仰无节的范伯生之流，但是海若、陆以可、司一楠等也无法挣脱欲望的桎梏，在心灵与现实之间挣扎纠结。羿光说，十姐妹"已经够优秀的了，有貌有才，有一定经济实力……不开会，不受人管，身无系绊，但在这个社会就真的自由自在啦，精神独立啦？你们升高了想着还要再升高，翅膀真的大吗？地球没有吸引力了吗？还想要再升高本身就是欲望，越有欲望身子越重，脚上又带着这样那样的泥坨，我才说你们不是飞天，飞不了天的"。伊娃也慨叹自己想不通："她们是一群那样高尚的人，怎么都有没完没了的这样那样的事所纠结，且各是各痛，如受伤的青虫在蹦跳和扭曲？"

虽然号称"西京十块玉"，但实际上这群女老板性格各异，精神境界也不相同。夏自花一往情深，严念初、庄丽后看重财物，司一楠务实，徐栖重视养生，而冯迎与海若更加重视精神世界的追求，不断求索生命的本真和生存的意义。相较而言，海若的内心更为焦虑甚至分裂。她乐善好施，心胸宽广，却又攀附官场赢取现实利益；她气场强大，受人爱戴，却与儿子势同水火，无法沟通；她克己守礼，遵守"美德十三条"，日常生活自尊自律，可又苦于"事情实在是又多又杂令人无法安静"，"太多的精神追求和太多的生活辎重实在难以调和"。海若将目光投向礼佛，渴望从中获取心灵支持，"所以才要迎接活佛呀"。然而对欲望的追逐之火不熄，活佛真来又能怎样？外在的形式、仪式或许可以缓解一时的焦灼，却无法解决信仰缺失的根本性症结。

作为"西京十块玉"的拥护者，羿光博古通今，知识渊博，是姐妹们的精神偶像，也给了她们同情的理解。他对伊娃说："你看海若她们，一方面都是不结婚或离婚，想方设法在社会上周旋着做生意；一方面又表现得工作认真，诚恳良善，乐意帮助，即便给人一个笑话，一句客气话，在路上了捡起一个烟头放进垃圾桶里，看似琐碎无聊，但你不觉得它是有意义吗？"然而，这种坚持小道而"不去皈依"大道的相对主义价值观，在心灵与现实的结构性矛盾面前无法自圆其说，连伊娃也不认同，更无法从根本上缓解海若内心的焦灼、失衡、分裂。作为小说中最知名的知识分子，我们看到了羿光超拔古朴的审美格调与生活品格，也看到了他穿越外相看透本质的睿智。有人说他像大观园里的护花使者贾宝玉，但是他并不是如宝玉那样赤诚而纯粹的情痴，更没有与谁生死相许的恒心与定力，不但一路走来喜欢、爱慕很多女性，且一旦要陷入真情之际便会抽身，将真爱变友爱。他这种做法也是造成海若精神焦虑的原因之一。她相信羿光是爱着自己的，可是羿光却并不挑破，"羿光或许是对她，以及对她的众姊妹们，喜欢着，却不愿意有了那一种事情而使这种感情难以持久"。面对伊娃，他有所改变，勇敢地示爱求爱，最大的原因在于伊娃更

为独特，更为新鲜，可替代性不强，他不用担心自己得到她后马上失去兴趣。但其内心深处仍旧担心自己爱不持久，所以不断给自己暗示和鼓励：伊娃"是不会发胖变形的，世上应该有永远的东西"。实际上，他缺乏自信，"我最苦恼的就是求不得"，虽然要名有名，要钱有钱，要地位有地位，要家庭有家庭，但是，"这就能保证不变吗，就能让我满足吗？"

欲望时代的一切都世俗化乃至庸俗化了。除了兵马俑，人们"对事物的惊奇，干事的热情，对老人的尊敬，对小孩的爱护和浪漫的爱情"也都在一一褪色。向其语说："得了吧，什么你爱我呀我爱你呀，两个人都饿着就是了。"无独有偶，作家在后记中也这样写道："还是如看到的那句话：别说我爱你，你爱我，咱们只是都饿了。"②饥便不择食，饱则盼消化，计算中追求，满足后无聊，何谈终生？正如克里希那穆提所揭示的："我们的困难在于，我们所谓的爱其实是头脑的。我们的心里充满了头脑的货色，它让我们的心永远空洞而渴望占有。是头脑在依赖、妒忌、维持和破坏。我们的生活被生理中心、被头脑所统治。我们不是去爱并给予自由，而是渴望被爱，我们给予是为了得到，那是头脑的慷慨而不是心胸宽阔。头脑总是寻求肯定、安全；头脑能使爱变得肯定吗？头脑的要义是时间，而爱本身就是永恒，头脑能俘获爱吗？"③可惜人们往往把头脑等同于心灵，而把生命维系于头脑。

海若没有等到活佛到来，也没有得到羿光的爱，反而在自我分裂的旋涡之中越陷越深。冯迎坠亡之后，读了其读书笔记，她方意识到"以前轻视了冯迎，而冯迎其实比自己读过的书更丰富，思考得更深刻，原来自己许多自以为是的认识和做法都是浅薄，甚至是错误"。作品中冯迎正面描写很少，但是她的存在绝非可有可无，反而是至关重要的。不同于羿光圆融和谐、"坠落也是一种飞翔"的生活哲学，她承担起知识分子精神追思、社会评判、文化反省的重任，不爱钱财，纯粹洒脱，一生都热烈追求着自由、爱与美。她在人生笔记中这样写道："没有欲望就是神，是天使。""假如我心灵琐碎、狭隘、局限，那么我在其他人身上也会有同样的情形。""什么是痛苦，遭受挫败的欲望就是痛苦？你需要有爱，有了爱就不会障碍，就可以交流，认识到你的欲望，而慢慢终结你的欲望。"这种爱，不是羿光那种被欲望控制的"头脑的爱"，而正是克里希那穆提所说的"永恒之爱"。

一切都在褪色，只有雾霾日渐加重。人生苦短，雾霾却自始至终充斥于整座都市，几乎所有人都在诉说着雾霾之苦。陆以可怀念着初到西京时多好，现在雾霾加重，人也变坏了。具有理想主义情怀与诗人气质的高文来慨叹："这几年雾霾这么大，你不觉得是天看不惯人的疯狂，在惩罚吗？"而在最具反思与批判精神的冯迎看来，雾霾是生态污染的警示，也是精神污染、心灵空虚、放纵欲望、道德信仰危机的象征，"现在，科技就是神吗，就是宗教吗？""雾霾这么严重啊，而污染精神的是仇恨、偏执、贪婪、嫉妒，以及对权力、财富、地位、声名的获取与追求。"伊娃初来西京时，雾霾便笼罩了整个城市。她离开西京时，重锁全城的雾霾比她初来时更加严重，铺天盖地，简直要吞没整个都市，令人恐怖：

> 那个傍晚，空气越发地恶劣，雾霾弥漫在四周……烦躁、憋闷、昏沉，无处逃遁，只有受，只有挨，慌乱在里边，恐惧在里边，挣扎在里边。黑暗很快就下来了。塞满在街巷里的汽车全都打亮了前灯尾灯，缓缓移动，感觉是进入了泥石流中……戴口罩和没戴口罩来来往往的人，全都模糊不清，又支离破碎……南环路是这个城打造的一条花街，十几里长道两旁都是玫瑰、月季、蔷薇。这些花在雾霾和黑夜里已经不那么招摇，车灯照过去，该黑的都被黑遮蔽了，该亮的依然明亮。

伊娃"突然泪流满面"。春花未败，心神已碎，黛玉悲吟"一朝春尽红颜老，花落人亡两不知"，伊娃的春天还没有过完,她却已经从最初的寻梦、感动、沉迷陡转到身心俱疲、饱经沧桑。无限繁华转眼消逝,宛如海市蜃楼之瞬间坍塌。都说春梦了无痕,伊娃的这场春天的西京梦却令人悚然惊醒。

小说结尾处,辛起跟随伊娃离开西京,奔赴圣彼得堡追梦。她又将在异国他乡经历一场怎样的梦幻呢?那也许将是另一场"暂坐"的悲剧,只不过悲剧的主角从伊娃换成了中国女性。小说通过这一设计也进一步暗示了精神危机的重重症结及其不可解。总而言之,《暂坐》在篇幅上并非鸿篇巨制,但以其精警峭拔的叙事方式,追踪生活内在逻辑的新变,显示出别具一格的大气象。

注释:

① 本文系2020年国家社科基金重点项目"中国新文学学术史研究"(20AZW015)的阶段性成果。

② 贾平凹:《暂坐·后记》,载《当代》2020年第3期。

③ 克里希那穆提:《爱与思——生命的注释I》,范佳毅译,华东师范大学出版社2005年版,第43页。

作者单位:南京大学中国新文学研究中心

乌托邦、恶托邦与返乡叙事
——论贾平凹的长篇《极花》

徐 勇

贾平凹向来喜欢写作"归去来"的故事,自《商州》《商州初录》和《遗石》,到《高老庄》,到《秦腔》,都是如此。但这些小说中的"归去来",主要是针对那些通过考上大学离开乡村(乡镇)的知识分子而言的。贾平凹一直都在思考知识分子的返乡问题,但他也知道,这充其量只是精神上的返乡。当数以万计的农民浩浩荡荡地奔赴城里的时候,通过高考离开农村的知识分子,又怎么可能再度回来呢?他们的返乡,就像贾平凹本人一样,往往只是把乡村视为人生事业的后花园和根据地,返乡只是一种精神上的需求,或者说是在城里做着的南柯一梦。

但对那些走向城里的农民而言,返乡却往往是坚硬而冰冷的事实。他们像候鸟一样,在城市和乡村间往返迁徙,注定了要持续不断地做着成为城里人的梦,就像那些离开乡村的知识分子做着返乡的梦一样。虽然说贾平凹并不像孙慧芬或关仁山那样过多地涉及农民进城过程中的苦难创痛,但并不表明他就会无视这一事实。他在《高兴》中,塑造了一个死于西安城里的农民五富的形象,表明的就是城市梦的虚幻不实。如果说贾平凹此前的小说,很多都是以精神返乡的背景来表现、思考城乡之间的关联的话,那么他的长篇小说《极花》却是通过村姑进城被拐的背景表现另一重意义上的返乡。在《极花》中,包括胡蝶自己在内的所有圪梁村村民都一直把她视为城里人,但事实上,她只是一个生活在城市边缘的农民。她和她的母亲以收破烂为生,就像《高兴》中的刘高兴和五富一样。或许,也正是因为这一边缘身份,才形塑了她观看城市的方式。她以想象的方式进城,想象城市的美好和城里人像房东大伯、房东儿子的好,但其实都是虚妄的,她一厢情愿地喜欢上房东的儿子青文,也一厢情愿地期望房东一家前来解救被拐卖的她。事实上,正是她这种以想象的方式"到城里去",既没有进入城的内部,也不可能对城里暗藏的凶险有充分的认识,才导致最后被城里人拐卖,沦落至此。虽然说贾平凹在这部小说中只是以城市作为虚化的背景,但正是这种对照和侧重才更加凸显出我们的文学写作中想象农村／城市的限制和问题所在。

一

自中国现代以来,想象乡土农村的文学叙事总也不能脱出城乡之间二元对立关系的限制,换言之,对城市的态度往往决定了想象农村的态度。鲁迅的《故乡》如此,废名的《竹林的故事》和沈从文的《边城》也都是这样。在这一现代性逻辑和框架内,很少有作家能例外。就现代性的城乡叙事而言,其虽能提供或展现鲜明而深刻的立场、态度和思考,但往往因受制于二元对立思维模式,对问题的表现总是略显单刀直入而有本质主义的倾向及嫌疑。但在《极花》中,贾平凹创造了一种介于城市和乡村之间想象农村的方式。也就是说,既不立足城市,也不立足乡村,而是在一种游移状态中展开对乡土农村的思考。因此,可以说,《极花》并不是单纯表现被拐卖妇女的故事,贾平凹是把妇女拐卖放在一种重新打量乡土农村的框架下表现的，在某种程度上，这是贾平凹农村叙事及想象的进一步深化和延伸。在此之前，贾平凹喜欢且擅长把农村置于现代化进程中展开叙事，传统和现代、发展和落后、美好和邪恶等纠缠在一起，使得农村的前途命运格外沉重、凝重而又滞重，《秦腔》《带灯》和《老生》，无不如此。作者既不能挣脱二元对立思维的束缚，又不能认同其中一方的立场，因而作者的态度也就显得犹豫不决、进退失据。

但在《极花》中，贾平凹沿着另一思路展开叙述。在这部小说中，作者的态度虽然仍旧显得犹豫不决，但这一犹豫不决与其说是二元对立思维模式决定的，毋宁说是一种游移的立场决定的。这仍是一种以"自我他者化"的角度表现乡土农村的方式方法。这一写作方式在贾平凹那里也不是首次使用，甚至可以说是常用，《秦腔》如此，《高老庄》更是典型。《高老庄》里面的女主人公西夏即这样一个视角下的人物。她跟随丈夫教授子路回到他的老家高老庄，故事因而展开。如果说子路是衣锦还乡，是以一种优越感俯视村民的话，那么她则是以一种好奇的、陌生化的眼光打量这一特异的乡土。但这一特异的乡土，又不是第三世界寓言意义上的时间上落后、空间上停滞①的特异的农村，而是一种被再度发现、挖掘和审视的乡土，她对高老庄随处可见的碑文的兴趣即可表征。换言之，这是一个再度审美化下的乡土农村，其中所有丑、美的东西都在她的审视的评判的目光下一一展现，且被重新定位并被赋予价值。她并不仅是带着城里人的文明的眼光，而更多的是带着文明的批判的眼光来到农村，就其立场和本质而言，她虽然带有批判城市文明的倾向，但最终是要以对农村的重新发现来重启城市文明之光的。因此，对于西夏而言，其立足点仍旧在城市那里。也就是说，农村虽然以全然陌生化的方式呈现在西夏眼前，但她是终究要回到城市的。而对于子路而言，则明显不同，他一方面以优越的眼光打量这一切，一方面又不自觉地表现出农民身上所固有的劣根性、顽固性来，这种两面性在西夏的审视下逐渐呈现，暴露无遗。他最后落荒而逃——再度逃离农村，某种程度上是因为他身上体现的农民的痼疾和缺点让他无法面对。因此，子路的还乡，其实就是重新放大和激活了他作为农民之子的负面的因素。他并未因为接受了现代的大学教育和成为大学教授，而改变他作为农民之子的陋习，反而是被现代文明遮蔽了，包裹了，尘封在身上的某个地方。从这个角度看，贾平凹其实是借子路和西夏这两个形象在思考农村及农民性的问题。农村中恶劣的生存条件如何看待？农民的痼疾如何祛除？农村中被暗藏的光（体现在蔡老黑那里）又如何培育锻炼？不一而足。

相比之下，《极花》中的"自我他者化"，则是一种双重的距离之外的自我审视。小说以胡蝶的限制视角表现的农村，即这样一种重新"陌生化"的农村：她既非城里人，也似乎不是农民，她是处于城市的边缘人，这一边缘人的角度和立场，决定了胡蝶视角下的农村，既不同于子路视角下的农村，也不同于西夏视角下的农村，而是两者的结合。这是一种客观冷静，但又略带审视和怀疑，却不介入的（叙述）视角。当然，这一视角是由她的身份造成的，她是被拐卖来的妇女，处于村里人时时刻刻的监视下，她很难也不可能做到真正进入其中。此外，虽然说这个农村有着具体的村名县名，但对于主人公胡蝶来说，却是没有区别的，这只是中国偏远地区一个贫穷落后的农村。这个农村，既可以看成贾平凹一贯写作的商州，又可以看成中国农村最一般意义上的象征。这是具体的又最抽象的农村。这样的农村景观的得来，皆因胡蝶这一陌生的视角。她被拐卖至此，被关闭于窑洞，因而只能以两只眼睛（通过窑洞窗口），借助耳朵来观察、想象、感受和思考。这是想象、观察、思考和感受下的农村景观，既实且虚，既抽象又具体，因此，也就可以看成是一种象征了。

二

这样的农村展现在胡蝶面前，既具体琐碎，又虚幻，她无法看到全部，只是呈现某一视角下的景观，因而决定了这部小说虚实相间的品格。但这又与贾平凹此前小说中的虚实相间不太一样：以前的虚实相间，是叙述者或作者的人生观和世界观的呈现，如《白夜》《怀念狼》《废都》和《老生》等，都是这样。而对于《极花》而言，这一虚实间的错落却是主人公的视角所塑造和决定的，与主人公胡蝶的所见所想所思所感联系在一起。她只能看其所看，对于看不到的，则只能想象、推测和判断，这是其一。更重要的，或许也正因为被禁锢和监视，她才有更多的时间去回忆、思考和想象诸如个人的存在、命运及其在世界上的位置之类的问题。这一思考并非那种知识分子式的冥思苦想，而是带有乡土本色或传统印记的。它讲求实际，任何脱离现实处境的思考都是虚妄不实的，但又离不开悟性或者说感应。这里的个体，是把自己置于宇宙洪荒之中思考个人的位置、前途和命运，因此，这里既包含着对现实境遇的隐忍——作为被拐妇女，对自己被拐命运的承认，也包含对个人存在意义的追寻。这一追寻看似玄虚，其实具体而微，那就是对现实困境与磨难的充分认识，以及在认识到苦难之后的豁达、通透和彻悟，乃至顺应，而不仅仅是反抗或认同。反抗，并不是这一小说的主题。相反，如果沿着反抗的路数去写，贾平凹的《极花》则会落入俗套，而与《盲山》之类的电影叙事无异了。

这是一种回避简单判断后的彻悟。事实上，在贾平凹的农村叙事中，他一直都在试图寻找回避简单判断的方式方法。早年的《腊月·正月》如此，近年的《老生》亦然。《老生》中阴阳师于生死之间的沟通，就是试图回避判断的尝试，而在《极花》这部小说中，贾平凹则尝试把这一避实向虚的角色放在老老爷身上，通过他对星空的长期仰望以达到某种彻悟。但也正是从这里，我们可以看出贾平凹这种回避的不彻底。

他仍旧沿着此前的路子而来，虽努力在一种游移的立场中表达对农村的再度思考，但其实并不彻底。好在，在这部小说中他没有让老老爷充当视角人物，否则，就只能是《老生》或《秦腔》的延续——虽然那样并没有什么不好，但终究是对自己的重复。在这部小说中，贾平凹把视角人物的重任置于胡蝶身上，因而她眼中的农村和她对自身命运的思考才能以另一重面貌呈现出来。

在这部小说中，胡蝶作为视角人物的好处在于，她眼中的乡土农村，既实且虚，是回避了判断的、冷静的和重新陌生化的乡土农村。这一陌生化，不同于《白夜》中西夏式的猎奇，这是没有新奇感的陌生化的乡土，因而以一种朴实的甚至混沌的面目呈现出来，乡土农村的多面性毕现无遗。在这里，可以看出贾平凹思考的方向：他是在朴实地再现农村景观的基础上，再去思考如何超越的问题。胡蝶看到了乡土农村的困厄，但也终于对城市失去幻想，因而也就在切断了重返城市的可能的前提下，直面自己的现实遭遇及其同乡土农村的关系，以期获得某种超越，寻找天上对应的星星即是这种努力。也正是在这一观照下，乡土农村既非单调呆板毫无希望的穷山恶水，也非寄托浪漫情思的桃花源。

三

就乡土叙事而言，《极花》的最大价值或许并不在于贾平凹提供了多少新鲜的经验或多少深刻的思考，而在于这背后想象农村的视角和方法的改变。这是一种抛开了价值判断后的冷静、客观视角下的乡土农村景观，就这一农村景观而言，它不再是城市的陪衬与"他者"，也不是一种"奇观化"的自然荒野。虽然说胡蝶的视角多少带着挑剔和批判，但因为她回不去的从前，这种挑剔和批判演变到后来竟成为对乡土经验的挖掘和剔除（或者说扬弃）的有效工具。小说中，胡蝶常常以一种灵魂脱窍的形式打量自己的遭遇,这是一种典型的"自我他者化"的方法:她目睹自己被众人扒光衣服、殴打、揞油并被黑亮"强奸"。她在把自己"他者化",其实也就是对自己行止遭遇的再审视,她后来对农村的再审视也是沿着这一路径而来的。这中间虽包含着暴力,但暴力背后其实蕴含着温柔。这里虽看似愚昧野蛮和落后,但这野蛮背后有最为深厚的人性。这样的乡村生活虽看似沉闷且毫无希望,但沉闷里孕育着对人生的大彻大悟。质言之,这是一种"去本质主义"的乡土农村景观的呈现:乡土农村以某种混沌的形式呈现在胡蝶眼中。而这在某种程度上,可能就是日常生活的真正本质所在。贾平凹一直以来对混沌美学热衷不已,《极花》的出现,正可以看成他的混沌美学的延续。

事实上,胡蝶眼里这种农村景观,皆源于她回不去的从前。她既无法被城里人认同,又无法认同乡土农村,这使得她以一种游移的姿态观察着一切。也正是在这一观察中,她的态度才慢慢改变:她不再迫切地要回到出租屋去了。她从开始在墙上画杠杠记下自己落难的时间到后来不知不觉地停止,表明她态度的改变。时间并不总是最初那样难熬,而一旦时间变得模糊且混沌,也表明了农村经验的某种胜利:农村经验的时间特征正是以这种混沌不明或者循环反复显示其独有的存在的。她虽然是被拐卖来的媳妇,但黑亮一家对她并非不好,她只要不试图逃走,其实生活得不差,她也开始做饭,做各种农活,开始认同眼前的一切。以至于最后,贾平凹通过梦的形式设计一场成功的解救,解救成功后的胡蝶最终还是回到了被拐卖去的农村。

相比大多数作家,贾平凹无疑是相当清醒的。他既没有丑化农村,也没有丑化城市,他是在两者间努力保持一种平衡,在一种平衡中表现他对农村和城市的思考。贾平凹十分清醒:如果胡蝶被成功解救,结局又会怎样?就像娜拉出走,当她只是做着出走的准备的时候,这样的姿态无疑是美好的,可一旦成功出走之后呢?就像鲁迅先生说的,出走后的娜拉,不是堕落了,就是只能回来。对于村姑而言,也是如此。当她想着离开农村的时候,这可能会带给她努力的方向和动力,而一旦真的成功离开,可能就是另一回事了。对于胡蝶而言,她一旦被解救,即面临着一个问题,是回到她和她妈租住的出租屋呢,还是回到家乡?就胡蝶的处境论之,这也是一个难题。在胡蝶那里,她是以城里出租屋为自己的家的,但城市最开始没有接受她,这次如果她回到城市,城市就能接受她吗?城市并非她的家,她的家本就在农村,父亲过世,她和母亲来到城里,她本身就没想过返乡,因此回到她的家,与继续留在被拐卖去的农村,在本质上并没有区别。而如果她要嫁人,在被拐以前,她也不可能嫁给房东的儿子青文(这只是她的一厢情愿),她最后可能是不得不重回农村,找一个农民把自己嫁掉,而这与被拐卖嫁给黑亮又有什么本质的区别?可见,贾平凹的思考是十分清醒而理智的,他没有一厢情愿地设想一个大团圆的结局,也没有故意让主人公生活在水深火热中,他在思考一个人正视自己现实处境的同时,如何超越这种处境的矛盾问题。他也在试图通过胡蝶这一充满悖论的处境和命运,告诉人们认清现实而不要过于沉浸在不切实际的幻想中。

就对这一问题的思考而言,贾平凹并不显得多么高明,也并没有提供更新的观点。相反,他的某些观念倒显得相当原始而且弥漫着神秘的气息。在贾平凹看来,一个人的命运或者说位置,其实早已注定,人生的秘密都写在天空中与自己对应的星星上,找到属于自己的星星也就破解了自己人生的秘密。这当然是一种福柯意义上的"文艺复兴知识型"的体现②——个人和星宿彼此对应,每一个人在天上都有一颗星与自己对应。但若放在现代的背景来看,这其实是在思考现代社会中个人面对苦痛的方式。像麻子婶,把苦难视为人生的常态,是日常生活的一部分,故而能以一种超然的心态对待。小说中,麻子婶和老老爷是两个可以对照解读的形象,一个以实际的心态对待人生的苦难,一个通过对大自然的玄想努力参透人生。

这是中国传统中最有代表性的两种态度，一种是务实的日常的，一种追求天人合一和感性。但并不能说贾平凹就仅仅是一个传统型的作家——与其说贾平凹一直在思考传统的现代转化，倒不如说他一直在思考现代化过程中传统所具有的治愈功能和再生能力。大自然的神秘和天人感应一直是贾平凹在他的小说中试图加以表现的，这样一种神秘就贾平凹而言，是对现代理性和暴力的反驳与批判，而在《极花》中，他把这一思考推进一步，使传统演变成一种冥想、启悟和态度，一种对人生的彻悟。它并不否定现实，也不拒绝现代，却讲求一种适合、协调、平衡乃至超越。

四

在这部小说中，作者特别写到了胡蝶的高跟鞋。胡蝶通过穿上高跟鞋把自己想象成城里人，因而她丢失了高跟鞋，也就封闭了对城市的自足性想象：高跟鞋在某种意义上就是她的镜像。可见，高跟鞋在这里其实充当了连接乡村和城市的纽带与想象城市的方式。

关于城乡之间的联结问题，一直是乡土写作的核心问题。铁凝的《哦，香雪》无疑是最有代表性的文本，小说中的铅笔盒，象征和代表了一个相似性空间——书本、知识和现代文化。多少年来，作家们一直在这一脉络中表现农民们通过知识走向城市的种种可能，这中间有路遥的《人生》《平凡的世界》，还有贾平凹的《高老庄》《遗石》，等等。这一联结城乡之间的纽带，虽然至今还在发挥着作用，但无疑已越来越难以承负其重荷而显得无力了。另一种典型的联结符码则是身体，它联系着劳动、血汗、屈辱和创伤。在当代文学的小说家族中，表现此联结现象的文本很多且趋于雷同：女人们可以凭借自己的身体赚得金钱，但同时也在走向堕落（如关仁山的《麦河》，孙惠芬的《吉宽的马车》《歇马山庄的两个女人》，等等）；男人们则更多的是伤痕累累地失败而归（如贾平凹的《高兴》，孙惠芬的《民工》，等）。《极花》则代表了想象城乡关系的另一面向，即消费性想象层面。小说通过对高跟鞋这一意象的表现完成城乡之间在消费意义上的平等关系的想象。虽然说通过消费也确实能在表面或想象中实现城乡一体的镜像，但它们之间的差距并不因这一看似公平的消费而消弭，相反，是更大的遮蔽。

高跟鞋的形象在这里，其实与时装、时尚一起，构筑了想象城市的新的方式。的确，这是今天的农民往来于城市和想象城市的最为便捷的方式，但这一方式其实隐藏了深深的不平等。胡蝶的被拐，即表明了通过消费想象城市或者说消费意识形态幻象的破产。在这里，高跟鞋作为消费品，实际上就如身体作为商品，本质上都是一样的。当他们消费现代大工业生产的产品的时候，其实是以自己的身体为商品的。忽视了这点，便不可能认识到通过消费想象城市的本质。虽然说消费行为本身的同质性表面上取消了空间上的等级关系，但其实是在更深处强化了它。就农民而言，消费行为通过对趣味（或审美）的塑造和对欲望的生产，在美化城市的同时，其实强化了城乡之间的差异和农村的不堪忍受：城市在物质上的极大丰富更加衬托出农村的贫乏。因此，从城乡之间的二元对立结构来看，消费的意识形态即表现在以想象的方式召唤农民走向城市，而一旦毅然走向城市，如果不能出卖自己的知识（通过高考走出农村）的话，那么最终往往就只能以自己的身体（或劳动力）作为商品和赌注。可见，就农民而言，城乡之间的这种想象性平衡关系是以自身作为商品的。

从这个角度就可以发现，胡蝶的悲剧正在于沉浸在高跟鞋制造的镜像中走不出来，故而就有了黑亮爹把她的高跟鞋收缴藏起来的行为。就此而言，黑亮爹是敏锐而深刻的，他看到胡蝶在高跟鞋上寄予了太多的想象和期望，他收缴胡蝶的高跟鞋，目的就是要切断胡蝶在高跟鞋上一厢情愿地投射的自足性想象，而回到现实中来。也就是说，他藏起高跟鞋，其实是要打破消费品制造的光环，只有这样，胡蝶才能真正安心做一个农民。可见，胡蝶能真正安心做一个农民，并不仅仅因为她为黑亮生育了子嗣后代，更因为她想象城市的方式破灭，一旦她从消费意识形态的幻象或桎梏中走出来，也就能客观而冷静地打量自己的处境和命运了。胡蝶这一例子提出了一个问题，即如何想象城市的问题。这并非一个无足轻重的问题，因为实际上想象城市，常常也就决定了想象农村的方式方法和态度立场。当从消费意识形态的层面想象城市的时候，其实也就决定了针对农村的某种不客观、不冷静的态度立场，而要想冷静客观地审视观察农村，就必须打破这一隐含的对立，至少也要明确其边界和限度。

近几年来，关于返乡的话题，是一个热门话题。知识分子过年返乡，写出了很多调查报告，大都提出或得出了所谓农村的衰败和残破的问题。这些当然都是事实，但这只是事实的一半，另一半可能受他们想象农村的方式的局限而并未呈现出来。返乡知识分子眼中农村的衰败虽然触目惊心，但这触目惊心总也受限于"熟悉的陌生人"的外来者眼光——因为是外来者，加之深爱着这片土地（故土），两者交互作用下，乡土农村无论如何都只能是衰败而残破了。

当然，任何小说的写作都不可避免要有立场、态度或视角的选择。但若仅仅以一种预设作者/叙述者的立场展开叙述，而无任何警觉，这样的写作无论如何也都是有其局限和不足的。贾平凹的《极花》显然对此有充分而清醒的认识，它没有预设作者/叙述者的视角，而是把视角下移，转向了主人公。从窗口（胡蝶被禁锢于窑洞）透视的限制视角与第三人称限制视角（胡蝶）的纠缠、展开，及时有重叠，使得文中的农村景观显得张力十足，虽不一定全面、立体，却格外真切可感，且具有内在审慎的反讽效果。可以说，这一双重视角下对农村的观察、想象和思考，体现与暗含了贾平凹对农村叙事及农民命运的深入思考，其虽看似属于妇女拐卖题材写作，但若仅从此一层面看待这一小说，则显然是大大低估了它。

注释：
① 张颐武：《新时期小说与"现代性"》，载《文学评论》1995年第5期。
② 福柯：《词与物——人文科学考古学》，莫伟民译，上海三联书店2002年版，第23—35页。

作者单位：厦门大学中文系

人是怎样退化和毁灭的？
——论《暂坐》中海若的白日梦兼论作品主旨

李 芸

《暂坐》发表以来，相关研究层出不穷，关于作品主旨的评论也很多，贾平凹自己认为"小说要表现的是社会，是人活着的意义，这群女子又是如何的生存状态和精神状态，她们在经济独立后，怎样追求自在、潇洒、时尚和文艺范，又怎样的艰辛、迷惘、无奈和堕落"[①]。李遇春则认为贾平凹有意识地把西京的"雾霾"设置为异托邦叙事的符号，传达出"西京人在现代城市异托邦中的巨大存在性不安。这种存在性不安里有挣扎和恐惧，有烦恼和压抑，但人们又无处遁逃，只能无奈地接受异托邦的空间焦虑和煎熬。可以说，《暂坐》中的西京城在整体上的色调是灰色的甚至是黑色的，小说在整体的精神旨趣上所释放出来的氛围和情绪也是沉郁的乃至悲凉的，这就给读者构筑了一个灰色或黑色的现代城市异托邦形象，其中隐含了作者对于这座城市的空间性焦虑"[②]。郜元宝通过《暂坐》与《废都》《山本》三部小说的对读，从它们之间所具有的多重互文关系切入考察，围绕着两性关系以及男女角色地位的置换的主题，敏锐地捕捉到《暂坐》的意蕴所在，即"近三十年历史剧变中精英大众社会地位与精神姿态的此消彼长"。还有王春林的《人生就是一个"暂坐"的过程——关于贾平凹长篇小说〈暂坐〉》、吴义勤的《"传统"何为？——〈暂坐〉与贾平凹的小说美学及其脉络》等文章，都从不同角度表达了对《暂坐》这部新作所传达出的主旨意蕴的理解。这些文章既有入乎其内的精细解读，又有超乎其外的整体观照，大体上都从宏观和微观两个基本维度把握住了这部作品的本质，因此，再亦步亦趋地重申这些不辩自明的主题已经没什么意义了。然而，这部长篇小说中还隐藏着许多值得我们品味和深思的细节没有被挖掘，比如对海若和伊娃梦境的书写，有关陆以可父亲、冯迎和夏自花的灵魂描写，羿光对小说写作、众姊妹生存境遇的评论等。关于梦境书写，李遇春和王春林都已经注意到《暂坐》中的梦境书写是有意味的，但由于篇幅限制都未展开细论，本文以小说即将收尾部分海若的一个白日梦为研究对象，通过解析这个梦的多层意蕴，进一步丰满这部可以多层次多角度解读的长篇小说的主旨内蕴。

首先，在时间节点上，这个梦是在夏自花去世之后、冯迎的死亡真相披露前夕所做，是一个整体看来十分离奇的梦境，无法用现实生活中的逻辑去衡量和考察，因为它遵循的是梦和神话、童话所具有的非理性逻辑，不符合清醒状态下人物的行动和思考逻辑，却符合人物的心理逻辑和精神逻辑。"发现和表现人物灵魂的真实和情感的真实是小说的精髓"，所以，这个梦肯定不是作者凭空捏造的，它既符合人物身份、性格、思想逻辑，同时也连接和映照着作品的主旨。这个梦对我们理解作品是有意义的和重要的，我们大致可以将其分为两个部分，一是海若在不断攀登高山的过程中的所见所想；二是桶和井的互动。

一、"人""狐狸""屎壳郎"和"石头"

在梦中，海若梦到琴师的家搬到了高山上，她带了吃食和琴去拜见琴师，一步一步往山顶爬，爬山的过程象征着对财富和权力的追求。"爬着爬着,后来自己就不是自己了,是一只狐狸,背着琴,提着吃食,又都不是琴和吃食了,是粪球,终于悟出这是一只屎壳郎正在把一颗粪球往上推动要运回高处的洞穴去。"从"人"变成"狐狸"最终变成"屎壳郎",极具奇幻色彩。值得我们思考的是,这一连串的变化暗示着什么?作者想表达什么?仅仅是为了构造一段奇异的梦吗?在梦境书写的背后,作者对当代人的生存境遇持有一种怎样的关怀?

梦的一开始,她还是一个正常的人,是"宇宙之精华,万物之灵长",是她"自己",保有正常的自我,具有高度的灵性,还没有被欲望腐蚀,后来她由"宇宙之精华,万物之灵长"退化成灵性稍逊人类的"狐狸"。李剑国曾在《中国狐文化》一书中对"狐"的生物性和文化性有过精到的阐述,他认为"狐是自然物,但在狐文化中,狐基本上不以狐的原生态形式出现,狐是被夸张、变形、虚化了的狐,狐成为观念的载体"。狐的文化意义主要体现在精神、宗教信仰和审美创造方面。"狐是一种象征物,一种神秘的文化符号,一种动人的审美意象。"而狐狸这个意象已经不止一次出现在贾平凹作品中了,在散文《红狐》中,贾平凹称狐是"世上最灵性最美丽最有感应的尤物",可见其对狐的欣赏。《红狐》写的并不是红狐这种动物,而是一把琴:

> 这一夜,我梦里觉得我在我的头发里发现了一颗痣,在手心里发现一条纹,觉得桌上伏着一只艳红的狐。于是,翌日的清晨,我叫我的琴为"红狐"。

这把"红狐"琴,就像《聊斋志异》中的狐狸精给予蒲松龄莫大的精神抚慰一般,也是贾平凹排遣寂寞、精神得以平静而富有的力量源泉。在《极花》中,胡蝶也曾梦到过"红狐",在梦中,胡蝶渴望自己能够幻化成狐狸逃离乡村,再也不被人"捕捉"到,狐狸在这里象征着自由、逃离监禁。

> 宽余始终没有捕到过红狐,红狐却出现在我的窗口。……不知怎么,我就觉得狐狸钻进了我的身子,或者是我就有了狐狸的皮毛,我成了一只红色的狐狸,跳出了窗子,跑过了碥畔,穿过了村子来到了当初汽车载我来的那个村口,村口都是下雨天脚在泥里踩下的脚窝子们,现在变得坚硬的坑坑洼洼。跑过了村口就在高原上狂奔,过一个沟上一道梁,下一面坡爬一座峁,哪里都有着无数的岔路,每个岔路上都有狼,都有鸡皮包裹的炸药丸子。我在慌乱中急逼着醒来,发现自己还躺在炕上,原来又是见到的梦,但梦里逃跑的路线是那样清晰。

中国古人在长期的猎狐行动中逐渐掌握了狐的习性:一是警惕性、戒备心很重,为趋利避害,喜欢夜行昼居,生性机警;二是多疑,我们所熟知的"狐疑"一词便由此衍生;三是机智多诈,在众多中外寓言和民间故事,比如我们所熟知的《伊索寓言》、《列那狐传奇》、拉·封丹的《寓言诗》、《克雷洛夫寓言》中,狐都是智慧或狡诈人格的象征;四是有恋旧本性,即"狐死首丘",这一点也是狐最接近人性、最有灵性之处。因此海若的梦到了这里,她自己还没有完全被异化,依然有一定的灵性。

后面的梦境中,灵狐又幻化成了"不雅的甲虫"——视肮脏粪球为宝贝因而卑贱的屎壳郎。海若自己此时已经脱身,变成了旁观者,因此,后面的梦境就不是海若个人的心灵体验了,而具有了普遍性。"她们的生存状态不仅反映了当代社会突出的女性问题,而且折射出城市文明中'现代人'的普遍精神症候。"③作为局外人的海若,看着屎壳郎在进行着一场"艰难的劳动"——把粪球一次次推上山去,粪球却又一次次滚下来。粪球象征着金钱,屎壳郎象征着迷恋金钱、崇拜金钱者,把粪球一次次推上山,象征着获得了金钱,粪球一次次滚下来,象征着金钱得而复失。后来,屎壳郎和粪球又变成了"一块圆形的石头主动地往山上去,石头没有脚,也没有什么牵引,但就是往山上去。石头往山上去的时候，草丛里飞溅出了很多蚂蚱"。人从"宇宙之精华，万物之灵长"一步步退化成灵狐、卑贱的甲壳虫，现在又变成了没有任何神经血管、没有任何活气的石头。当然，在中国文化系统中，某些石头也是具有灵性的，《红楼梦》里的石头，被点化之后得以到人间尝遍荣辱悲欢，一些古代人所佩戴的玉也是有灵性的石头，但在此处，这个石头就是一块只会爬山（追求物欲）的机器一般的东西，失去了灵气。而草丛里飞溅出的许多蚂蚱，就是人在过度追求物质和精神享受的过程中的牺牲物。从"人"演变成"狐狸""屎壳郎""石头"，说明作为精神主体的人在退化，就像小说中司一楠持有的"褪色"论所言："人也在褪色啊，美丽容颜一日不复一日，对新鲜事物不再惊奇，对丑恶的东西不再憎恨，干活没了热情，包括对老人的尊敬，对小孩的爱护，当然包括爱情呀。是什么让我们褪色呢，是贪婪？是嫉妒？是对财富和权力的获取与追求？"其实，早在《怀念狼》中，贾平凹就已经开始探讨"人的退化"这个主题，"怀念狼"怀念的是狼身上的那种野性，那种蓬勃旺盛、勇敢无畏、顽强拼搏的狼的野性曾经在人们身上显现过，但随着经济社会的发展，物质文明和精神文明的发展，原始美好、富有生命力的人性却被异化扭曲了，人类变得越来越羸弱，以至于这种野性在当代人身上已经难以再现。

海若梦的前一部分总体上看来是西西弗神话的变形，是"西西弗神话的戏谑版，它消解了现代知识精英神话而直抵当代人的荒诞生存本相"④。无意义的机械的对财富和权力的追求，导致人的心灵退化、人格病态化，人的灵性逐渐消失，成为金钱和权势的奴隶。

二、桶栽进井里有何寓意？

海若梦境的第二部分的主要内容是石头又变成了桶，"桶看到了旁边有一口井，井边有一个石碑，上面写着：路上自有古井莲，花开十丈藕如船"⑤。桶很好奇井里为什么会有莲，于是就站在井口往下看，"却一下子栽了进去，这时井里发出了巨大的响声，在说：总有一天，你的桶掉在我的井里！"至此，海若梦觉。桶栽进井里有何寓意？其实贾平凹也不止一次写过这一情节了，只不过这一次出现在作品主人公的梦中，读来竟然有些许恐怖的意味。

在《山本》中，"桶掉进井里"是死亡的预兆，或者说是死亡的暗示，属于"凶兆"。井宗秀第一任夫人因出轨土匪被井宗秀察觉，于是他阴险地布了个局，让夫人掉入井中。

> 到了家，前院没人，门道里放着一篮子青菜，鸡在那里乱鸲，撵走了鸡，去桶里舀水熬茶喝，桶里却也干着。提了桶到后院井里打水，便听到后院上房里有说话声，以为五雷和王魁他们在里边，便没在意，继续摇辘轳，嘣的一下，辘轳绳断了。这井并不太深，但井筒子细，井宗秀站在井口往下看，黑黢黢的看不清，这时候媳妇从后上房出来，低了头一边用手帕摔打鞋面，一边说：你回来啦？他要喝酒的，我给端了盘卤肉。井宗秀说：这桶掉在井里啦！

隐忍克制、城府颇深的井宗秀已发现媳妇和土匪五雷偷情，却没有当面直接说破，而是在心里暗暗设计，最终选择在井台上动点手脚，谋杀自己的妻子。"陈皮匠跑去后院，井台上少了一块砖，却留着一只绣花单鞋，才知道井宗秀媳妇早掉进井里了。"井宗秀对此早已心知肚明，便故作痛苦地对众人说："那只有不打捞了，就以井做坟墓吧，咳，咋能想到她给自己选了这个地方。"五雷得知此事，匆忙赶到井宗秀家里，看着井宗秀说："上次把桶掉进去了，这次把人也掉进去？！"在《山本》中，桶掉进井里是死亡的暗示。到了《暂坐》，桶掉进井里也有一点死亡的气息，暗示着冯迎已死，但它更多的是"毁灭"的象征。

海若梦醒之后接到羿光电话，被告知冯迎已死的消息。羿光问海若："你们众姊妹相好，你没有什么预感吗？"海若说："我来这里前是做了个奇怪的梦惊醒的，会不会有什么暗示？"无论是中国古代的释梦理论还是西方现代精神分析学说，都认为梦在某些情况下的确具有预测未来的功能，但是从后文我们可以得知，在海若做梦之前，冯迎就已经因飞机失事去世了，所以不存在"未来"一说，海若的梦不是预见"过去"发生的事的，因此这部分梦境仍然是作者对当下人们生存困境的揭露以及对人们的警示：不要过度追求物质和精神享受，否则只会导致自我灭亡。桶如果不那么好奇地往井里看，就不会自取灭亡了。桶往井里看，看的是莲，莲在贾平凹小说中也经常出现，出淤泥而不染的莲作为精神超拔的象征，被贾平凹频繁使用在小说中，成为独特的意象。在《高兴》后记中，他称刘高兴是"泥塘里长出来的一枝莲"，"在肮脏的地方干净地活着"。"看莲"这一举动象征着精神追求，也就是说，不仅过度的物质追求是危险的，过度的精神追求也是危险的，人类最好的状态是无所求，无所欲，这样就能到达"至人无己，神人无功，圣人无名"之境界。

桶掉进井里这部分梦境其实在前文已有铺垫，海若曾有过自己是一口快要被堵实的井的体验，因此，井这个梦象出现在她的梦中就显得非常合理，因为梦本身就是心灵的体验，是人在睡眠状态下的一种心理活动。

> 但这些天，活佛一直没个到来的准确日期，而儿子的不成器，夏自花的病情不好转，应丽后又向她控诉严念初变更合约，更有无法言明的压力就是市委书记被带走，会不会还牵连出齐老板呢？她深悉自己能量太小，力量太弱，像是一口井了，扑哩扑咚地往下掉东西，井都要堵实了。

"在梦的图像里，毁灭是肉体自我的毁灭，它象征着其智慧和精神自我正处于毁灭的危险中。"⑥桶掉进井里，桶遭遇了毁灭，人掉进井里，是肉体自我的毁灭，梦境隐喻的是海若及众姊妹的智慧和精神自我濒临毁灭的状态。

海若和众姊妹"都是刚学会了走就跑想来还要追求着再飞翔的人生"，以"人在真理路上的七个阶段"关照她们的生存现状，可知她们都被困在"堕落的自我"这一层面："灵魂受困在物欲追求上，为了满足自我的需求而挣扎受苦，又一直将自己的不快乐归咎于他人。"她们这类人一旦闲下来就会胡思乱想、焦虑不安，于是欲望不停地产生，逼催着她们不停地追求和实现一个又一个目标，以满足自己的欲望和维护自尊。这归根结底是因为"爱的能力缺乏，人被驱使着通过追求控制他人的权势，他内在的安全感消失了，也被驱使着通过对名声、威望的热烈寻求而获得补偿，他丧失了尊严感和整体感并被迫使自己成为商品，且从其可售性和成就中获取自尊"⑦。海若和众姊妹不是单身就是离异，她们已经不会爱别人了，而根源在于她们不爱自己了。只有爱自己的人，才有可能去爱别人。像羿光说的那样，找对象也就是在找自己。她们迷失在各种物质和精神追求中，看不清前路。"壁立千仞，无欲则刚"，种种欲望是人类通往自由大道最阴险的阻碍，羿光是唯一看透了众姊妹生存境遇之艰难无力的人。

> 你们这十一块玉，不，除了伊娃，是已经够优秀的了，有貌有才，有一定经济实力，想到哪就能到哪，想买啥就能买啥，不开会，不受人管，身无系绊，但在这个社会就真的自由自在啦，精神独立啦？你们升高了想着还要再升高，翅膀真的大吗？地球没有吸引力了吗？还想要再升高本身就是欲望，越有欲望身子越重，脚上又带着这样那样的泥坨，我才说你们不是飞天，飞不了天的。

海若梦的第二部分为我们当代人敲响了警钟，也为我们能够活得更加自在提供了向导，即要适当克制自己的欲望，克制自己贪婪的本性，才有可能接近自由和幸福。这也就为我们理解《暂坐》这部小说的主旨提供了指引。迷失在金钱和物欲中的人们，暂且静下心来坐一坐吧，喝喝茶，和朋友聊聊天，让生活节奏慢一点，因为我们永远不知道明天和意外哪个先到来，就像茶庄里的伙计和伊娃她们，做梦也想不到曾经那么辉煌豪华的茶庄竟在一瞬间就化为废墟，曾经被视为众姊妹核心领导人物的海若竟然也在一夕之间没了踪迹。凡物盛极必衰，像烟花一样，只能热闹一时，终究会归于沉寂，不能永远绚烂，这是人世间亘古不变的规律。这倒是很符合晚年人的心境，人到晚年，已经积累了一定的财富，获得了一定的社会地位，对权力、声望和财富的追求已经不再像年轻时那般热烈，对社会、人生都有了切身的体会和领悟，体会到人生不过是个"暂坐"的过程，最终一切都将化为乌有，何必牺牲健康和时间追名逐利，把自己弄得疲惫不堪呢？对名利、财富、欲望的本质有了了悟之后，晚年的贾平凹，心境更加平和、淡然，臻于佛性。

注释：

① 贾平凹、王雪瑛：《面对生活存机警之心，从事创作生饥饿之感——与贾平凹关于长篇新作〈暂坐〉的对话》，载《文汇报》2020年6月17日。

② 李遇春：《异托邦叙事中的现代空间焦虑——论贾平凹的长篇新作〈暂坐〉》，载《小说评论》2020年第5期。

③ 李斌：《集中展现现代都市女性的生活情状与精神境遇——评贾平凹新作〈暂坐〉》，载《中国艺术报》2020年8月。

④ 李遇春：《异托邦叙事中的现代空间焦虑——评贾平凹的长篇新作〈暂坐〉》，载《小说评论》2020年第5期。

⑤ 类似的句子在《带灯·发现了驿站旧址》一小节中也出现过，"樱阳驿里玉井莲，花开十丈藕如船"。笔者猜测贾平凹在这两处都化用了韩愈的诗句"太华峰头玉井莲，开花十丈藕如船"（《古意》）。《暂坐》中多次提到海若爱读书，尤其爱读古籍，因此她的梦里出现韩愈的诗句不足为奇，但是梦一般不会复刻现实材料，而是对现实材料进行变形和嫁接，因而海若梦里的句子和韩愈的原句有所不同。

⑥ 弗罗姆：《被遗忘的语言——梦、童话和神话分析导论》，国际文化出版公司2007年版，第33页。

⑦ 弗罗姆：《被遗忘的语言——梦、童话和神话分析导论》，国际文化出版公司2007年版，第27页。

作者单位：陕西师范大学文学院

论贾平凹《山本》的言"志"旨趣

许永宁

《山本》是贾平凹继《极花》之后的又一力作。不同于以往贾平凹小说创作中将小人物的悲喜命运内置于乡村或都市具体的生存环境，《山本》试图以一种宏大历史叙述的方式，将"诗言志"的抒情传统融入小说中，来展现20世纪波澜壮阔的历史图景。这一命题的转换不仅预示着小说的叙事不单单是个体文学观念的呈现，而且内隐着对历史的规训和现实的冲击的处理方式。借用贾平凹自己的话来说："面对着庞杂混乱的素材，我不知怎样处理。首先是它的内容，和我在课本里学的、在影视上见的，是那样不同，这里就有了太多的疑惑和忌讳。再就是，这些素材如何进入小说，历史又怎样成为文学？"[①]以此言说为契机，面对《山本》叙述的"疑惑"与"忌讳"，言志自然而然成为进入贾平凹《山本》世界的一种路径。

贾平凹以小说文本作为展现言志传统理论的机缘。其实，这种探究方式"其来有自"，它既是贾平凹夫子自道式的自我话语表达，如其在采访中所言的，"山本的故事，正是我的一本秦岭志"，又是闻一多对"志"情感精神读法的一种延续，"志有三个意义：一记忆，二记录，三怀抱"[②]。循此路径，借《山本》所创作的文学世界和历史图景，来进一步挖掘其中所隐藏的创作旨趣和解读路径，不得不说是自然且恰当的。

一、素材如何进入小说

根据贾平凹的阐述，他在《山本》写作之初是将其定义为"一本秦岭的草木记、一本秦岭的动物记"[③]的，希望借助于整理秦岭的草木动物来了解生于斯、长于斯的自然环境，却"因能力和体力未能完成"[④]。在小说中，贾平凹将麻县长作为这一任务的完成者加以描述——麻县长作为一个政府官员，自从军政大权被架空以后，就开始了对《秦岭志草木部》和《秦岭志禽兽部》的整理。可以说，麻县长的角色是贾平凹"秦岭志"最初设想的一个形象符号，在最原初意义上完成了一份自然生物样态的描摹和书写。

仅是停留于秦岭草木动物的描写和记录并不能完全体现贾平凹《山本》创作的"志"之旨趣。在搜集整理秦岭的草木动物之时，"没料在这期间收集到秦岭二三十年代的许许多多传奇。去种麦子，麦子没结穗，割回来了一大堆麦草，这使我改变了初衷，从此倒兴趣了那个年代的传说"[⑤]。贾平凹对秦岭动植物素材的搜集名义上是一种自然科学的记录和考察，但是得益于《山海经》等古典地理名著对自然山川的描写情趣，《山本》实质上延续了从《山海经》到《水经注》等一系列古典文学地理名著的文学书写方式。这种附带作用之下的素材搜集逐渐将贾平凹创作的对象从动植物转向人类社会。当然，这带来的不仅是动植物书写方式向人物书写方式的转变，还有着故事传奇向文学创作方向发展的深层次脉络。自然而然，所获之"志"也就非一般意义上自然生物的记录和反映，而是融合了作家自身情感体验和历史感受在内的文学虚构。因此，《山本》之"志"，不仅在小说创作中部分记录了秦岭草木的生长状态，而且也客观反映了以涡镇为代表的秦岭山下的人们的日常生活状态。即从这个角度而言，素材的收集不仅是范围的扩大，从动植物的生长到人物活动的丰富与扩充，而且是从物理性的客观观察拓展到精神性的生活体验。

从素材进入小说文本，草木动物作为文学叙述的对象往往暗含了作者精神性的情感寄托，如"通灵之玉"之于《红楼梦》，"白鹿"之于《白鹿原》，"红高粱"之于《红高粱家族》，尤其是在中国古典诗词中，动植物意象之于作者情感的书写和表达，不胜繁多。因此，在众多评论者看来，《山本》中麻县长编写《秦岭志》部分的多余和赘述反而寄托了贾平凹的部分情感表达，恰如文本中麻县长的回答："我无能为天地立心，为生民立命，为往圣继绝学，为万世开太平么，但我爱秦岭。""既然来秦岭任职一场，总得给秦岭做些事么。""我不能为秦岭添一土一石，就所到一地记录些草木，或许将来了可以写一本书。"⑥"那就写一部关于秦岭的植物志、动物志，留给后世。"⑦因此，看似简单多余的描述有了更深层次的书写含义，引出了如何将素材带入文学文本的命题。贾平凹在《山本》的题记诗中写道，"英雄随草长，阴谋遍地霾"，这不单是对生活保持应有的"警惕"之意，而且是对人们飘零如野草一般的一种慨叹。《山本》中的井宗秀、井宗丞、阮天保等人在严格意义上无一不是草莽英雄，而所谓的草莽在众人眼中更是不按常理出牌的梁山好汉。因此，在充斥着忠义、背叛和杀戮的小说叙述中，如野草一般疯长的势力因为有了历史时机而生长出一种野蛮的力量，这种力量不仅带有自然赋予生物存在的生命权利，更带有战乱年代欲望与人性不断扩张膨胀的情感宣泄。当然，以草木为喻不单是对草莽英雄式人物的特写，更是对被视如草芥的普通民众现实生存环境的摹写。《山本》中各方势力的相互绞杀，在某种程度上是一种人力资源的斗争。一方势力的强盛与衰落多是以人力加武器为核心要素的资源较量，而在相互斗争中，对普通民众的意外伤害成为不可避免的存在，那些处于集团势力底层如蝼蚁般的普通角色，更是成为斗争双方大量牺牲的目标对象。所以，贾平凹的《山本》在原始层面上还原了作为一种生物样态存在的题材和样本，不仅秦岭中的草木是秦岭大地所产的物种，人也是这一存在的样态之一。正如《山本》结尾假陈先生之口所说的："一堆尘土也就是秦岭上的一堆尘土么"⑧，所有的动植物都将化作历史的一缕尘土，而这正是原始形态的"志"之所"志"的载体意义。

与动植物样态之"志"所记录的情态有别，《山本》中世俗生活的描写更能反映人作为一种生物状态存在的状况。在秦岭中最大的镇子——涡镇，"三万多人居住，不算那些巷道，仅贯道的街横着一条，纵着三条，分布着菜市、柴草市、牲口市、粮食市，还有城隍庙和地藏菩萨庙"⑨，另外，从杨家的棺材铺到吴家的盐行，从岳家的茶行到井家的水烟店，等等，都展现了涡镇的日常生活画卷。一系列故事的展开围绕着涡镇人家的日常生活与变动轨迹从容进行，既有时代历史环境在世俗社会中的刻画与斧凿，又有典型环境中世俗社会人物命运的跌宕起伏。在井宗秀成为一方割据势力之后，这种世俗社会场景的变迁也随着军事斗争的需要而变化：不仅各种店铺经历了风云激荡的盛衰变化，就连各行各业也发生了巨大的变动。可以说，贾平凹笔下的《山本》从世俗社会的动态变迁角度记录了秦岭中人类生活变迁的世俗画卷。只是相较于对草木动物的隐喻叙述，书中对秦岭中世俗社会生存状态的反映不但叙述繁多，细腻深刻，而且大胆直白了许多。

如果说秦岭中的人与物是一种生物意义上的"志"之所在，那么传奇与故事则展现了"秦岭志"的精神形态。从小说开始的"三分胭脂地"的隐秘叙说到"瞎了眼的郎中"陈先生的未卜先知功能以及流传在涡镇上的众多故事传说，都成了"秦岭志"的别样形态。"三分胭脂地"为故事设置了悬念，而且在推动井宗秀成为地方枭雄中起到了关键作用。但是，与因财富的偶得所获取的成功相比，精神上的自信与行动上的自觉有着更加举足轻重的地位。《山本》所弥漫的精神性的沟通与交流不仅在井宗秀与陆菊人之间的精神性交往中,更反映在人对鬼、神的精神信仰之中。因为陆菊人对"三分胭脂地"风水的迷信不单是个体行为的一种选择,更多地反映了秦岭中涡镇绝大多数人的普遍精神状态。即使破解了"三分胭脂地"迷信的井宗秀,也毫无例外地将一面铜镜作为精神性的寄托转送给了陆菊人,以期获得精神上心理上的安慰。涡镇的陈先生更是神一般的存在,不仅身体力行地救民于危难之间,而且能未卜先知,预知后事。贾平凹将陈先生作为一种融合了人与神沟通交流之义的理想形象,传递着以陈先生为代表的普通民众善良热情的精神风貌,也显示出他们对未知世界的向往与渴求之心。而这些构成了"秦岭志"所要集中体现和真实记录的重要内容。

回过头来才发现,贾平凹的《山本》将素材带入文本之中,形成了一种从外在的拟人化描写到内在的情感性交流的"志"之所"志"的叙述脉络。"生物—人物—世情"的素材引入过程,不仅可以帮助我们重新认识贾平凹创作的方式方法,重新定位"晚年时期"的《山本》之于贾平凹的意义和目的,而且让我们对这样一种创作方式的演变所具有的逻辑理路和思想价值有了更深的理解和把握,对重新认识历史怎样成为文学做了很好的铺垫。

二、历史怎样成为文学

在《山本》中,除了贯穿始终的故事和传说作为"秦岭志"的重要内容,叙述了涡镇兴衰变化的命运,另有作为小说主体叙事的历史史实支配着整个小说叙事的节奏和叙事脉络。也就是说,《山本》表面上的叙述是对涡镇兴衰变迁以及普通民众在战乱中的命运无常的感慨和叹息,但是在内置的思想情感上,更是为以涡镇为代表的秦岭山脚下的人们书写自己的历史提供一个契机。因此,这就不得不涉及贾平凹的《山本》如何将历史创造为文学以及如何用文学为秦岭留下其所需要铭刻的历史的问题。

在访谈中,贾平凹曾提到《山本》的创作方式,他说:"《红楼梦》教会我自己怎么写日常生活,《三国》《水浒》教会我怎么把故事写得硬朗一些,我想如果用《红楼梦》的角度来写《三国》和《水浒》这样的故事,想尝试这样的写法,后来就有《山本》。"这里面不仅是一种创作方式,是日常生活叙事还是英雄主义凸显的问题,不仅是一种创作风格,是明朗刚健还是沉郁顿挫的问题,而且是切切实实关系到贾平凹的历史观念的问题。为小人物立传在近代以来的文学叙事中屡见不鲜,贾平凹在小说《山本》的叙述中也书写了诸如井宗秀、井宗丞这样的历史小人物成长的历史故事,也书写了诸如井家兄弟的家族历史。但是,这样的叙事与诸如"三红一创"等历史题材的文学作品所张扬出来的革命乐观主义精神不同,《山本》书写的可以说是历史小人物在尘世的平凡与悲凉。命如草芥一般的普通民众在历史的风云激荡中不仅如蝼蚁一般死,而且如蝼蚁一般生,这种向死而生的欲望书写与人性描摹,是见惯了大世面、大场景之后的平淡冲和,也是作者内心静默如谜的沉稳与无奈的表现。所以在将历史创造为文学时,贾平凹的历史观念不仅是被动客观地"真实"记录,更是主动介入的情景创造。

《山本》的历史叙事首先关注到的即是贾平凹所叙述的"秦岭二三十年代的一堆历史",这里的历史既有历史史实的真实构造,又有多于史实的虚构和想象。反映在涡镇这一历史的缩影中,历史的真实如同命运一样笼罩在涡镇人物身上。在军阀割据、围剿红军以及党内肃反等具体历史真实的写照下,个体的命运因为历史的大动荡而有了不同的命运书写模式。因此我们看到作为镇守一方的军事首领,井宗秀从一个画师成长为一个军团旅长到最后被暗杀的结局——没有死于一场轰轰烈烈的战斗,却惨死于一次平常无奇的暗杀行动中。而井宗丞在秦岭山区进行游击活动的几年，并没有因为国民党的围剿而丧生，反在围剿结束后因为党内的政治斗争而牺牲在原先是土匪反动派、后投靠革命成为共产党的人手里。这一吊诡的历史命运使得贾平凹在叙述的过程中，一方面不得不恪守历史活动的史实去进行英雄人物悲剧命运书写，另一方面却着力进行大历史观映照下多彩的文学形象塑造。这种差异性，究其原因，一是文学和历史两种不同类型文本对"真实"的要求不同，"诗比历史更真实"的文学创作风格要求文学在着力塑造人物形象时使用重在一点不及其余的方式、方法。二是横贯在大历史和小人物之间的悲剧命运着重凸显的是人对自然法则的敬畏，因为无论是英雄人物还是普通民众，在历史的横流中无一不是被裹挟和抛掷的命运，正如尘归尘、土归土，万物终将归于尘土一样。这些被历史镌刻的人物也都只不过是秦岭的一粒尘埃，唯有秦岭千百年来屹立不动。所以贾平凹的"历史怎样成为文学"既是历史规训的一种结果，又是文学对历史想象的一种创造，在文学与历史的双向互动中，文学因为历史的厚重而抹上了一层淡淡的忧郁，历史因为文学的想象而多了一丝精彩和可供凭吊的记忆。

在面对具体历史史实所要进行的文学想象之外，《山本》所凸显的一个重要主旨是"秦岭志"。而作为历史题材小说的《山本》，无疑也具有史传文学的品格和写作方式，因此在对历史的记录和书写中，对于历史如何取舍以及文学怎样记录历史又有了不同的观照。在中国千百年以来的史学作品中，"志"作为史学写作题材的一种，既是以地理、人物、政事、文学等内容为主体的真实记录，又作为一种写作和研究方法而存在。而小说作为一个民族的秘史，兼具了文学和史学共有的属性功能。因此在这个意义上，《山本》可以视为秦岭地区的民族志。而与民族志相对应，《山本》原初想创作的"秦岭志"则是一部地理志。也就是说，《山本》实质上是民族志与地理志结合的产物。从概念上讲，民族志与地理志是认识世界的两个窗口，彼此之间虽偶有联系，却保持相对独立的生存状态。地理志强调的多是以自然环境、动植物等生物为核心的内容，而民族志则是以人类社会活动为核心的历史演变的记录。它与周遭的自然环境变迁虽然有着千丝万缕的联系，但更多的是一种集体意识的凝聚。但是，《山本》打破了相对独立地呈现民族志与地理志的形态，将两者紧紧地联系在一起，产生了极其强烈的社会感受力，特别是在中国历史发生剧烈变动的年代，这种联系不仅紧张浓烈，而且表现出一种新的认识视角。一如贾平凹对涡镇的描述："涡镇之所以叫涡镇，是黑河从西北下来，白河从东北下来，两河在镇子南头外交汇了，那段褐色的岩岸下就有了一个涡潭。涡潭平常看上去平平静静，水波不兴，一半的黑河水浊着，一半的白河水清着，但如果丢个东西下去，涡潭就动起来，先还是像太极图中的双鱼状，接着如磨盘在推动，旋转得越来越急，呼呼地响，能把什么都吸进去翻腾搅拌似的。"⑩因此，以地方地理环境中的典型生物样本来模拟人世情态，既符合人类作为地方自然生物样群中一类个体的典型代表的特点，又能形象地刻画出人物的性格特点。我们看到，《山本》中的人物也兼具了两种复杂特性，作为地方政府首脑的麻县长的另一重身份是植物学家和历史学者，陈先生是悬壶济世的中医以及中草药研究者，又被塑造成一个观物象而知人世的智者。与麻县长和陈先生这种直白外露的身份相比，井宗秀的"老虎气势"和陆菊人的"金蟾"意象则是一种隐喻，喻指一个是盘踞山林的百兽之王，一个是带来财运的祥物。陈先生所言"人是十二属相么，都是从动物中来的"⑪既是形象比喻，又是切实存在于人的精神内核的气质。如文本中多次提及涡镇人们对井宗秀的评价是"说的是软话，但办的是硬事"，这符合麻县长在请井宗秀说出三个动物——龙、狐、鳖之后，以"狐"来表明他人对井宗秀的认识。陆菊人自从接管茶行经营黑茶生意以后，便财源广进，为井宗秀的预备旅提供着经济来源。内在的形象隐喻更烘托着外在的行为举动，井宗秀建立预备旅的初衷是保一方平安，却因为盘踞涡镇形成一方势力，最终带来涡镇人的大量伤亡。陆菊人从骨子里反对杀戮和伤亡，即使在军事形势紧张的情况下她仍努力去说服井宗秀避免无辜的杀戮，但是她的茶行经营客观上为军事割据提供了经费支持。贾平凹在《秦腔》里有复杂情感的表露，"我的写作充满了矛盾和痛苦，我不知道该赞颂现实还是诅咒现实，是为棣花街的父老乡亲庆幸还是为他们悲哀"⑫——棣花街如此，涡镇如此，秦岭更是如此。在是与非的争论中，战争如同涡镇的漩涡一般将这些观念全部抹平，"不关乎黑白判断"，有的只是成王败寇的历史史实，只是生存还是毁灭的终极天问。因此，在处理历史的当口，作为民族志历史书写的《山本》与作为地理志书写的《山本》不仅有写作方式上的一致性，而且在某种历史意义上重合了，它一方面用生动形象的生物隐喻来记录地区历史真实情况的发生，另一方面则以生物学意义上动植物所具有的独特属性来刻画人物形象，使得历史人物在文学作品中既生动形象又真实可感。

"历史怎样成为文学"不仅见于贾平凹的《山本》叙述之中，而且在高阳、二月河等人的历史小说中也集中出现过。只是这一次对象从帝王将相转换为普通民众，历史叙事也从一开始就已经预设帝王将相的圆形人物历史命运转换为小人物成长奋斗依然逃脱不了性格命运悲剧。所以，综合了多种叙述方式之后的《山本》将历史的观念认识从外在的时代和社会因素转化为对内在情感精神性分析的理解和认识上来。无疑，这种认识有来自时代社会中宿命论倾向的影响——历史环境决定人物的生死沉浮，但更多的是人物的情感和性格在决定历史和社会命运变迁的同时，也决定了自己的历史走向和形象塑造。

三、志是大纲趣向底主宰

无论是作为一种地理学意义上的"博物记""风俗志"，还是作为社会历史记录的"观念史""图画卷"，《山本》的言志旨趣显然都并不止步于此。其所"多识于鸟兽草木之名"的生态记录与沉潜于历史陈迹背后的追问以及对现实情态的不断反思都"往往有得，以其求思之深而无不在也"，正如王夫之所言的"志是大纲趣向底主宰"。在王夫之的观念里，"志"不仅仅是"欲明明德于天下"的一种志向，而且是"学者以大心正志为本"的理想人格和自我确证。恰如贾平凹所说："老子是天人合一的，天人合一是哲学，庄子是天我合一的，天我合一是文学。我面对的是秦岭二三十年代的一堆历史，那一堆历史不也是面对了我吗。"⑬"在这个天地间，植物、动物与人是共生的。《山本》中每每在人事纠葛时，植物、动物就犹如一面镜子，呈现着影响，而有互相参照的意思。"⑭

也正因为此，《山本》的言志旨趣有两种不同的书写路径。一种是通过以陈先生、宽展师傅为代表的世外高人来写，他们虽然与这个世界保持着千丝万缕的联系，甚至时时参与到日常生活的叙事中，但他们有着不同于常人的处世方式。宽展师傅的尺八，在日常生老病死的自然轮回中吹奏和演绎，在意外与杀戮的境遇中也会响起，土匪来了不间断，保安团来了也不停歇。尺八的吹奏演绎出了超越世间一切烦恼和忧虑的平和与安定。陆菊人、井宗秀在心烦意乱之时总会请宽展师傅吹奏两曲，尺八响起，一切烦恼都没了。而作为郎中的陈先生，既有入世的忧国忧民之举又有超凡洒脱的出世心态，他的平和是一种人情练达、世事洞明的处世哲学。他会为患难的百姓亲灸汤药，也会为土匪和军阀望闻问切。虽然有未卜先知的本领，他却有着看破不说破的善良本性。小说结尾，陈先生慨叹"这一天到底还是来了"时，透着一种"说不得，也没法说"的无奈与荒凉，更是达到了一种参破尘世风起云涌的天人合一境界。

与宽展师傅和陈先生安定从容、超然物外的出世心态不同，陆菊人和井宗秀的雍容有度则多了几分尘世的味道。从"三分胭脂地"被赠予井家之后，陆菊人对于未来的期望就寄托融贯在了井宗秀身上。一方面,因着"赶龙脉"之人的迷信传说,陆菊人对于井宗秀的事业发展深信不疑,因此表现出淡然的观察态度。而这带给井宗秀的感受和体验则是,每每遇到大事总想着找陆菊人来商量,或是在杨家走一遭,以获得平定安稳的心态。另一方面,井宗秀从发家到建立预备旅是为涡镇人民保平安的义举,陆菊人因为女人的良善和柔软使得军事斗争的氛围稍显柔缓,而且因为前前后后参与实际行动而对于世事艰难和人心险恶有所了解,因而表现出了温婉大方的一面,也从侧面烘托出她"每临大事有静气"的大局观。对于井宗秀来说,成为一方枭雄并非本意,性格天生的温和使其在复杂的斗争中获得了机遇:一来对于各方势力而言,井宗秀的儒雅使得各方稍感安全,进而促成了井宗秀的成为枭雄,这是各方势力相互妥协的结果。这种由内而外散发出的柔和与安全,成为战时一种平静祥和的表象。二来对于井宗秀而言,这种表面的平静与从容并不能掩盖其内心的激荡与欲望。面对纷繁复杂的战事,他每天两次的巡城固然是小心谨慎的行事风格使然,但更多的是要安抚民众和外出散心缓解压力,却最终使一人、一马、一随从的画面成为涡镇安定祥和的典型象征。

从这两种不同的旨趣来说,出世也好,入世也罢,不仅是故事所要刻意营造的氛围和场景——虽然文中战乱频仍、伤亡遍野,但是在阅读过程中仍能带给人一种静谧的体验——而且是参透生死之后的静水流深。这与贾平凹将自己的生死观念融入极致的生命体验有关,他说:"《山本》里虽然到处是枪声和死人,但它并不是写战争的书,只是我关注一个木头一块石头,我就进入这木头和石头中去了。"⑮如果说之前的拟人化是将物比作人,将秦岭中的草木辅以人格化形象化的故事传说,那么,更进一步的精神凸显则是反其道而行之的物化过程,这如同经历了佛家所言"看山是山,看山不是山,看山还是山"的三重境界。从进入秦岭的那一刻起,世间的万事万物都静默如谜,处于一种生物的自然样态,而自然的法则有四季轮回,

有生老病死,所以人世间的一切归根到底也是自然轮回的一部分,只是在这个轮回过程中,恰如贾平凹处理历史怎样成为文学的方式一样,总的趋势是向前不变的,变的只是这个过程中一些环节的快慢或长短。因此,当关注焦点从一整段历史的风云变幻转向一个个个体的自我演绎之时,相对于大历史长时段而言,个体不仅是渺小的,甚至是静止的。而这种静止在历史哲学上归因于个体在历史上所做的贡献微乎其微,尤其是以草芥自比的普通民众,几乎可以忽略不计。甚至可以说,《山本》中的历史叙事只是一场戏剧的舞台效果,而对于需要展示的生活本质而言,历史不仅是可以漠视的道具和背景提示,而且似乎只是一种纷扰,目的是更加凸显主旨性趣味的安静与闲适。

除开个体对历史、文学以及社会的体认所呈现出的意趣指向之外,《山本》中还有进入晚年的贾平凹在创作上的心境带来的旨趣之"志"。新中国已经有了七十年的历程,面对历史,总结陈词的历史心态也逐渐复现。这种复现,既是历史给予时间客观评价的一种权力,又是个体与时代不断融合的产物。所以,当历史进入总结陈词阶段,个体渐入晚年人生总结之时,两种契机的结合,使得贾平凹不得不面对如何书写历史,如何表达心境的问题。也正因为如此,从《废都》《秦腔》《古炉》到《山本》呈现出一个大历史书写转向的趋势,而且都是以个体心境来展现历史关节,历史的文学书写也染上了个体的旨趣所"志"。进入晚年的贾平凹,这种大历史的书写也渐渐有了文学所谓的"晚郁"旨趣。

评论者对贾平凹"晚郁"风格的研究多指向对西方思想资源的撷取,对于老庄哲学,尤其是王夫之心学的价值取向似乎较少关注。这不仅仅是因为理论批评相对于文学创作而言,更容易获取西学理论话语,也是因为在指出贾平凹向老庄以及王夫之心学取经时无法言明其内心风景。所以,《山本》在糅合历史真实与个体的叙事的关节中,仍然以个体的成长发展为内在演变的主线。但是,这一个体命运发生转折时所

迸发出来的光火，与其说是个体能力与历史机遇契合产生的，毋宁说是历史事件在个体成长过程中强制生长出来的关节，而非个体主观意愿所追求的目标所致。井宗秀从一个画师沦为阶下囚与国民党对共产党的几次围剿有关，因为井宗丞是共产党员，同胞弟弟井宗秀给其带来了牢狱之灾。而井宗秀被暗杀也因了井宗丞在共产党肃反运动中的死亡，他悲伤过度而疏于防范。而诸如陆菊人、陈先生、宽展师傅等人，历史的斧凿在其身上几乎没能留下任何痕迹，他们更像是历经风雨过后岿然不动的老僧。恰如阿多诺所言，"显露出更多的是历史的而不是生长的足迹"。在生活和创作经历中，大致与新中国同龄的贾平凹见证了新中国成立之后的风雨变迁，因此，历史印记在作家身上的烙印在创作中演化为一种写作资源，而这种资源通过作品主人公形象或言语表现出来则更像是成长中的自然现象。历经一系列历史变革的贾平凹在耳顺之年推出的《山本》也如老僧入定一般，秦岭已经内化为作者观察人世的一种参照和标杆，秦岭是怎样的，中国就是怎样的，秦岭的草木禽兽是怎样的，秦岭的子民就是怎样的；反过来亦然。因此这种内省的哲学既是"看山还是山，看水还是水"的古老静态哲学意蕴，更是经过内省之后的一种旨趣"主宰"。

统而言之，贾平凹借助山水自然等物事，从记载反映人与自然的"志"之传统出发，将秦岭的草木鸟兽带入历史的语境，一部分成为山川风物的自然生态，一部分演绎出社会历史图景。在这个基础上，将历史进一步转换为文学，使之有了可供发挥的思想余裕，历史也不再是一种抽象的理论观念或具体的物象呈现，而是被注入了贾平凹自身的历史认知和生命体验，使弥漫其间的自然也有向人生借境的意味，从而达到所谓人与自然合二为一的理想境界。

注释：

① 贾平凹：《山本》，作家出版社2018年版，第523页。
② 闻一多：《闻一多全集》第10册，湖北人民出版社1993年版，第8页。
③ 贾平凹：《山本》，作家出版社2018年版，第522页。
④ 贾平凹：《山本》，作家出版社2018年版，第523页。
⑤ 贾平凹：《山本》，作家出版社2018年版，第523页。
⑥ 贾平凹：《山本》，作家出版社2018年版，第300页。
⑦ 贾平凹：《山本》，作家出版社2018年版，第37页。
⑧ 贾平凹：《山本》，作家出版社2018年版，第520页。
⑨ 贾平凹：《山本》，作家出版社2018年版，第3页。
⑩ 贾平凹：《山本》，作家出版社2018年版，第3页。
⑪ 贾平凹：《山本》，作家出版社2018年版，第520页。
⑫ 贾平凹：《秦腔》，漓江出版社2012年版，第392页。
⑬ 贾平凹：《山本》，作家出版社，2018年版，第525页。
⑭ 贾平凹、杨辉：《究天人之际：历史、自然和人——关于〈山本〉答杨辉问》，载《扬子江评论》2018年第3期。
⑮ 贾平凹：《山本》，作家出版社2018年版，第525页。

作者单位：湖南师范大学文学院

笔记小说的当代新书写及其人文之思[①]
——读贾平凹《秦岭记》

张 娟 张丽军

贾平凹新近推出的长篇小说《秦岭记》，是他一直想要完成的文学愿望。"虽然写过了《商州》《秦腔》《古炉》《老生》《山本》，但一直想有一本以'秦岭'为名的书。"[②]尽管心心念念，贾平凹却不想使小说落入俗套，因此，他多年来迟迟不敢动笔，这是贾平凹对秦岭、对文学的敬畏。积累了几十年扎根秦岭的生活阅历，加之年纪增长带来的生命磨砺，贾平凹炽热的情感终于喷涌而出："去年夏天很热，突然在那一个月里脑子里尽是翻腾着那些关于秦岭的所见所闻所知所感，又奇怪地变得那么抽象。这种状况以前没有出现过，它使我亢奋了，便照着脑海里的图像写起来。可以说，《秦岭记》厚积薄发，得益于'仰观象于玄表，俯察式于群形'，它有点胡乱和放肆，而我知道背后的定数。写秦岭，也是写中国，也更是写我。"[③]可以说，作为创作生涯中的第十九部长篇小说，《秦岭记》是贾平凹返回乡土的又一力作，延续了他对乡土中国现实处境的关注与思考。尽管如此，作者的叙述姿态却发生了明显的变化，而且文体形式也实现了创新突破，"不同于他以往发表的长篇小说，《秦岭记》更趋于志怪奇谈的笔记体小说，55个章节各有不同的故事，却在山石草木、世事纷扰中透露出秦岭的无限可能与无法被掌控"。[④]持续不断的思考与熟稔于心的生活使贾平凹在创作《秦岭记》时表现出一种从心所欲的姿态，他不再执着于文本形式的华丽精致，而是拨开层层云雾将笔触直达生命的根底，使秦岭的原初面貌和乡土中国的现实处境真实地呈现在读者面前。为了实现这一目的，贾平凹舍弃了许多原来熟用的写作技巧，迫使自己进入一种自由的心境，大胆地开辟出一种新奇迥异的秦岭书写模式。他突破了文体疆界，将散文的纪实性与小说的虚构性融为一体，使得文本呈现出虚实相间、混沌朦胧的美学效果。

一

《秦岭记》的文体形式给我们一种既熟悉又陌生的审美体验，说其熟悉是因为它承续了中国古代笔记小说创作的某些叙事传统，说其陌生是因为它突破了中国古代笔记小说创作的局限，赋予该文体以新的美学形式与时代内涵。《秦岭记》一共分为五十七个章节，但它并不像贾平凹之前的长篇小说那样，章节之间具有紧密的故事连贯性，而是每个章节各自独立，各自讲述秦岭不同地区的奇闻逸事——从形象塑造到故事情节等各方面都能形成一个独立、自足的美学主体。整体看来，这五十七个章节更像是随作者步伐所至、视点所达而来，即作者每到一地，都将观察到的人事百态、自然生活收容于心，经过反复琢磨和体会，将其结构成一个个短小精悍的秦岭故事。然而，每一个章节却也并非彼此割裂，而是全部汇入秦岭这一大的地域范围之内，使得小说文本呈现出"看似散乱，其实有序"的形式美感。中国古代笔记小说往往采用"以类系事"的方式结构全篇，如南朝刘义庆的《世说新语》，整部小说分为三十六个大的章节，每个章节的故事都围绕着固定的主题展开，《秦岭记》的文体结构给人的熟悉之感正是由此而来。

已有的叙事传统必然会给小说文本的写作带来某些便利，但贾平凹并非一位甘于沉溺在传统之中的作家，他绝不允许自己的文字因承续传统而变得轻佻顺滑，也不想使自己的作品成为前者的复制品。因此，在《秦岭记》中，贾平凹在文体上做出了许多突破，这首先表现在不设章节题目上。前辈作家的笔记小说中各章节虽然都具有完全自足的美学空间，但他们往往会为这些章节取下特定的题目，像南朝刘义庆《世说新语》中的"德行""言语""政事"等章节名字，又如清代蒲松龄《聊斋志异》中的"考城隍""婴宁""聂小倩"等章节名字。这些题目的设置从一开始就界定了章节的故事内容及主旨意蕴，使得读者有了一定的心理预设，但完全读完章节故事，主旨意蕴了然于胸之时，却又少了些豁然开朗之感，削弱了阅读文本的快感。反观《秦岭记》，贾平凹未给其中任何一个章节取下题目，而是直接以数字标注章节，对此，他曾表示："不是不起，而是不愿起。"⑤这表明，《秦岭记》没有起章节题目并非因为作者的懒惰或才思枯竭，而是他故意为之。如此一来，每一章节从最开始就被蒙上了一层神秘的面纱，读者必须读完全部内容才能了悟章节意蕴，这实际上可以极大地勾起读者的阅读兴趣。与此同时，不设章节题目又给读者的思维预留了足够宽广的想象空间，读者可以不受任何先定主旨的拘束来获得自己的阅读感受。而各不相同的阅读感受，又使文本呈现了复杂多重的美学旨蕴。

事实上，这种阅读效果的实现还有赖于作者对古代笔记小说篇末评语的取消。尽管中国古代的笔记小说具有多重美学价值，但不可否认的是，它们也不可避免地带有某些时代局限性，这尤其表现在作品或显或隐的说教中。经过大量阅读后，我们可以发现，中国古代很多笔记小说并不是通过故事本身来潜移默化地影响人，而是作者直接跳出文本，对故事中主人公的行为进行点评，从而达到规训劝诫读者的目的。如蒲松龄《聊斋志异》卷四中《续黄粱》一文，该文主要讲述的是一位福建曾姓举人在考中进士后，同几位朋友到京城郊区闲逛，巧遇的算命先生说他会做二十年宰相，后来他便在寺庙中做了个黄粱梦的故事。在故事结束后，蒲松龄化身异史氏对其点评道："福善祸淫，天之常道。闻作宰相而忻然于中者，必非喜其鞠躬尽瘁可知矣。是时方寸中，宫室妻妾，无所不有。然而梦固为妄，想亦非真。彼以虚作，神以幻报。黄粱将熟，此梦在所必有，当以附之邯郸之后。"⑥这段话直接揭示了《续黄粱》的故事主旨，即善恶有报，规劝读者行善避恶，虽然具有一定的艺术价值和哲理意蕴，但也难免会削弱读者参与文本建构的程度，使读者难以跳出作者对故事做出的既有阐释，从而也无法从故事中获得更多的思考。另外，清代纪昀在《阅微草堂笔记》中时而插入的个人点评，虽不如《聊斋志异》那么明显，但也同样表露了某些说教意味。与以往笔记小说中作家时而在场的书写模式不同，贾平凹在《秦岭记》中一直以第三人称叙述者的身份讲述故事，从未现身文本进行直接评论。他更像是一个记录者，将听到或看到的一切完整地呈现为文本，故事的主旨意蕴全凭读者自己理解，这就极大地拓展了小说文本的阐释空间，使其内容变得含混丰富起来。

《秦岭记》这种文体并非只是简单的形式创新，它也是贾平凹生命哲学的外部表征。贾平凹过去七十年的人生是赞誉与诋毁共存的人生，他迎着风雨一路蹚过来，行至今日，挣脱开诸多枷锁束缚，退下了年轻时的轻狂与浪漫，最终回归于古朴、简约，这种生命哲学的转变自然会影响到其文学的表现形式。"年轻时写东西，有激情，锐力外向一些，年龄大了，就可能沉淀了些，想写的都是在现实生活中真正有了个人生命体会的东西，就不讲究技法了，不起承转合了，没规律了，只想着家常话，只想着朴素了。"⑦这样的写作态度恰好对当下乡土小说创作中普遍存在的重形式轻内容的倾向进行了纠偏，将笔触深入乡土现实之中，以自己的切身体验和真挚情感为乡土小说注入了新鲜血脉——有学者将之称为"素打扮"的乡土小说，并指出："在真实感的追求和'素打扮'要求下，因负重过多而过于臃肿的乡土文学其实进入了一种删繁就简的程序，同时也从某种程度上与传统乡土文学遥相呼应。"⑧因此，《秦岭记》这种极简单的文体形式非但不能说明作者对该文本态度的随意，恰恰相反，它是作者真情实感的真挚流露——贾平凹深深眷恋并始终关注着秦岭，甚至将自己融为秦岭的一部分。从某种意义上来说，秦岭是贾平凹，贾平凹亦是秦岭，两者早已融为一体。由此认识出发，《秦岭记》其实是作者的减负之作，他剥掉附着在乡土现实之上的虚浮外壳，只呈现乡土世界的本真面貌，其间的坦率真挚不言而喻。

二

对于《秦岭记》的叙事内容，贾平凹自己曾言："《秦岭记》是一部写秦岭山山水水、人人事事的书。"⑨在该作品中，贾平凹集中展现了秦岭地区的生命强力，这主要是通过他笔下的动植物形象表现出来的。《秦岭记》以万物有灵观念为内在支撑，在承认物种性差异的基础上，通过人与动植物之间的和睦相处、相互爱护传达出生命活力。这就像是缓缓流动的溪水，它平静地将生命活力注入读者心间，让读者在咂摸故事中感受到强烈的爱与平等。《秦岭记》第四十章讲述的是一位民办教师过河时不慎丢失衣服，全身赤裸，心中羞赧，最后被一群鹅护送回家的故事。作者以诙谐的笔墨将一个动物助人的故事活灵活现地展现在读者眼前，让读者在为民办教师的遭遇而失笑时，也被鹅的机智折服。故事最后有这样一句话："鹅是在说鹅，鹅是在说我，我是鹅，鹅也是我？"⑩由此可见，在作者心中，鹅与民办教师一样都是秦岭的一部分，他们之间可以互通心灵，在关键时刻救对方于危困。通过这一故事，我们看到的是秦岭的无限灵性，是人与动物之间本应具有的和谐关系。遗憾的是，这其实只是作者的美好意愿。贾平凹并非一个只期冀美好不

敢直面现实的歌颂型作家，他笔下的秦岭不是一个完全封闭自足的世外桃源，它在现代化冲击下摇摇欲坠，在这里，人与其他物种间的对抗冲突已经达到了极点，大有人类彻底压倒其他物种之势。《秦岭记》第十一章讲述的是獾被大肆捕杀的故事，獾并非被保护的野生动物，在人们的日益捕杀之下，獾这一物种几近灭绝。面对这一现实，我们不禁要问，那些已经被保护起来的野生动物何尝不是在几近灭绝的境况下才得到人类的补救措施的？与其如此，人类当初又何必要肆无忌惮地捕杀它们呢？作者在《秦岭记》中通过不同的故事提出了自己的疑问，如第十五章讲述的是桦树被砍伐的故事，文本中有这样一句话："咱不会被砍的，瞧见了吗，那斧柄就是桦木做的，能戕害同类吗？"⑪虽然这句话直接呈现的字面意思是桦树对同类的信任，但是，从更大的生命意义上来讲，人类与桦树也是同类，因此，我们也可将这句话理解为作者对人类砍伐行为的难以置信，传达出一种本是同根生相煎何太急的痛心疾首之感。其实，这种境况的产生在很大程度上是因为现代社会的高速发展使人类产生了物种优越感，促使人类将自己置于一切物种之前，为了人类自身的利益，大肆捕杀动物，随意砍伐植物。令人更忧虑的是，这并非只是秦岭地区面临的困境，而是整个中国，乃至全世界共同面临的困境，《秦岭记》只是提供了一个视角，迫使人类去重新审视自己的所作所为。

面对人类的大肆捕杀，动物们表现出了极强的反抗精神，獾会拼死咬住猎人，狐狸会将药丸叼到猎人家门口去炸伤猎人，这些都展现了动物们的生命强力。然而，与活泼灵动的动物群像相比，《秦岭记》中人类生活的乡村世界却是死气沉沉的。这种死寂首先是通过文本中的人物形象表现出来的。阅读文本后，我们可以发现，《秦岭记》中鲜有青年人物，即使有也大多是痴傻儿、无业游民、混混等，如第五章故事的主人公苟门扇，他是一个脑子差成的人，村里办红白事的人家常常把他当作喜财神，但虽然会款待他丰盛

的饭菜，却不会允许他入席，他最后也因为说错话而被夺去了饭碗。在这个故事中，尽管村人对荀门扇表现出了善意，但他们的善意是带有歧视性的。从某种意义上来说，他们掌握着荀门扇的命运，凭自己的喜好随意操控着荀门扇，可悲的是，脑子差成的荀门扇根本不知道生命的尊严为何物，因此也就谈不上去反抗这种歧视，而这实际上正是此类人群的真实生存状态。荀门扇还会因为脑子差成而忽视人们对他的恶意，但《秦岭记》中的捞娃却是以他清醒的头脑时刻感受着人们对他的排斥。第四十九章通过讲述捞娃的故事展现了残障人士内心的痛苦与挣扎。捞娃是一个身体有严重缺陷的孩子，他相貌丑陋、身体畸变，刚生下来时就险些被自己的父亲溺死，母亲苦苦哀求才让他逃过一劫，周围的人们也对他避之不及，但他其实是一个聪明敏感的孩子，他会帮助父母干活，会长时间坐在院子里发呆，也会因父亲的训斥而自责自罚。此外，小说文本还描写了许多表明捞娃具有预知能力的奇异现象，但我不愿将它们定义为捞娃的超能力，我更愿意把它们当成是捞娃的一种内心向往，他的大脑中闪现的画面可以说正是他想要看到的外面的世界，那个世界里不只有他一个人，还有父母、蛇、狼、柿子、虫子、踢毽子的小姑娘等等。通过这些描写，我看到的是一个孤独、痛苦的捞娃，他虽生活在这个世界，却始终融入不了这个世界。显然，无论是脑子差成的荀门扇，还是身体残疾的捞娃，他们都没有足够的能力带领乡村向前发展，乡村社会展露出后劲不足的颓势。

除了以人物形象来凸显乡村的死寂外，《秦岭记》中还有多篇故事通过细节描写来间接呈现乡村的没落。第十章讲述的是西后岔村的衰败过程，这一过程是伴随着女人进城而发生的，相当多数量的女人进入城市，致使西后岔村的适龄男性娶不到媳妇，这自然使得村庄无法得到种的延续，因而村庄的没落是必然的。第十八章讲述的是乡村青年陈冬的一生，他脑子不太够用，在乡村以哭丧为生，日子竟也过得不错。

通过哭丧这一职业，我们可以看出乡村居住人口的锐减，以至于日常的祭拜、殡葬等都需要找人代替亲人去做。第二十一章讲述的是地窝子村的故事，文本首先呈现的是这个村庄恶劣的生存环境，后又以几位老人的对话展开故事："还没回来？""还没回来。""不回来就不回来，由他去。"[12]没有任何故事情节，几句对话就将这个村庄的现状展现出来：在这里，已经很少见到年轻人，活动的大多是一些老年人，"相互很少说话，坐着坐着就打盹了"[13]。他们的生活充满着萧索和无聊，只得靠回忆以前的乡村光景来度日。通过他们的回忆，我们看到的是一个充满生机与乐趣的乡村世界。两相对比下，我们不得不去思考地窝子村为什么会变成现在这样一副颓败荒凉的面貌——这是值得我们思考的大问题，因为它直接关系到中国乡村社会的未来。近年来，中国迈入现代化进程的步伐日益加快，这造成了不同地区的发展的失衡，尤其表现为城市与乡村之间发展的失衡——城市的日渐发达吸引了更多的乡村青年进城，致使许多乡村出现空心村、留守村的状态。针对中国乡村目前的状态，有学者指出："乡村整体处于一种坍塌的处境中。"[14]这种坍塌不是乡村伦理文化的崩溃，而是整个乡村社会的消亡。贾平凹常年游走于中国发达地区与落后地区，对于这种现状，他不可能不了解，可以这样说，《秦岭记》作为一种审美现代性的产物，对社会现代性提出了怀疑：是否现代化的高速发展就一定要以牺牲乡村为代价？！

死寂沉沉的乡村世界必然会使我们陷入一种"聊斋"般阴森的氛围中，这恰好同《秦岭记》的"志怪"手法不谋而合。可以这样说，乡村世界的现实处境为小说文本的"志怪"手法提供了内在支撑。第三章讲述的是蓝老板在喂子坪的离奇经历，他初入喂子坪，只见荒草丛生，到处都是断壁颓垣，村庄了无生机，读完故事后，我们会认为这一段描写其实就是在暗指蓝老板进入了一个鬼魂世界中。但想到乡村世界目前的处境，我们一时又难以分清这到底是现实还是幻境，如此一来，整个故事就在虚实难辨中产生了混沌朦胧之感。

面对乡村渐趋崩溃这一事实，贾平凹虽有惋惜，但并未因此而逃避，他毅然将笔触从进城转到回乡，集中笔力去书写秦岭地区的乡土风貌，不过我们不能因此就认为《秦岭记》中的秦岭就是它的全貌。正如文本的压卷之作所言："一切都在似乎着似乎着，在他后来热衷起了写文章，自信而又刻苦地要在仓颉创造的文字中写出最好的句子，但一次又一次地于大钟响过的寂静里，他似乎理解了自己的理解只是似乎。"[15] 这段话可以说是作者自身的剖白：秦岭是永远也无法说尽的，不管秦岭中的乡土世界如何变迁，它永远都在那里岿然不动，而人事纷扰终将成为秦岭的一段往事。只是，秦岭的生灵已变，气象已变，其"志怪"也就自然有了新变化。

千百万年来，秦岭云卷云舒，你来我往，万物生灵自由生长。而21世纪的秦岭，现状如何，往何处去？这才是贾平凹的《秦岭记》所提供的当代人文之思。

注释：

① 本文系国家社科基金重大招标项目"百年中国乡土文学与农村建设运动关系研究"（21&ZD261）、国家社科基金项目"新世纪中国长篇小说'新现实主义'审美书写研究"（19ZWB100）的阶段性研究成果。
② 韩寒：《写秦岭，也是写中国——贾平凹谈新作〈秦岭记〉》，载《光明日报》2022年6月4日。
③ 韩寒：《写秦岭，也是写中国——贾平凹谈新作〈秦岭记〉》，载《光明日报》2022年6月4日。
④ 柏桦：《〈秦岭记〉：秦岭与秦岭里的贾平凹》，载《陕西日报》2022年3月2日。
⑤ 贾平凹：《秦岭记》，人民文学出版社2022年版，第262页。
⑥ 蒲松龄：《聊斋志异》卷四，上海古籍出版社2011年版，第519页。
⑦ 舒晋瑜：《尽力写出中国气派——访作家贾平凹》，载《中华读书报》2011年1月19日。
⑧ 姜汉西：《新世纪乡土文学叙事模式反思与真实感重建——以〈中国在梁庄〉和〈湖光山色〉为考察中心》，载《临沂大学学报》2021年第3期。
⑨ 韩寒：《写秦岭，也是写中国——贾平凹谈新作〈秦岭记〉》，载《光明日报》2022年6月4日。
⑩ 贾平凹：《秦岭记》，人民文学出版社2022年版，第121页。
⑪ 贾平凹：《秦岭记》，人民文学出版社2022年版，第46页。
⑫ 贾平凹：《秦岭记》，人民文学出版社2022年版，第63—64页。
⑬ 贾平凹：《秦岭记》，人民文学出版社2022年版，第64页。
⑭ 刘文祥：《新世纪乡土中短篇小说创作研究（2010—2020）》，载《安徽大学学报（哲学社会科学版）》2021年第5期。
⑮ 贾平凹：《秦岭记》，人民文学出版社2022年版，第180页。

作者单位：暨南大学文学院

一座山岭本体世界的灵性抒写
——《秦岭记》阅读随记

王若冰

老实憨厚的跛子因为一场意外事故换肾后脾气性格、为人处事方式一下子判若两人，从过去令人同情、招人怜爱变得人见人怕、招人讨厌；三位盗挖盗卖被村民视为保护神的古银杏树的偷盗者中，初盗者因偷挖古树时被狗咬伤死于狂犬病，转卖者妻子殁于倒卖古树途中的拖拉机翻车事故，窝藏者因儿子被公安局抓走心脏病猝发而死；飞猪寨养猪专业户孙全本的猪不仅能听懂夫妻俩的对话，还能看见两个门神从门扇上走下来打架；二郎山的獾长着一副人脸，还敢当猎人面笑着往火堆里撒尿……神奇灵异的故事频频呈现，一座山环水绕、云雾升腾、万物繁荣地矗立在人界与灵界之间的苍茫山岭神秘纷杂的精神世界，随即在作者本真自适、从容不迫的讲述中呈现，并以一种缥缈而又现实、玄幻而又真实可感的灵性光芒，弥补、拓展、丰富了我对一座非凡山岭已有的理解与认知。

这是我阅读贾平凹新作《秦岭记》时的直觉感受。

从幕后走到台前：《秦岭记》塑造了一座有血肉、有灵魂、有思想，也有喜怒哀乐的人间情感的秦岭

秦岭是中国大陆三条东西走向山脉中最为重要的一条，对中国大陆地质地理构成和自然生态格局形成、中华文明起源和中国传统文化诞生，具有无可替代的重大影响。贾平凹老家商洛处于东西绵延一千六百多公里的秦岭山脉中段腹地，群山绵延、谷岭纵横、山水交错、丛林莽莽、万物繁荣，是秦岭自然山水最为集中的地方，也是以秦头楚尾为标志的南北方文化交汇交融地带和楚文化发源地。这里地理独特、山水奇异、风俗迥异、文化古老，一直是贾平凹文学地理根脉所系。从早年的《浮躁》和"商州系列"，到后来的《秦腔》《古炉》《高兴》《带灯》，再到《老生》《山本》，我们发现秦岭之于贾平凹正如马孔多镇之于马尔克斯、奥克斯富镇之于福克纳一样，既是他的文学故乡和创作原发地，也是作者的精神原乡。几十年来一以贯之的以秦岭为背景的多元化书写，让秦岭成为贾平凹面向现实、历史与生命本体多重叙事的在场者和推动者；而贾平凹对秦岭自然山水、文化精神近乎迷醉的持续书写，也让莽莽秦岭成为贾平凹作为当代中国极具中国文化意识和文化立场，具有独立的文学品性、精神思考和独特地理与地域文化标识的作家的塑造者。

然而，相对于此前将秦岭作为映现作者笔下纷繁故事的发生地和贾平凹式生活叙事的背景而言，以秦岭自然山水和生活其间的草木鸟兽、自然天籁、生灵万物、芸芸众生为书写对象的《秦岭记》，则是一部充满秦岭本体文化意识和生命气象的秦岭精神之书、灵魂之书。在这部被学界定义为"笔记体小说"的作品里，遍地峻岭古木、终年云雾缭绕的秦岭已不是过去作者结构情节的背景，也不是演绎故事、推进生活叙事的场景和道具，与秦岭本体徒手相见，坦然面对，见山见水的面对面书写，让秦岭前所未有地从幕后走到台前，由配角变为主角，成为结构这部看似散漫率性、魔幻空灵，实则充满淋漓尽致的现实质感的奇异文体的主体和作者主体意识的开掘者、生发者和表述者。而在贾平凹此前与秦岭相关的众多作品中，秦岭及其自然山水仅是作者有意设置的特定环境下故事的发生地、地理与文化意义上的地域性标识，与作品主体意义和作者主体意识的关联并不直接。即便是在动笔写作之前作者准备取名为《秦岭志》的《山本》里，秦岭依然是那个纷乱年代特定环境下诸多残忍与凄美故事的见证者，秦岭本身并非《山本》故事的演绎者和创造者。也就是说，在《秦岭记》之前，在贾平凹持续不断的秦岭书写里，秦岭始终是作者由于叙事和结构需要而特意设置的环境文本而非主体文本。在某种意义上来说，它完全可以独立于作品本体之外，作者言说的主体也不是秦岭本身。但《秦岭记》的出现，无论对于贾平凹和秦岭，还是对于当代中国文坛来说都是一个标志性事件。因为对于贾平凹而言，《秦岭记》不仅开创了他几乎持续一生的"秦岭书写"的新境界，也标志着贾平凹对一座寄予了他终生文化与精神情感的山岭——秦岭的认知与写作，已经从对自然意义上秦岭的局部关注进入到对秦岭自然万物的整体书写，从对秦岭自然山川的外部描写深入到了对秦岭文化精神的理性呈现；作者与秦岭的关系也从过去的互相观望、各自独立一跃而为物我相融、互为依存、血肉相融，两者互为各自灵魂与精神世界的言说者和表达者。在《秦岭记》里，已经与作者精神和意识融为一体的秦岭是唯一的主角，也是《秦岭记》众多充满魔幻色彩的灵异故事和蕴含了现实人生真味的人间故事的唯一呈现者和讲述者。对于当下文坛来说，无论从文体结构还是文本开掘而言，《秦岭记》都超越传统意义上的小说与散文文本——自由而灵动的跨文体写作以及由物及人，以一座自然山岭为书写对象的主体意识，都开拓了中国当代叙述体文学写作的新天地。在《秦岭记》之前，当代中国文坛还鲜有以一座自然山岭本体为书写对象，且在文体结构上如此率性自由、从容不迫，既不拘泥于传统小说或散文讲求故事和结构的整体性，又突破了主题与线索互为表里的作品。尤其是为了凸显《秦岭记》主旨，作者有意为之的梦境与人境杂合，幻境与现实交错，物界与人界相互沟通、彼此映照的灵性写作，不仅让作者的主体意识得以淋漓尽致的表达，也让作者刻意塑造的他所理解的精神与文化意义上的秦岭形象在形而上和形而下层面同时得以确立。在《山本》里，贾平凹说秦岭是"一条龙脉，横亘在那里，提携着黄河长江，统领着北方南方"[①]，而到了《秦岭记》，已经被他反反复复书写了一生的秦岭，俨然已被作者的主体意识和精神情感唤醒、复活并活生生站立起来，成为一个血肉饱满、伟岸磅礴、灵光四射、精神与情感毕现的生命体："它太顶天立地，势力四方，混沌，磅礴，伟大丰富了，不可理解，没人能够把握。秦岭最好的形容词就是秦岭。"[②] 贾平凹这种对秦岭精神与文化意义的理解与认知，不仅让一座自然山岭回归于人文与生命本体，也让秦岭成为一座有血肉、有灵魂、有思想，也有喜怒哀乐的人间情感的非凡山岭。

《秦岭记》为我们展示并塑造的秦岭，既是亘古以来就附着在秦岭山山水水的万千生命的演绎者和庇护者，也是以秦岭为中心的中国本土传统文化的创造者和维护者。而具体到作家的主体意识，《秦岭记》则借助于发生在秦岭山区的山水树木、花鸟虫兽、生灵万物之间的种种或灵异神奇，或真实有据的故事，实现了作者基于一座自然山岭的启发、启示所获得的对生命本体、世事沧桑、人间百态，以及人与人、人与物、物与物之间相因关系的生命哲学、文化精神的思考与表达。

《秦岭记》及贾平凹灵性写作渊源：中国传统文化与秦岭地域文化的双层建构

板桥湾有个风俗，新盖的房子须得先让狗进去占吉凶。经历了公社化饥不择食的困难时期，板桥村的狗几乎被宰杀殆尽，和光棍柯文龙朝夕相伴的狗便成为全村硕果仅存的"测屋者"。柯文龙的狗不仅善测新房吉凶，还能听懂人话、知晓人事、分辨飞禽走兽气味、叫出花草树木名字、看见人眼看不见的东西。因此，柯文龙与狗亲密无间，形影不离："出门去干活开会赶集，他是狗的主子、领导、首脑，他保护着狗，回到家里，狗又是他的答应、保姆、常在，狗侍候着他。想吃烟了，他说：我烟袋呢？狗会爬上柜台在一个木盘里把烟袋叼来。他说：天要黑了，鸡该进笼了。狗就到屋前的场子上赶鸡，鸡不听它的话，鸡犬吵闹一番，鸡最后还是进了笼。六月里在地里锄苞谷苗，被白雨淋了，发起烧昏睡在炕上，狗是过一会儿就跑来，前爪子搭在炕沿上看他，每次看他睁开眼了，他说：没事。它才再卧到门口去。"有一年，大锅里已经舀不出一勺粥了，村长决定冒违法犯罪的风险，把集体耕地分给各家各户种。生产队召开秘密会议决定分地那天晚上，柯文龙把狗也带去了。会议结束，村长发现拴在屋外的狗后抬腿就是一脚。回家后，挨了队长一脚的狗病了，三天后不见了踪影，柯文龙大病了一场。四年后，全国实行土地承包责任制，队长才告诉柯文龙狗是他打死的，原因是狗偷听了秘密会议，怕他这只能听懂人话的狗把分地秘密透漏出去。村长还告诉柯文龙，他和另外三位村民把狗偷走打死后埋在了打麦场的皂角树下。柯文龙一听，伤心至极，抱住皂角树就是一场痛哭。令人百思不得其解的是，柯文龙哭声一起，青天白日的，皂角树的每片叶子都哗哗啦啦往下滴水，滴了一地，"树底下的地上都能照出人影了"。另一个故事说，做人口普查的东阳县统计局干部白又文进驻秦岭南坡关山垴的葫芦村后，神经衰弱症又犯了。一个下弦月的晚上，白又文睡不着，便坐在楼台上看月亮。朦胧月色下，山林万物似乎都被隐约传来的石涧水声唤醒了，蠢蠢欲动、生机勃勃。溟溟蒙蒙中，白又文不仅看见了散落在丛林中的人户鸡上架、猪入圈、犬息声、人入梦的死寂人间，还看到了白天躲避人户的百兽从树林里、山洞岩穴里走出来，潜伏在草丛里的蛐蛐、蚯蚓、湿湿虫也争先恐后跑出来的情景。正在白又文感叹原来黑夜并不是万物安息的时候，更加令他惊异的一幕出现了：他看见全村男女老少从林子里出来，聚拢在村前的沟壑上，而平日里怪石嶙峋的沟壑变成了一片平平坦坦的草甸。回头再看，梁三和伤疤脸边解板边吵架，村子照壁下几个老汉边吃旱烟边聊天，东坡上坐的三只母麝叉开腿招惹蚊虫，刘三甄在担粪路上和一条鱼说话，张保卫边打胡基边放响屁，村长在训二栓子，巷道里的老童又在打老婆，路过的张三说老童经常打老婆是因为老童前世是老婆娘家的一头驴……再后来，白又文开始夜游。他走下楼台、走进人群，一只鹅喊他的名字，一头猪前脚搭在圈墙上哼哼唧唧朝他笑，一位白发老太太在菜地里捡人民币，会计吆喝村民到西山梁上采五味子……白又文就这样在似幻非幻、似睡非睡，现实与幻境的交错中度过了一夜。第二天醒来和村长聊起自己的梦，白又文才发现，自己昨晚闯入了村长的梦境，他看见了村长的梦，也看见了全村人的梦，于是感叹说："梦是现实世界外的另一个世界，人活一辈子其实是活了两辈子。"从此以后，白又文再也无法把现实生活和梦境所见分开了。不仅如此，能像人一样直立行走还会说人话的金丝猴、活着时能看见鬼魂世界死后肉身变成一截石头的老和尚、有喜怒哀乐的花草树木、和鱼店老板对话的鱼等充满魔幻色彩的事物和超自然现象频频出现于《秦岭记》所讲述的各色各样的故事之中，而且众多寄居于秦岭高山丛林、原本与人间分属两界的花草树木、飞禽走兽在被作者赋予灵性、神性和人性后，成为结构故事、演化情节、强化《秦岭记》主体意识的主角与原动力。于是，一座非凡山岭万物共生、人界与灵界并存、幻境与现实互照，生机勃勃，弥漫着神秘智慧精神灵光的情景，在作者率性而富于诗情和诗意的讲述中徐徐呈现。

对于贾平凹文学作品频频出现的灵异现象，有人归结于神秘主义叙事，也有人认为贾平凹秉承了《山海经》和《聊斋志异》笔记体志怪小说传统。但在我看来，贾平凹是一位真正对中国传统文化有浓厚兴致和特殊偏好的作家。笼罩在贾平凹与秦岭相关作品中的那种佛道相融、巫觋盛行、人鬼并存、万物有灵的神秘气氛，源于作者与生俱来的对中国传统文化的沉迷与体认，也源于秦岭作为中国传统文化发源地所培植的深得儒释道文化精髓的秦岭文化的滋养与影响。秦岭文化是中国内陆东西文化、南北文化的综合体，也是孕育并催生中国传统文化的母体文化。作为中华祖脉、华夏龙脉和中华民族父亲山，自青藏高原东缘昆仑山断层蜿蜒向东，一直延伸至淮河之滨的秦岭山脉，地处中国大陆版图中央，是中华文明和中华文化萌芽、发展、成熟、壮大的核心腹地，秦风楚韵、巴蜀风情交相辉映，秦文化、楚文化、关陇文化、中原文化、羌藏文化、兵戎文化、移民文化、宗族文化积淀融合、相互渗透。时至今日，东西绵延一千六百多公里的秦岭山区依然是中国传统文化精神保存最完好的地区。万物有灵，重祀好巫，相信来世，倾心灵魂，强调人与自然和谐相处，以及以道法自然、天人合一、自然崇拜、天地崇拜、先祖崇拜为特征的古老文化传统，依然根深蒂固地存活在秦岭山区，至今仍是人们对待天道人事、协调人与自然关系、规范日常行为的精神准则。贾平凹老家商洛地处秦岭腹地、丹江上游，又是以尚鬼、好巫、重祀为特征的楚文化的发源地，从小耳濡目染，古老神秘的文化传统与文化精神自然而然地不仅成为贾平凹他审视世界、参悟人生、认知生命的文化语境，也成为贯穿他文学创作始终的精神意象。因此，就弥漫于贾平凹作品的神秘主义文化特质而言，其与《山海经》和《聊斋志异》并无多大关系。真正让贾平凹沉迷精灵鬼怪、神巫仙道、灵异生命等超自然现象的根本，乃是秦岭山区和老家商洛特有的地域文化传统所赋予他的与生俱来、根深蒂固的与中国传统文化精神和中国本土哲学并行不悖的本体文化意识。贾平凹以道法自然、天人合一、万物有灵的思维方式，饶有兴致地探究种种神秘灵异现象与社会历史、现实人生、人类灵魂世界之间隐秘关系的写作，实际上是一位对中国本土文化精神充满兴致的作家的精神还乡，这也构成了贾平凹作为一位最具中国本土文化意识与中国传统人文情怀的作家独具一格的思维方式与美学追求。

荣格认为，中国人的感悟及思维方式比较特殊，因而认为宇宙万物都带有神秘色彩。在贾平凹以往与秦岭有关的作品中，类似人是狼，狼也是人（《怀念狼》），以及可以在灵魂出窍后依附于动物身上俯瞰芸芸众生的癫痫病患者（《秦腔》）之类的书写，正好遵从了荣格所谓的中国人看待宇宙万物特有的思维方式。在《秦岭记》中，这种闪烁着灵异色彩、充斥着超自然力的灵性叙事更是随处可见：可以轮回转世的猫、有灵魂的稻草人、有思想的桦树、与槐树有仇的啄木鸟等等，秦岭的花草树木、飞禽走兽等生灵万物，都被作者赋予了超现实的灵性与神性。这种带有浓厚神秘、灵异、魔幻色彩的叙事方式，一方面唤醒并呈现了一座自然山岭内在的生命气象和精神脉动，另一方面则是借助自然万物表达了作者对人类世界、生命本体的认知。任秋针不明原因的离奇死亡，揭示的是生死无常的生命真相；洪同中从梁双泉四个伯父、四个婶娘的生死，悟到的是一个人生有时死有地的道理："其实人是一股气从地里冒出来的，从哪儿冒出来最后又从哪儿回去"；禳治会叫"奶奶"的妖猫的道士对豆在田儿子养的那只连打五次都打不死的跛脚猫前世今生的解释，既包含了生命都是平等的和万物有灵的生命观，也阐释了中国传统文化中儒释道共同强调的因果观；秦王山上两棵桦树深信砍伐者手中桦木作柄的斧子不会砍向它的同类，最终还是被砍伐所揭示的是同类之间的互相残杀；等等，诸如此类人界与灵界并行、魔界和现实共存、灵性抒写与灵魂拷问同步、哲学思考与生命真相揭秘互为印证的书写，不仅让《秦岭记》字里行间弥漫着超现实、超自然的灵性之光，多维度、多视角、多层面地完成了一座自然山岭的文化建构，也实现了作者基于中国文化传统对他体认的世界、生命、社会、人生、精神、灵魂本体哲学意义上的智性抒写与表达。因此，从某种意义上说，《秦岭记》既是贾平凹献给他从精神和灵魂上顶礼膜拜的非凡山岭的真情之书，也是承载了贾平凹对现实人生和自然万物整体认知的灵魂之书。

灵异与魔幻后面的真相：
荒诞与玄幻、箴言与现实，一切皆有出处

初读《秦岭记》，面对贾平凹笔下灵界、幻界、魔界与人界相互交杂，梦幻人生和魔境幻象交错纷呈，现实人间与自然万象灵魂相映的抒写，我们不得不承认《秦岭记》是一个充满灵异魔幻精神的奇异文本。然而，一旦拨开笼罩在作品中缥缈升腾的玄幻迷雾，我们会发现，《秦岭记》中的秦岭，正是那座在自然地理上真真切切矗立在中国南方与北方切割线上的中华龙脉秦岭；《秦岭记》中那些充满灵性的山水自然、花鸟虫兽，正是秦岭以它博大襟怀养育的生灵万物；《秦岭记》所演绎的世事沧桑，正是世世代代与秦岭相依为命的众生已经经历和还在经历的真实人间。只不过为了方便表达对一座伟大山岭及生存其间的生灵万物生命本体的理解与认知，作者采用了一种既便于想象与抒情，又便于直抒胸臆地表达作者主体意识的灵性抒写方式，让遍布秦岭深处的花草山石、生灵万物都成为作品的主角和自主言说者、表达者。在对秦岭古老文化传统和丰富博大生命本体精神高度认同的前提下，《秦岭记》极具灵性与神性意味的抒写，以及《秦岭记》中众多看似神奇灵异、荒诞玄幻的离奇故事，云蒸霞蔚、扑朔迷离的超自然异象，不仅没有虚化真正意义上的秦岭文化精神和以秦岭为背景的当代生活现实景象，反而让一座有形体，有精神，也有灵魂，有跌宕起伏的历史身世，也有潮起潮落、风云变幻的现实遭际的山岭，显得更加伟岸高大、气血淋漓、真实可感。正如马尔克斯所言，"我相信存在着一种特殊的精神状态，在那种状态下你可以写得轻松自如，思如泉涌"③，弥漫于《秦岭记》的魔幻、神秘、灵异的精神光芒，既是作者刻意营造的便于表达的"特殊的精神状态"和秦岭文化原始状态，也是作者有意为之的言说方式。如果对真正的秦岭有所了解，我们就可以按图索骥，从《秦岭记》里读出一个生动鲜活、丰富多彩、精气神俱佳、万物繁盛、生命繁荣的秦岭。因此在我看来，这部貌似作者随心所欲、从容为之，内容涵盖秦岭天文地理、自然生态、历史宗教、文化精神、生命形态、山川万物的《秦岭记》，才是一部真正意义上的"秦岭志"，一部具有社会、人文、历史和精神认知价值的秦岭之书。

第一，《秦岭记》中的灵异文化，源自秦岭文化本体。秦岭不仅是中国大陆最古老的山脉之一，也是中华文明和中国传统文化的缔造者。早在西周时期，地处秦岭中段的终南山就是中国古代原始宗教修行者云集的家园。老子在秦岭东部余脉函谷关写下后来成为道教经典的《道德经》并在楼观台设坛讲经后，以道法自然、天人合一、万物有灵、万物一体为核心的传统文化精神，便在西起太白山，东到华山的八百里终南仙境扎根发芽，并经由秦岭传播到整个中华大地。后来，随着西域佛教落脚秦岭，诞生于齐鲁的儒家学说在秦岭怀抱的西汉都城长安走上统治中国两千多年的主流文化舞台，以终南山为中心的秦岭成为儒释道及形形色色的中国传统宗教共同争抢的舞台。到了盛唐，与大唐都城长安遥遥相望的终南山密林深处仙道往来、隐修者云集，佛教寺院、道教宫观鳞次栉比，一度形成了蔚为壮观的宗教盛景，并催生了在西方人看来最为神秘的中国文化景观——隐士文化。时至今日，古老的自然崇拜，天人合一、万物有灵、因果报应、转世轮回、生死无常、祸福相依等传统观念，依然根深蒂固地留存在秦岭南北人们的日常生活细节之中。《秦岭记》中诸如竺岳上修成金刚不坏之身的和尚；打了几十年猎的猎人王卯生经历了一次死里逃生的意外事故后不仅收拾起刀枪不再当猎人，还悟出了"爱恨存于无常，生与死只在呼吸间"，"万物都浮沉于生长之门"，人没有理由随意残杀别的生灵的人生哲理和生命哲学；王西来跌了一跤昏迷又清醒之后能看见别人看不到的东西，能知道还没有发生的事情；豆在田儿子那只跛脚猫经道士禳治后因被羞辱以头撞击石碑

而死；等等，《秦岭记》频频出现的种种灵异现象和超自然神秘力量，以及由此生发的关于人间与自然的类似寓言和箴言的哲思与独白，正是秦岭文化本体的形象化表白。

第二，《秦岭记》呈现的自然状态的秦岭，正是自然地理意义上的秦岭。尽管从自然地理和生活相貌看，《秦岭记》里所展现的秦岭仅是以作者故乡商洛及终南山、太白山为中心的狭义上的秦岭，但作品用大量笔墨对秦岭山水形势、物产气候，以及金丝猴、羚牛、银杏、独叶草、水晶兰等动植物的诗意化书写，已经足以涵盖秦岭的自然地理、人文精神和历史与现实。史重阳以毕生之精力上山采药、伏案写作《秦岭草药谱》，既展现了一位沉醉于中国传统医学的太白山草医形象，也反映出秦岭作为"中国药山"中草药丰富多样的现状。草花山顶上两个山泉相距几十丈，却一个泉的水往南流下山，入了长江流域，一个泉的水往北流下山，入了黄河流域，讲的是秦岭是长江黄河的分水岭。还有秦岭温泉、遍布丛林深处的清贫寂静的山间寺院、纵横交织的谷峪古道、山货聚集的山间小镇等，都一如我十多年来一次又一次在秦岭深处往来穿行时所见过的情形，神形俱备、韵味十足。如果用心琢磨，我们还可以将《秦岭记》中很多虚构的地名和现实中秦岭的许多地方相印证。比如作者说白乌山是一块整石形成的，而地质学早已证明华山就是一整块花岗岩形成的；竺岳上的"净水雉"，正是太白山大爷海一带经常出现的净水鸟；青云峡的神秘洞窟，对应的是商洛丹江两岸的"老人洞"（又称"神仙洞"）；山顶有海子且终年积雪的白鹤山，就是太白山；民国时因县长被土匪所杀废弃的老城，正是周至老县城；等等，只要用心揣摩，很多在《秦岭记》里被作者虚化或诗意化的山川地理、自然物产、历史人文，都可以与现实中的秦岭一一印证。

第三，应该是作者刻意为之的灵性写作，让《秦岭记》笼罩着一种神秘灵光，但细心阅读就会发现，《秦岭记》中许多故事和事件皆有来源和出处。如果将其中众多或离奇怪异、或鲜活生动的故事联结起来，我们完全可以将《秦岭记》当作一部秦岭地区数十年乃至上百年变迁史和一幅全景式社会风俗图来解读。比如豆在田说他打猎时发现了老虎的故事原型，应该就是当年被炒得沸沸扬扬的"周老虎事件"；上元坝一夜之间崛起的别墅群白城子由盛而衰掀起的轩然大波，当为至今影响犹在的"秦岭事件"无疑；蝎子镇的兴衰映现的是国家为保护秦岭环境而开展的小煤窑整治事件；秦岭南端漫峪里和茶盐古道豆沙垭风俗不同，语言各异，反映的是明清以来"湖广填陕南"的秦岭移民史。此外，通过《秦岭记》中各色人等不同时期经历的诸如秦岭匪事、民国战乱、农业学大寨、水灾饥荒、包产到户、林权改革、移民搬迁、生态恶化、城市崛起、乡村凋敝等社会与历史事件，我们可以真切而具体地触摸到一座苍茫山岭所经历的世事沧桑和时代风云。而在文化层面，我们不仅能从《秦岭记》具有浓郁表现主义倾向的书写中明确无误地感受到儒释道共居一山、各种原始宗教与复杂多样的民间信仰相互交错的秦岭文化精神的历史与现状，还能从诸如作者对陕南孝歌、婚嫁葬俗、饮食建筑、日常习俗情趣盎然的描述中，获得一座具有特殊文化精神的山岭多姿多彩的文化与生活信息。尤其让我们不能将《秦岭记》作为传统意义上的志怪小说来看待的，是《秦岭记》看似散漫灵异的叙述中所映现的当代社会变革所引发的秦岭山区社会心态与人的精神情感的浮沉变迁。在几近荒废的喂子坪买古银杏树的蓝老板，在经历了令他毛骨悚然的灵异事件后一无所获，空手回到城里时突然发现城里的高楼，是秦岭里的山，街上跑的汽车，是秦岭山里跑出的野兽变的，而城里来往穿梭的茫茫人群，则"三分之一是人，三分之一是非人，三分之一是人还是非人，全穿得严实看不明白"。飞猪寨养猪专业户孙大圣由野猪和家猪杂交养猪改用催肥剂养猪，吃了添加剂的猪长得飞快，妄想像嫦娥一样飞到天上的离奇故事，反映的是市场经济对山里人精神世界的侵袭与污染。西后岔女性一茬一茬外流，男人也因娶不上老婆纷纷外出打工或逃往他乡，留下白痴和残疾人，"他们吃啥狗吃啥，牛干啥他干啥，丧失了尊严，没有了羞耻，连脸也不洗"，这是当今偏远乡村走向凋敝、衰败、衰落的真实写照。独堆山因一棵有六百年树龄的桂树重新修庙塑像，很快形成一座游客如织的旅游小镇，然而，守着寺庙挣钱的山里人却每天白天把鱼鳖卖给香客，晚上又把香客放入老桂树下放生池放生的鱼鳖捞回来第二天再卖的故事，是市场经济冲击下唯利是图、金钱利益至上取代诚实纯朴、人心不古、信仰缺失的社会现实的呈现。一场雷电引发的大火将庙宇化为灰烬，小镇生活重归以往，既是作者有意设置的富于宿命色彩的结局，也包含了作者对当下社会善恶良知、道德失衡的悲悯与批判。"而桂树还在，树上的金黄花蕊在这一夜里全部坠落，地上铺了一层，足有四指厚"的抒写，则是对现代文明冲击下渐行渐远的中国朴素乡土精神情感的深切哀叹。至于魔术师鱼化腾在向大家揭示魔术背后的秘密时发出"真相是永远没有真相啊"的感叹，胡会众小时候脑袋被驴踢后看什么都非黑即白，老信由于一个梦不再做油炸肉芽生意，张姓兄弟因一块意外所得的巨大水晶石反目为仇，以及戴帽山一百一十九岁老人和村长极具哲理地对话，荀门扇能听见树上的花开口说话而且断定许多谎花是树在说谎话，村支书和村长模样的两个有灵魂的稻草人争吵不休等看似魔幻离奇的讲述，无不是作者对当下社会心态、现实人心单刀直入的逼视、揭示、解析与批判。

总之，从文本意义上来说，《秦岭记》既是一部以根植中国传统文化精神本体的灵性抒写，全方位阐释一座非凡山岭文化精神的激情之书，也是一部凝聚了作者基于大变革的时代语境下对当下中国社会心理、世道良心、人心人性、文化精神、情感意识起落浮沉、漂浮不安现实境况的真实感受与把握，对自然万物、生命本体、人类灵魂相互关系哲学意义上的思考与认知的智性之书。唯有如此，面对《秦岭记》里种种神奇诡秘的灵异现象和既真切实在又虚幻缥缈的现实人生，我们才能理解作者《秦岭记》后记中这句话的真正含义："几十年过去了，我一直在写秦岭。写它历史的光荣和苦难，写它现实的振兴和忧患，写它山水草木和飞禽走兽的形胜，写它儒释道加红色革命的精神。先还是着眼于秦岭里的商州，后是放大到整个秦岭。如果概括一句话，那就是：秦岭和秦岭里的我。"正是基于作者"秦岭和秦岭里的我"的写作意旨，我们还可以确认《秦岭记》里其实有两个主角：一个是生生不息、孕育万物、包容万物的秦岭，一个则是借助一座苍茫山岭完成自我表达的作者本人。尽管他们一个在台前、一个在幕后，一个属于自然范畴、一个身处现实人间，但作者富于精神意味的抒写言说，弥漫在《秦岭记》中天人合一、道法自然、万物有灵、万物相容的文化精神，以及作者渴望"把自己写成了秦岭里的一棵小树"的创作意识，不仅让自始至终都并行不悖穿行于《秦岭记》的两个主角物我相融、合二为一，成为难分彼此的整体，作者主体意识与秦岭文化精神的神性相遇，也让秦岭与作者本人在情感、精神、灵魂上相融相通、互相映照，成为相互塑造、互相提升的同一生命体。从这个意义上来说，我不仅认为《秦岭记》是关乎秦岭和作者本人文化精神世界的灵魂性书写，而且由于《秦岭记》对中国传统文化精神的全方位诠释与本体性呈现，我还可以确认，贾平凹是当代中国一位在精神与灵魂上真正理解中国传统文化精髓，且对中国文化传统有切肤体会、深刻认知、真挚感情的真正意义上的中国本土作家。

注释：
① 贾平凹：《山本》，作家出版社2018年版，第522页。
② 贾平凹：《秦岭记》，人民文学出版社2022年版，第261页。
③ 美国《巴黎评论》编辑部编：《巴黎评论·作家访谈1》，上海文艺出版社2015年版，第157页。

作者单位：天水日报社

《秦岭记》的读法，兼谈笔记小说的古典性问题

何亦聪

如果考察贾平凹自20世纪80年代至今的小说创作，《秦岭记》的出现并不令人感到意外。集内作品的语言、人物、思想、意境、趣味乃至偶尔的幽默笔调都是典型贾平凹式的；许多细节皆体现出强烈的互文性——熟悉"商州系列"和《怀念狼》《古炉》《山本》《秦腔》等作品的读者当能对此别有会心；当然，更为重要的是，笔记小说或许是贾平凹的一个情结，在此之前，他已写过一些近似笔记体的作品，他的许多散文也都有笔记小说的韵致，汪曾祺就曾说《游寺耳记》兼有笔记与散文的特点。[①] 可以说，于贾平凹而言，《秦岭记》是一本水到渠成的书，也是一本"渐近自然"的书。但是，对于许多普通读者来说，要轻松地阅读和接受这样一部小说集并不容易，它很可能被视作"素材集"或边角料的堆积。当然，这和笔记体自身的特点有关，古人的笔记写作，本就常常承担着日常素材积累的功能。按照现代的文学观念，小说（尤其是长篇小说）创作应是一种整体均衡的技艺，它要求写作者必须有足够的耐心，使自己变得"简单而笨拙"，不能轻易地弄巧炫才，且不得不为了"整体均衡"而有所妥协。但笔记小说显然大不相同，这是一种"另起的创作"，它甚至需要写作者尽可能地淡化创作意识，从根本上说，它是古典的、自然的，而非现代的、制作的。以下，我将从笔记小说的古典性问题入手，谈一谈《秦岭记》的读法。

一

在中国当代文学史的发展过程中，笔记小说当然不是新鲜事物，老一辈作家如孙犁、汪曾祺、林斤澜，50年代出生的作家如李庆西、何立伟、韩少功等，都有艺术上相当成熟的笔记小说作品。《秦岭记》中的外编"太白山"部分即写于1990年。从某种程度上说，笔记体重新进入现代小说家的视野，与80年代文化寻根的思想潮流有关，人们试图借助这种特殊的文学体例来寻找一种"古典美学"。在与钟本康的一次对谈中，李庆西说中国的古典美学精神并未衰亡，就现代小说而言，其形式的改变主要由外因促成，内在的气脉仍在，新笔记小说就更多地保留了中国的美学精神——也就是"诗的精神"。此说大概可以与近年引起热烈讨论的"抒情传统说"互为参证。韩少功同样强调此种特殊文学形式与"本土资源"的关系，但他从中看到的不是"诗的精神"，而是"文章传统"，他特别提到几位作家的转向：

> 我还想提到张承志、史铁生、陈村等等。这几个作家有一个特点，就是大概有六七年不写小说了，准确地说是不写欧化的小说了。其实他们以前都写过非常欧化的小说，什么意识流，什么荒诞派，都玩得轰动一时。但他们突然都金盆洗手，转而写散文，就是中国古人说的"文章"。"文章"其实有时候也可以叫做"小说"的，明清"笔记小说"里大部分就是这种东西。

为什么会发生这样一种转向呢？在韩少功看来，重要的原因在于他们需要摆脱陈规的束缚，需要更自由、更适合自己的表达方式。在一次对谈中，他又说

到自己看重笔记小说是出于对现有小说形式的不满：

> 我从八十年代起就渐渐对现有的小说形式不满意，总觉得模式化，不自由，情节的起承转合玩下来，作者只能跟着跑，很多感受和想象放不进去。……不过散文化常常能提供一种方便，使小说传达更多的信息。说实话，我现在看小说常有"吃不饱"的感觉，读下几十页还觉得脑子"饿"得慌，有一种信息饥饿。

这里所说的"信息饥饿"十分耐人寻味，它很可能是推动现代小说家选择笔记体的关键因素：一方面，写作者希望更直接、密集地呈现信息、表达思想，当他们的意愿迫切到一定程度时，现代小说所固有的那套艺术规则就成了束缚，正如前文所说的，在这套艺术规则面前，他们需有足够的耐心，且不得不使自己变得简单而笨拙；另一方面，或许我们会发出疑问，既然散文化能为小说传达信息提供方便，何不索性直接写散文？为什么还要饰以笔记小说的形貌呢？事实上，现代散文的写作同样受困于"模式化"问题（相比小说，散文的形势或许更为严峻），创作一篇文化散文、历史散文或抒情散文，其信息密度究竟能达到何种程度，又需消耗多少笔墨在那些无关紧要的起承转合上，也是耐人寻思的。早在1940年前后，周作人就尝试过笔记体散文的创作，其艺术形式几乎完全复归《越缦堂读书记》的那种路子，究其根本，也与"信息饥饿"不无关系。

以上所说，是笔记小说之古典性的一个方面，质言之，笔记小说往往是"信息优先"而非"故事优先"的，它对信息的呈现较其他小说类型更为直接、丰富和芜杂，当然，它也写故事、写人物，只是在其处理过程中，信息的存在总是如此显豁，以致我们会怀疑故事、人物都是为缘饰信息而生——也许最理想的结果是使故事本身变成信息，二者浑融无间，没有丝毫斧凿痕迹，但这样的作品是可遇不可求的。比如在《阅微草堂笔记》中，纪晓岚毁骂宋儒，总要刻画一个迂腐不堪的学究，假托鬼狐之口肆加嘲弄，这就是一种缘饰信息的故事。《秦岭记》里也有类似的作品，如第三十九章写张记糖炒栗子铺的老板从两岔口到蝎子镇开店，蝎子镇因产煤而兴旺，又因整治环境污染而衰落，终于人丁稀少、店铺歇业，这位老板也只能以垂钓维持生计。某日，他钓上一条小鱼，思及故乡情事，恍惚间却听见鱼开口说话："我要回去。"他问回哪去，鱼说："哪儿来回哪儿去。"② 他悚然惊觉，将鱼扔进河里。这就颇有点"托物言志"的意思，是很直接的信息呈现。但总体看来，《秦岭记》要更加复杂，这部作品集实际上容纳了多种体例，有些篇目寓劝惩之意仿佛清人笔记，有些篇目朴拙质雅又似晋宋风度，其他如来自宋明小品、民间故事、宗教寓言的元素，也都十分明显。这些体例不一的作品共同构成了一个文化上的信息传递机制，借助这个信息传递机制，我们才得以了解贾平凹心中的秦岭，了解秦岭文化的多面性。

前文已经说过，笔记小说是一种"另起的创作"，唐宋古文运动以降，文人士大夫都讲究"立言"，立言又须归拢于儒家的道德理想，当这个道德理想越来越严苛、具体时，立言的空间就会逐渐收窄，由此形成一个僵硬、凝固的外壳，一套庸熟、老套的话术。写作者如欲表达自我，便需另辟一个领域——笔记小说的功能即体现在此处。可以说，它所展露的是文学家的内面，并带有一定程度的私密性，比如周勋初就曾谈到古代文人表达思想的两面性，一面是正式落笔著之文字的公开意见，一面则是私下交谈偶尔透露的真实想法，笔记小说的可贵处就在于它不必那么正式，可以容纳更多不便公开表达的真实想法。③ 那么，在现当代文学领域，是否也存在束缚写作的"外壳"与"话术"呢？我认为答案是肯定的。比如人们推崇现实主义的创作原则，但现实主义究竟何所指？该如何确定什么是现实的，什么是不现实的？所谓的现实会不会被定义？这些问题都令人感到疑惑。从这个意义上说，现代的笔记小说也可以是一种另起的、内面的写作。

其实早在孙犁、汪曾祺的笔记小说作品中，我们已能看到上述特点。经历过特定的历史时期，再加上年龄、趣味等方面的因素，他们倾向于选择这种更为散漫、隐晦的方式表达自己，就像汪曾祺所说的："新笔记小说的作者大都有较多的生活阅历，经过几番折腾，见过严霜烈日，便于人生有所解悟，不复有那样炽热的激情了。"④《秦岭记》也可如此理解。当然，贾平凹无意于隐晦表达，他选择笔记体，既与年龄有关，也是出于对更为自由的文学形态的渴望，正如其后记所言："写时浑然不觉，只意识到这如水一样，水分离不了，水终究是水，把水写出来，别人用斗去盛可以是方的，用盆去盛也可以是圆的。"⑤总而言之，用消弭文体界限的方式去建构新的文体，用淡化创作意识的方式去寻求创作的自由，这大概就是《秦岭记》的艺术旨趣所在。

二

在《秦岭记》的创作中，贾平凹所孜孜以求的应是一种高度的艺术弹性，唯其如此，才能将这些体例不一、风格不一甚至思想意蕴亦不尽一致的作品熔为一炉。如前所述，这部作品集并不是那么容易理解和接受的，集中的作品往往缺乏故事性，或横空而来，或倏然而止，有时平淡萧散如同散文小品，有时又离奇排宕仿佛传奇寓言。明人胡应麟曾将小说分为六种类型：志怪、传奇、杂录、丛谈、辨订、箴规（此处所用的小说概念大体是指笔记小说，不包含《水浒传》《西游记》这样的作品）。《秦岭记》体例丛杂，如果眼光不那么苛刻的话，我们至少可以从中发现志怪、传奇、杂录、丛谈的影子。再如《秦岭记》的故事顺序安排，主要依托的是地理秩序，开头写倒流河、白鸟山，随后是喂子坪、广货寨、观音崖、高涧村、星罗峡、葫芦村等，这在传统的笔记小说中也是常见写法，如北魏时期杨衒之的《洛阳伽蓝记》，北宋孟元老的《东京梦华录》，明朝刘侗等人所撰的《帝京景物略》，皆属此类。从艺术效果方面看，地理秩序的引入可以使集内故事之间的关系变得有机化，要而言之，《秦岭记》的实质并不是一部作品集，而是一部有机的作品，其间虽然只有地理秩序在承担线索的作用，却仿佛织就了一张故事之幕，令人目眩神迷。不过，最值得注意的，是作者对"写实"与"写意"两种艺术手法的糅合，这一点可能恰恰是《秦岭记》运用古典性资源最令人称赏之处。

如我们所知，古人所谓的小说，与现代小说概念大不相同，其重心大概不在"说"而在"小"，通常指的是丛残小语、琐屑之言，以此区别于高头讲章、皇皇史册。古代的笔记小说本身极重实录，即使是志怪小说如《幽明录》《搜神记》等，其内容迷离惝恍，亦是以实录而非虚构的态度出之。石昌渝在《中国小说源流论》中指出实录与宗教目的是决定志怪小说性质的两个原则，若娱乐目的取代了宗教目的，却仍持实录原则，即为笔记小说；若实录原则也转为虚构，即为传奇小说。故笔记小说的精神所系，端在"实录"二字，石昌渝对《聊斋志异》的不满亦在此处："故事所带来的可读性只是附属性的；如果追求故事效果而牺牲事物个别的真实性，把本末倒置过来，那么作为笔记小说，它就失去了原来的灵魂，它就变质了。"⑥问题在于，此处所说的"实录"，与我们今天所理解的"实录"也有不同，就像前面所说的，它是一种写作的态度，至于内容是否真实，则是另一回事。须知古人并没有现代小说家这种纯粹的虚构意识，他们至多是采取一种介于写实与虚构之间的暧昧姿态，即所谓"姑妄言之"，而这种有趣的暧昧姿态，在《秦岭记》中也颇有体现。

比如第五章开头写则子湾寨有位名叫史重阳的大夫，行医四十年，辑有《奇方类编》一书，将疾病分作二十七门，各有针对性的方剂。查中国医书，确有《奇方类编》的存在，书中内容亦分二十七门，这二十七门如何区分，以及所收录方剂的数量，也都若合符节，只是其真实作者却是清初湖北一位医学家吴世昌。更有趣的是第五十四章，写康世铭到浦渡一带的村寨里采风，所获有限，后来在一户人家的泥楼上发现了一本手抄的《秦岭草木记》，作者麻天池，是民国时期一个仕途不得意的县长，康世铭花二十元钱买下此书，回到住处翻读，见全书不过三十页，仅前十二页有文字，由此引出一个内嵌的文本（即《秦岭草木记》中的文字）。内嵌文本的使用在古人笔记中极为常见，作者在此处将它变化为一种叙事的技巧，予人实录之感。《秦岭草木记》不见史载，不过，熟悉《山本》的读者都会对这段文字别有会心；麻县长即《山本》中那位熟悉秦岭草木的奇人，他在涡镇期间开始写《秦岭草木记》，差不多记录了八百种草和三百种木，且熟知这些草木的习性。某日与王喜儒闲聊，感叹自己可能也是秦岭的一棵树或一棵草，遂将书房取名为"秦岭草木斋"。麻县长后来又对秦岭中的飞禽走兽发生了兴趣，由此联想到《山海经》——他最后投潭身死，这个兴趣大概未及展开。我们若将《秦岭记》与《山本》对读，就可以发现二者间巧妙的互文性。《山本》的写作风格近于野史⑦，《秦岭记》则更像是用笔记的形式为《山本》做注脚，并将其野史属性进一步坐实。

在传统的志怪小说中，写实与写意并不冲突，前者是态度，后者是笔法，其妙处在于虚实之间的分寸拿捏，《秦岭记》也延续了这一艺术特点。比如第二章故事写蓝老板想要购买喂子坪的一棵古银杏树，好不容易与主人谈妥价钱，又要煞费周章请人挖树、抬树。偌大一棵树，要抬出山去着实不易，请来的十个抬树之人一路上不断要求加钱，后来双方争吵，抬树人索性将银杏树掀到了沟底。蓝老板又气又饿回到城市，却发现之前付工钱给抬树人，找回的零钱皆是冥币。他望着街上人群熙攘、车水马龙，一下子瘫坐地上：

> 他痴眼看看，看出那么高的楼都是秦岭里的山，只是空的，空空山。那些呼啸而来呼啸而去的车辆，都是秦岭里的野兽跑出来变的。而茫茫人群里哪些是城市居民，哪些是从秦岭来打工的，但三分之一是人，三分之一是非人，三分之一是人还是非人，全穿得严实看不明白。

究竟那十个抬树者是人是鬼，我们无从得知，古人笔记中也常有鬼戏弄人的故事，倒也不足为怪。这段话由写实转为写意，从而引发顿悟，妙在点到为止，毫不刻露，其举重若轻处，几乎有魏晋风致，称得上是大手笔。《秦岭记》中还有一些故事仿佛暗含因果报应的观念，如第二十四章写延小盆、陈毛子去山上捕狐，反被狐狸戏弄炸伤了脚；第四十三章写一个姓章的盗挖了一棵红豆杉古树，卖给姓柴的，姓柴的又倒卖给姓封的，后来姓封的被抓，姓柴的开拖拉机侧翻妻子摔死沟底，姓章的则被狗咬死于狂犬病；第五十三章写武来子以阉猪为业，技艺纯熟，某日在山间骑车，恍惚看到路上有一头猪，他躲闪失控而摔落到下面河滩上，性命虽然无碍，却从此失去了性能力。这类因果报应的故事，在清人笔记如《阅微草堂笔记》《子不语》《右台仙馆笔记》中都十分常见，其用意多在劝惩，但是在《秦岭记》中，这类故事却似乎脱离了那种浓重的伦理气味，写实的故事变为写意的笔法，因果的劝惩变为因果的诗学。换句话说，这几则故事并不指向具体的道德律令，而寓示着世界的神秘与苍茫。

三

汪曾祺曾对新笔记小说表示疑虑，他不认为现代的作家可以真的采用古典文体进行创作，更对可能伴随古典文体而生的陈旧思想以及古董气十足的语言风格十分警惕。不过，我认为汪曾祺的这种疑虑与其成长经历、教育背景有关，虽则他不是"五四"一代的文学家，在同辈知识分子中也绝非趋新逐时之人，但他既曾追随朱自清、闻一多等诸位前辈读书，"五四"文化的影响也就自然而然地渗透进思想当中，在内心深处，他始终还是对旧思想、旧文化感到戒惧。相比之下，贾平凹这一代作家面对古典性的态度就要轻松得多，在《秦岭记》里面，那些来自儒释道乃至巫鬼文化的因素已完全化为信手可取的资源，散落在处处细节中，这些资源的背后究竟是历史的包袱，还是文化的遗产，已经不再重要，在贾平凹的笔下，它们就仿佛调色盘上的色彩，如何运使，端系乎作者的心灵世界。其所以如此，可能是因为经历了特定时期的文化断裂，旧的思想、文化已然无法对现代生活构成威胁，不过，更加重要的是，贾平凹对所谓现代生活本身发生了深刻的怀疑——其实早在《秦腔》《古炉》等作品中，他的这种怀疑思想就已经有明显的体现，而到了《秦岭记》里面，怀疑思想更演变为一种撤离意识。在我看来，理解了这种撤离意识，也就找到了走进《秦岭记》精神世界的门径。

何谓撤离意识？从某种程度上说，它比较接近陈晓明近年所提出的"晚郁风格"概念，指的是写作者在年龄、经历达到一定阶段之后，产生了一种对现实世界的疏离感，由疏离而至撤离，他们不再执着于如何通过创作去介入生活，反而倾向于在作品中创造一个可以安顿心灵的异世界。我感觉王安忆近十余年的小说如《天香》《匿名》《考工记》《遍地枭雄》等，都隐约表现出了这种撤离意识。贾平凹则更为明显，秦岭就是他的异世界，是与西安城里热辣辣的现实生活完全不同的另一个世界，他要逐渐地从西安撤退到秦岭去，因为只有在那里，他才能感受到真正的沉静、完满。在《秦岭记》的第五十七章故事中，贾平凹假托立水的思考道出了这个异世界的底蕴。立水是生活在秦岭山间的一个少年，"生得棱角崭然，平和沉静，时常冥想"，他在启山上的仓颉书院读书，有着旺盛的求知欲，举凡哲学、音乐、文学、美术等知识，都有所涉猎。随着思考与观察的深入，他似乎终于理解了眼前的世界：

> 他似乎理解了这个世界永远在变化着，人与万物沉浮于生长之门。似乎理解了流动中必定有的东西，大河流过，逝者如斯，而孔子在岸。似乎理解了风是空气的不平衡。似乎理解了睡在哪里都是睡在夜里。似乎理解了无法分割水和火焰。似乎明白了上天无言，百鬼狰狞。似乎理解了与神的沟通联系方式就是自己的风格。似乎理解了现实往往是一堆生命的垃圾。似乎理解了未来的日子里，人类和非人类同居。

在故事的最后，立水坐在启山上，望着秦岭海涛般的起伏山峦，活成了岭上的一棵若木、一块石头。不难猜测，立水的原型应该就是作者本人。这个故事的有趣之处在于，作者区分了两种知识：一种是自然的知识，日出而作日落而息，在日升日落、年复一年的劳作中，人们形成了关于世界、关于生活的朴素认知；另一种是制作的知识，它始于仓颉造字，终于发展为一套复杂、精密、清晰的现代知识体系。小说描写山民们众声喧哗、歌哭笑骂的生活消失在仓颉书院的钟声之中，这意味着制作的知识取代了自然的知识。然而，通过对制作知识的学习，立水却回向了自然知识，这个巧妙的安排透露出作者深层的思考：现代生活的根基是基于制作知识而产生的理性，但是，理性并不等于智慧，智慧也未必可以通过理性、知识而习得。在很多时候，人的理性、计算越精密，距离真正的智慧就越远。

《秦岭记》中的许多故事，其实都是在讲上面的道理。如第五十章写黄石乡的政府干事王子约到芒崖村兼任村长，苦于工作繁难，想要在村里物色一个副村长。他对相关人选的考察完全是出于工作方面的考虑，并不徇私弄权，村里人却因争做副村长而引发了种种争斗，他们互相告状，甚至发生了群殴事件。最后王子约看中了采药的小伙汪中保，汪无心于此，只想与倾慕的姑娘早日结婚，王子约便出了一个主意，既考验汪中保的智慧，也趁机点拨于他，结果导致汪中保恋爱失败，灰心之余去了城里打工。在故事结尾，王子约已在芒崖村做了三年零五个月的村长，到底没能选中一个副村长，村民联名写信给乡政府要求罢免他："谁身上没有好的东西和坏的东西？而王子约老是引逗别人身上坏的东西出来，他也就是个坏人。"⑧这封信写得饶有意趣，它不像是村民的口吻，倒像是作者借机而发的警世格言。王子约称得上一位负责任的干部，但他越是一心要对村里的工作负责，事态就越是向相反的方向发展，可见人的理性、规划在生活的"自发秩序"面前是多么无力。

又如第十七章，写草花山上住着段、钟两户人家。段凯没有妻子儿女，不修边幅却勤于农事，每日在地里干活，饮食生活都十分单调，对城市里的新鲜事物从不感到好奇。钟铭则恰相反，他耽于想象，头脑灵活，早早地就跟着人去城市里务工，家里又陆续添置了收音机、压面机、缝纫机、手电筒、电灯、电视机等。某日钟铭回了家，去担水熬南瓜，路过段凯的土豆地："却见段凯靠着土豆堆，嘴里还噙着烟锅子，睡着了。睡着了的段凯，头和土豆一个颜色，那头就是一个大土豆。"⑨这是一个几乎完全没有故事性的小说，作者只是描写了两种生活态度：一种是做加法，另一种则是做减法。作者的倾向也十分明显，他向往后者——理想的生活态度就是按照最基本、最低层次、最接近本能的需求去生活，饿了吃饭，倦了歇息，舍此而外，别无什么欲念，唯其如此，才能"渐近自然"。小说写段凯的头"就是一个大土豆"，看似揶揄，实则是赞赏。活成一颗土豆，就如活成秦岭上的一株树、一块石头一样，是将身心融进了自然。

《秦岭记》中的故事在在显示出自然的瑰玮莫测与人力的渺小可怜。勇猛强悍如奇人孙我在，武艺高强罕有其匹，却死在一根小小荆刺上；混沌度日如陈冬，给人哭丧为生，却熬过了饥荒和政治运动，送走了一茬茬的人。从某种程度上说，《秦岭记》中表现出的这种撤离意识，确实令人想起沈从文和他的一系列作品。如果说沈从文的作品对"五四"时期的启蒙思想构成了一种反思的话，那么，贾平凹的作品则是对20世纪80年代的启蒙思想构成了反思。启蒙思想的核心观念认为理性可以引领我们走向正当的生活，而且，理性是人性中最本质的要素。既然如此，为什么我们还会长久地生活在蒙昧之中呢？那必定是因为某些因素遮蔽了理性。因此，启蒙知识分子总是批评那种因循守旧、顺从自然的生活态度，而主张人为的、有目的的、积极向上的生活态度。如此说来，贾平凹的撤离，就不仅是从现代生活中撤离，更是从内在于现代生活的那套启蒙价值观念中撤离，在秦岭的山水草木中，他终于找到了一种恒常、素朴、接近本质的生活。

注释：

① 汪曾祺在《随笔写生活》一文中这样写道："笔记小说一般较少抒情……贾平凹的《游寺耳记》是小说么？这是'笔记小说'吗？这是一篇游记，一篇散文。然而'笔记'和'散文'从来就是'撕掳不开'的，笔记小说多半有点散文化。……我们要不要把《游寺耳记》从'新笔记小说'中开除出去？不一定吧。"
② 贾平凹：《秦岭记》，人民文学出版社2022年版，第119页。
③ 周勋初在《唐诗纵横谈》中这样写道："文人的态度，常有这种情况：每当他们正式落笔著之文字时，往往是一些可以公之于世的正面意见，而当他们私下与人交谈时，却常是透露出内心的一些真实想法来。这就是笔记小说之类的著作可贵的地方。"
④ 汪曾祺：《不要着急》，宁波出版社2019年版，第305页。
⑤ 贾平凹：《秦岭记》，人民文学出版社2022年版，第261页。
⑥ 石昌渝：《中国小说源流论》，生活·读书·新知三联书店1994年版，第213页。
⑦ 陈思和曾用"民间说野史"形容《山本》，又解释"山本"二字云："山是指秦岭，但根据前面所引题记叙说，秦岭又不是秦岭本身，它熔铸了一部家国痛史；本即真相，也是根本之本，本来应该是隐藏在世间万象演化之中，并没有真相，作者既然想说出他所感悟的历史真相，那也只能是依靠世间万象演化本身，在贾雨村言中透露甄士隐隐去的某些故事。"由此可见，贾平凹早在创作《山本》时，已有意模糊虚构与写实的界限。
⑧ 贾平凹：《秦岭记》，人民文学出版社2022年版，第153页。
⑨ 贾平凹：《秦岭记》，人民文学出版社2022年版，第52页。

作者单位：山西大学文学院

横看成岭侧成峰

——《秦岭记》的一种读法

刘 超

从 1972 年始，贾平凹离开商州已经半个世纪之久。然而，卜居长安的他却始终是以故乡商州来作为他的文学根据地的。众所周知，其早期的成名作多围绕着商州人事而写，半个世纪后，《秦岭记》再一次将笔触转向了"秦岭"。如贾平凹所言，实际上他一生都在写秦岭。从商州到秦岭，乍看上去是贾平凹文学版图的扩大，实际上自"商州系列"始，以一地隐喻或象征整个中国和人事的野心、抱负在贾平凹的创作生涯中从来没有停止过。其系列作品即最充分的证据——《浮躁》刻画的是时代变革中国人的迷茫，《废都》描绘的是市场经济转型期间城市的萎靡，《秦腔》叙述的是城市化进程中乡村的凋敝——贾平凹的这些长篇都准确地捕捉到了时代律动的脉搏。

及至《秦岭记》，我们却很难发现其中有作者"补史之阙"的意图。小说主体由五十七章故事构成，没有连贯的故事情节，没有一以贯之的人物形象，没有特定的时代背景。倒流河、白鸟山、红崖峪、西固山等秦岭中的山川依次出场，生活在其间的各色人等也依次亮相——由于各个章节间并没有统一的故事脉络，作者因此能够在将秦岭的山川河流、草木虫鱼娓娓道来的同时，穿插各类故事和人事。以往中国文学对时代精神的强调，往往与典型的矛盾冲突、典型的人物等宏大叙事联系在一起，从而成为一种相对固定的文学表现时代的模式。在贾平凹文学生涯早期，《浮躁》《腊月·正月》等作品还没有摆脱这种模式的影响和束缚。《浮躁》之后，贾平凹开始摸索出一种"个人化""民间化"的艺术表现方式。《废都》用来"安

妥我破碎的灵魂"，《秦腔》用来"为故乡树起一块碑子"，这两部作品一前一后成为贾平凹在"个人化""民间化"道路上的集大成之作。也正是这两部力作，最典型地表现出了现代化、全球化大背景下，美丽而又丑陋、欣慰而又痛苦的民族精神文化心理裂变过程。在贾平凹的诸多长篇中，《病相报告》《白夜》《老生》先锋而魔幻，《浮躁》《高老庄》《高兴》《秦腔》《古炉》倾向于现实主义，《废都》《怀念狼》《山本》则介于这两种风格之间。最新出版的《秦岭记》却更接近中国传统笔记小说的样貌。简而言之，贾平凹文学创作的异质性，是在文学内容与形式的同步翻新中形成的。

《秦岭记》中既有《庄子》式的看似荒诞不经的寓言文体，又借用了《东坡志林》中实录人生和俯仰天地的笔法。然而，《秦岭记》毕竟是小说，所以其在神韵上也就更接近中国古代笔记小说。换句话说，这部小说既有《山海经》《聊斋志异》等中国传统文学的基因，也蕴含着作家生于斯长于斯的生命密码，其境界开阔深远，其笔法摇曳多姿。

一

可以说，贾平凹的文学创作在某种程度上可以被看作整个 20 世纪中国社会历史进程的缩影乃至"编年史"。在其诸多长篇小说中，《浮躁》描绘了改革开放浪潮中社会各方面在破与立、新与旧之间挣扎求变的曲折历程；《废都》展现了 90 年代市场经

济转型给人带来的精神上的冲击，以及由此所造成的知识分子陷入的虚无颓废的精神状态；《怀念狼》刻画了世纪末人与自然的冲突和人的异化；《高老庄》《秦腔》对2000年前后农村在城市化进程中表现出来的凋敝状态进行了一览无余的揭示；除了对新时期社会转型中的重大社会事件有所描绘外，长篇小说《古炉》将笔墨集中在"文革"这一历史悲剧上；《老生》《山本》则主要着眼于民国至1949年前后的微末民生；《高兴》《带灯》《极花》等作品对农民进城、农村扶贫、拐卖妇女等新世纪社会重大问题也有所聚焦；《白夜》《土门》《高老庄》《怀念狼》《古炉》等多部长卷，或者书写90年代后期的历史，或者将目光聚焦到1949年后的特殊历史时期。用作者自己的话说就是："小说在我心目中就是梳理历史，梳理现实，我就是通过小说来梳理中国的历史和中国的现实的。"①

《秦岭记》与贾平凹此前的长篇小说相比，最明显的一个区别是现代小说性的淡化，看上去更接近散文甚至文章。《秦岭记》外编一实际上是写于90年代的《太白山记》，外编二则收录了作者2000年前后的六篇作品。这其中不乏地理志、人物志、风俗志、草木虫鱼之事以及一些光怪陆离的离奇故事。在《秦岭记》中，秦岭中的地理、动物、植物、宗教、神话、传说与人物一道成了故事的主角。其实早在贾平凹90年代的《太白山记》乃至更早的《商州三录》中，已经有了这种笔记小说的明显迹象。只不过，《商州三录》更多的是被学界视为散文。《太白山记》虽然也是作者当作超短小说来写的，但其中的二十篇更容易被当作散文。《秦岭记》中，《太白山记》等旧作以外编的形式出现，既表明《太白山记》等早期作品与新作《秦岭记》正篇在内容、结构、语言上具有赓续和发扬的关系，又可以从中窥探出贾平凹创作风格的转变。笔记小说在中国早已有之，贾平凹的早期作品如《商州三录》等也显露出了笔记小说特征，但规模出现和完整呈现还是在《秦岭记》中。

作为长篇笔记小说，《秦岭记》最重要的价值或许还在于丰富了贾平凹长篇小说在结构形式上的创新。与通常意义上以矛盾冲突为中心的长篇叙事小说相比，贾平凹的长篇小说在故事之外，尤善记录地理、物产、历史、经济、文化、风俗等，这使得他的长篇小说呈现出类似于博物志（如《山海经》）和野史笔记的特征，这在《山本》《老生》《古炉》三部作品中尤为明显。到了《秦岭记》，这种特征继续被放大。贾平凹坦言，《秦岭记》不可说成小说，散文还觉不宜，且正篇中的五十七章皆为短制，内容上既有志人，也有志怪、志物。虽然《秦岭记》各篇之间并无任何关联，但所有故事都根植于秦岭——看似毫无牵连且无固定时代背景的故事都发生在秦岭的山川河流之间，使得《秦岭记》的所有故事最终都回归到秦岭这个主题意象上。

因此说，秦岭里没有闲草，《秦岭记》中也没有闲笔。这种结构方式，稍显散漫的同时，又体现出一种"苦心经营的随便"，即"大象无形、大音希声"的艺术追求。在《秦岭记》中，故事主体分为五十七章，各章多则两千余字，少则两百余字，且各章内容上有天壤之别。开篇写宽性和尚在竺岳之巅修建小庙的故事，第二章写蓝老板在喂子坪收购银杏树的故事，第三章转为志人，讲述了魔术师鱼化腾的一生。第四章、第十五章则近乎寓言，诡谲浪漫。各章之间，呈现出一种风马牛不相及的样态。然而，这些或诡异离奇，或荒诞不经，或充满哲理意蕴的故事都发生在秦岭的山川河流之间。这样一来，就使得《秦岭记》五十七章之间看似前后无涉，但又营造出一种浑然一体的艺术气象。

迄今为止，贾平凹的长篇创作几乎穷尽了长篇小说在叙事方式和结构上的可能。《浮躁》在写法上与《创业史》的现实主义有所接近，《浮躁》之后，为克服现实主义创作方式对其心性之限制，贾平凹引入中国画之技法，以开启文章作法之新境界。《废都》标志着贾平凹以表现主义为主要艺术追求来进行艺术想象和结构小说的转型,《秦腔》和《古炉》证明了这一转型的成功。《病相报告》以訾林、景元、江岚的视角结构全篇,《带灯》则采用了书信体,《土门》《极花》《怀念狼》《高老庄》《高兴》等作品在叙事方式和结构上也是各有其貌,各显其形。

二

《秦岭记》中的故事并非空穴来风,其中既有作者的亲身经历,也引入了一些影响一时的社会事件。如第八章写了一个叫豆在田的人谎称发现了老虎,这个故事就有众所周知的故事原型:2007年,陕西安康一个叫周正龙的人宣称发现了华南虎,并且公布了照片,随后陕西省林业厅奖励了周正龙。一年后,安康市中级人民法院宣判周正龙犯诈骗罪,判处有期徒刑一年零六个月。原来,周正龙的虎照是他伪造的。第十三章写王长久质问政府在秦岭违法乱建的事情,这个故事情节取材于2019年轰动一时的"秦岭违建别墅案"。两者都曾是惊动了全国、闹得沸沸扬扬的社会事件。其他篇章中的故事情节很多也都有迹可循,如第三十九章写因国家整治环境污染,蝎子镇衰败,第四十一章写少阳山人因原本是烂草的蕙竟然是城里人所说的兰花而全成富户,等等。

所以说,《秦岭记》中的故事并不是作者于书斋中蹈空想象出来的,而是有着极强的现实依据。一直以来,贾平凹都有这种在小说中安插一些荒诞离奇的社会事件的本领。如《怀念狼》中记述了90年代轰动全国的"商洛杀人案件",《极花》叙述了拐卖妇女现象,《高兴》中刘高兴"背尸还乡"的故事也有实际出处(但《高兴》的出版早于随后上映的电影《落叶归根》),《高老庄》《秦腔》《带灯》等作品也都程度不等地涉及了一些社会重大事件或热点问题。

《秦岭记》是对荒诞现实的抓拍。在《秦岭记》中,这些荒诞事件成了故事内容主体,被作者举重若轻地安插在各个章节。由此可见,作者在追求小说寓言化的同时,依然没有离开对现实的密切关注。或者可以说,《秦岭记》最可贵的地方依然是指向当下的现实乱象,指向世道人心。虽然《秦岭记》很容易被看成志异或志怪小说,但现实关怀和人性揭示依然是它最重要的底色。实际上,贾平凹此前的作品一贯都是以敏锐地感知时代变革而见长的。不同在于,到了《秦岭记》,作者采取了化整为零的方法,不再着力于一时一事,所以就很难窥见其"补史之阙"的意图,而且其情感不再是《浮躁》《废都》《秦腔》中的力透纸背式的直书,而变为隐而不发不着痕迹。这与作者文学观念的变化相关,也是当下的社会氛围及国人精神状态的变化所致。正如作者所说的:"汉语言文字那么博大丰富,如何以巨大的真诚,尽最大的努力,纯真地,准确而精彩地表达现代中国人的生存状态和精神状态,永远是我的课题和目标。"②《秦岭记》内容上的紧贴现实,显现出强烈的社会关怀意识;而形式上的笔记小说体例,也恰恰契合了时下国人碎片化阅读的趋势。

考察《秦岭记》中的人物,有两类人很值得注意,一类是前文提及的豆在田、王长久式的患上"谵妄症"的孤独者,一类是陈冬、跛子这类无依无靠可有可无的乡村"零余者"——他们是今日中国乡村的"剩余者",也是传统文化的坚守者,同时他们也象征和隐喻着乡村的生存困境——在时代中终结和落幕的命运。所以说,《秦岭记》看似在志怪和志异,却敏锐地感应着时代的神经。无论是对荒诞现实的聚焦,还是对人和自然关系的反思,《秦岭记》最终的着眼点还是生活在秦岭中的人。在贾平凹的笔下,乡村社会的式微和终结似乎是不可避免的,然而地理空间意义上的秦岭永远横亘在那里,变动不居的只是生活和生长在其间的生灵万物,人不过其中之一。于是在正篇最后,立水"似乎理解了秦岭的庞大、雍容,过去是秦岭,现在是秦岭,将来还是秦岭"③。乡村凋敝和人事的急剧变迁,却佐证着秦岭的不变和永恒。由此,秦岭不仅在地理空间意义上是永远的存在,在文学意义上也成了一个精神图标,既容纳着实有的人和万物,也让作者通过文学返回自己的精神故乡。

值得注意的是,《秦岭记》外编之一《太白山记》中的诸多篇章也将重心放在对时人之恶德的批判上。在《太白山记》中,《猎手》讽刺了人之兽性,《香客》讽刺了人之主体性失落,《村祖》讽刺了人之性恶。这个解读出自《太白山记》在《上海文学》发表时贾平凹署名金吐双附在文末的文章,这是贾平凹创作意图的表白。虽然贾平凹在这篇名为《〈太白山记〉阅读密码》的文章中强调的是《太白山记》的多义性和开放性,但是,《太白山记》给读者最直观的感受除了其中的哲学意蕴外,更多的是《猎手》《香客》《村祖》中的讽刺和批判意味。陈思和在分析《秦腔》时表明,贾平凹是自觉走出"五四"以降以鲁迅为代表的启蒙传统的作家之一。同时,陈思和也指出,贾平凹是将自己隐身于民间从而揭示民间生活中蕴藏的真正力量所在。换句话说,贾平凹的文学作品中始终富含现实关怀的意味。在某种程度上,我们也可以将这种关怀视为"启蒙"。只不过,贾平凹文学作品中的启蒙不同于"五四"一代作家们居高临下式的批判讽刺,更多的是置身其中自剖其心式的检省与反思。这一点在《太白山记》和《秦岭记》中均有体现。所不同的是,写于90年代的《太白山记》中不时出现的"尖刻"的讽刺,在《秦岭记》中多转化为不露声色的客观呈现了。

阅读《秦岭记》,也能明显感觉到贾平凹文学创作与他的阅读经验之间的密切联系。通常来说,《老生》与《山海经》,《废都》与《红楼梦》《金瓶梅》都是可以对读的。《秦岭记》亦然。作品中的故事除了取自现实生活之外,也不乏取材自作者的阅读经验的部分。如第六章写猎人王卯生跌落悬崖被救后收拾刀枪,不再打猎。紧接着,作者发问道:"人与万物都沉浮于生长之门,岩羊的肉鲜美,狐狸有好皮毛,羚牛和麝有牛黄和麝香,人就可以去杀害吗?"④此段对应《东坡志林》中《书南史·卢度传》一文记载的故事:"予少不喜杀生,然未能断也。近年始能不杀猪羊,然性嗜蟹蛤,故不免杀。自去年得罪下狱,始意不免,既而得脱,遂自此不复杀一物……非有所求觊,但以亲经患难,不异鸡鸭之在庖厨,不忍复以口腹之故,使有生之类,受无量怖苦尔。"⑤第十五章写秦王山上两棵桦树最终被盗伐者用桦木制成斧柄的斧头砍倒,类似的故事也见于《伊索寓言》。这两则故事都发生在今日的秦岭,从中却能瞥见作者化用阅读经验的痕迹。时殊世异,在人类与自然的关系日益紧张的今天,《秦岭记》中的这两处用典无疑也是切中时弊的。

三

以秦岭为界,北有《诗经》《史记》,南有《楚辞》。王国维说:

> 我国春秋以前,道德政治上之思想,可分之为二派:一帝王派,一非帝王派。……前者大成于孔子、墨子,而后者大成于老子。故前者北方派,后者南方派也。……夫然,故吾国之文学,亦不外发表二种之思想。然南方学派则仅有散文的文学,如老子、庄、列是已。至诗歌的文学,则为北方学派所专有。《诗》三百篇,大抵表北方学派之思想者也。

陈思和也有类似看法。他在《民间的浮沉——对抗战到"文革"文学史的一个尝试性解释》一文中说:"大传统为上层社会知识分子的精英文化,它的背景是国家权力在意识形态方面的控制能力……而小传统是指民间(特别是农村)流行的通俗文化传统……它拥有来自民间的伦理道德信仰审美等文化传统,虽然与封建文化传统有着千丝万缕的联系……但具有浓厚的自由色彩,而且带有强烈的自在的原始形态。"⑥无论是北方派与南方派、帝王派与非帝王派,还是大传统所代表的精英文化与小传统所代表的民间文化,其内涵实际上和我们常说的载道与言志互相对应，具体到小说创作中，也就形成了两种叙事伦理：人民伦理的大叙事和自由伦理的个体叙事。

而贾平凹通过写秦岭历史的光荣和苦难，写它现实的振兴和忧患，写它山水草木和飞禽走兽的形胜，写它儒释道加红色革命的精神，实际上很好地调和了帝王派与非帝王派、南派与北派、大传统所代表的精英文化与小传统所代表的民间文化之间的诸多矛盾。不过，其创作生涯之初的《鸡窝洼的人家》《腊月·正月》以及后来的长篇《浮躁》等作品中的"人民伦理的大叙事"气息还是相当浓厚的。正如谈及作家的写作背景和文学传承时贾平凹坦诚所言："革命文学、红色文学、中华人民共和国成立以后'十七年'文学，有人继承这，学的是中华人民共和国成立后'十七年'文学的写法，我也写过这，比如说《浮躁》就是这种写法。"⑦从标志贾平凹风格转变的《废都》中，我们可以看见作家在思想旨趣、叙事技巧、人物形象刻画等各方面向个人化、民间化做出的调整。这种努力，随着《秦腔》《古炉》的问世，已臻于化境。

商州位于秦楚之间，贾平凹也因此得以采南北文风、世情之长。费秉勋认为，贾平凹有着文秀温雅的南国气质，也具备关中人厚道的一面，商山丹水培育了他诗人的气质，经黑龙口流入的关中民俗也制约着他的情思。《秦岭记》中，既有写实的一面，又有波谲云诡想象力充沛的一面，即是印证。在贾平凹眼中："中国的历史、中国的文明，相当部分都发生、形成于秦岭里和秦岭的周围，这里有中国人观照认知天地、自然、生命的思维，有其生存之道和智慧，它神秘幽深，广大精微。社会发展到现在，如何以中国的、世界的眼光审视秦岭、观察秦岭、思考秦岭，又如何站在秦岭里观察中国、观察世界、理解中国、理解世界，《秦岭记》就是在这两种角度的转换中。"⑧通过一系列作品的锐意变革，贾平凹最终克服了"南"与"北"的差异和矛盾，继而由商州到秦岭，壮大其文学版图的同时，给我们描绘了一个立体的多维中国社会图景。

可以说，贾平凹笔下的秦岭一如陀思妥耶夫斯基笔下的圣彼得堡、巴尔扎克和雨果笔下的巴黎、乔伊斯笔下的都柏林，都足以让我们指认其所隶属的民族和国家。

鲁迅晚年写《故事新编》时自省自己曾陷入过油滑，然而"油滑"与正襟危坐之间形成的强烈的反讽意味却成了《故事新编》的最大特色。贾平凹在《秦岭记》的后记中也明确表示，"所写的秦岭山山水水，人人事事，未敢懈怠、敷衍、轻佻和油滑顺溜"⑨。《秦岭记》退去了《太白山记》中的"尖刻""凶狠"，其间的故事也变得"平淡"了许多。从修辞立其诚的角度看，《秦岭记》努力杜绝了"油滑"。然而，作为一个高产的作家，贾平凹的众多小说难免在故事情节、语言句子等方面有重复。《秦岭记》也不例外，外编一最后一则故事《父子》中，儿子与父亲事事相拗，父亲担心自己死后儿子仍然忤逆他，就反语说自己想埋在尖峰，儿子却信以为真；《秦岭记》开篇中的黑顺父亲知道黑顺向来逆反，去世前叮嘱儿子把他埋在河滩，黑顺因一生忤逆父亲而感到悔恨，这一次便顺从了父亲。这两则故事有很大的相似性：儿子最终都尊顺了父亲，却也因此违背了父亲的真实意愿。

然而，《父子》中的故事到此倏然而止；《秦岭记》中的黑顺却自此幡然醒悟，最后厮跟了宽性和尚。宽性和尚向往着在竺岳之巅再建一个小庙，可是生前二十年内未筹得一砖一椽。离奇的是，宽性和尚死后肉身不腐，民众以为他修炼成了金刚不坏之身，为其在竺岳崖窟前修筑了一座小庙。宽性和尚圆寂后是由黑顺背回竺岳的，可以说，两个人共同完成了在竺岳之巅修建寺庙的宏愿。用世俗的眼光看，黑顺无疑是功德圆满的。《父子》中的故事突然画上句号，流露出一种怀疑的虚无感；黑顺的故事则对人生的意义和价值给出了肯定的答案。从这两则故事的同与异中不仅可以窥见贾平凹人生态度的转变，也可以看出其文学创作在旨趣、境界、风格上的演变轨迹。在《浮躁》的序言中，贾平凹表示："艺术家最高的目的在于表现他对人间宇宙的感应，发掘最动人的情趣，在存在之上建构他的意象世界。硬的和谐，苦涩的美感，艺术诞生于约束，死于自由。"⑩《秦岭记》既退去了《浮躁》中的苦涩，亦无《废都》中的深文隐旨，在内容和形式上均显现出目无全牛奏刀䯅然的自由境界。如果说，贾平凹早期的"商州系列"只涉及秦岭的一沟一壑的话，那么后来的《浮躁》到《怀念狼》《秦腔》《古炉》《山本》和最新出版的《秦岭记》等围绕秦岭南北所展开的故事则完成了对秦岭千沟万壑的描绘。在这个意义上可以说，及至《秦岭记》，贾平凹的文学创作为我们构建了一个立体的多维中国社会图景。

注释：

① 贾平凹、韩鲁华：《天地之间：原本的茫然、自然与本然——关于〈山本〉的对话》，载《小说评论》2018年第6期。

② 韩寒：《写秦岭，也是写中国》，载《光明日报》2022年6月4日。

③ 贾平凹：《秦岭记》，人民文学出版社2022年版，第179页。

④ 贾平凹：《秦岭记》，人民文学出版社2022年版，第19页。

⑤ 舒大刚、曾枣庄主编：《苏东坡全集》第8册，中华书局2021年版，第4022页。

⑥ 陈思和：《民间的浮沉——对抗战到"文革"文学史的一个尝试性解释》，载《上海文学》1994年版第1期。

⑦ 贾平凹、韩鲁华：《天地之间：原本的茫然、自然与本然——关于〈山本〉的对话》，载《小说评论》2018年第6期。

⑧ 韩寒：《写秦岭，也是写中国》，载《光明日报》2022年6月4日。

⑨ 贾平凹：《秦岭记》，人民文学出版社2022年版，第262页。

⑩ 贾平凹：《浮躁》，译林出版社2015年版，第3页。

作者单位：西北大学文学院

批评圆桌

秦岭：自然灵性与世俗人性的共生地带
——关于贾平凹《秦岭记》

罗文婷

贾平凹的《秦岭记》，以秦岭西起的倒流河与白鸟山（文中虚构地名，下同）为发端，中间勾连散落在这条"大地之脊"的数百山崖沟峪、乡镇村寨，最后落笔于秦岭东段的洛水与启山，让读者读罢犹如听见山间回荡的阵阵钟鸣，绵长肃穆，最终又归于平静。以山为空间，水为时间，贾平凹写尽秦岭的草木花树、百兽精怪、魑魅魍魉、世情人生，在为秦岭撰写地方志的同时企图向人们传达道法自然，人亦在其中的宇宙观。

《秦岭记》被定义为长篇笔记小说，实则是五十七个短小故事的集结，作家自觉承袭了魏晋六朝志怪小说质朴简淡的笔记体写法，重实录而少文饰，挑拣乡野异事而不作道德教化。和《山本》对比，贾平凹此番做了大量减法，没有了错综复杂的历史叙述和戏剧冲突，只以工笔刻绘秦岭的山川人物志。每节故事前，先点明地理位置（如"从仓荆到马池关三百里的古道上""月亮垭一带""班干河往南八十里""秦岭南端的漫峪里"），带读者进入这方地界之后，再讲述具有神异色彩的自然草木与村寨传奇，不缓不急，娓娓道来。在这里，贾平凹已然化身为《山本》中那个撰写《秦岭草木记》的麻县长，不仅写了秦岭的草木记，还收录动物记、人物记，多方面呈现秦岭的混沌磅礴。

如幽灵一般的水晶兰，向往嫦娥奔月的猪，长着人脸的獾，能照出心相的罅水，从山顶滚落又裂开的巨石……自然万物各有特性又共生共存，成为贾平凹笔下充满灵性的秦岭文化意象。而草木百兽有了灵性，就会成精成怪，幻化成形体甚至有了人的品格。经过作者的想象与加工，秦岭的自然万物打通物性与神性的界限，拥有了非神秘力量不能解释的超现实色彩。以购移奇花异木为产业的蓝老板，因看中一户人家的古银杏，误入一个精怪世界：院子里的家具摆件，转眼成了会动的山林野兽，那说话的房东究竟是老头还是一块树根？抬树的人把树掀进沟底，退回的钱竟全是冥票。在真假虚幻之间，返回城市的蓝老板已辨别不清窗外是高楼还是空山，是车辆还是野兽，是人还是非人。这个奇幻画面，颇似《聊斋志异•画壁》中朱孝廉被壁画中一垂发少女吸引，而后进入画中幻象的现代复归。其他故事中出现的与人说话的鱼、帮人遮掩身体的鹅、有灵魂的稻草人，都是秦岭山林间自然生成的蓬勃生命，也是贾平凹营造其万物有灵的意蕴空间的主体。

读到这里，《秦岭记》似乎就是一篇关于博物杂闻的逸闻录。然而，秦岭不仅是自然生灵的活动领地，也是秦岭人祖祖辈辈赖以生存的土地。若说花鸟虫鱼因有日月精华的滋养而渐通灵性，那么沾染了世俗世情的人性就是人的神性与魔性的缠绕。作家以人的不同面刻画了对应形象，宽性和尚、名医史重阳、"活神仙"老汉、老道士等人行善积德，因此被秦岭人视作高人，被赋予神性意义；捕杀野生动物的猎人、过度开采资源的村民、改河修田的干部，他们为了金钱利益而践踏秦岭的自然生物，在世俗欲望的膨胀中暴露人性邪恶魔性的一面。此外，还有一类似神又似痴呆的傻子形象，他们说着村人听不懂的疯话，但这些似疯话的预言最后往往会成真。捞娃们被正常人视为傻子，只是因为其充沛的想象力和求索万物的精神无人理解，久而久之，最接近神性的人也被环境压抑成了傻子。所谓的人之不同面，就是人的自然神性逐渐克服物欲魔性所呈现出来的复杂面貌。这也即贾平凹所说，"人之所以不能变成鸟与鱼般的飞翔腾跃，是灵魂受困于物欲追求，而为了满足自我的需求去挣扎、恐惧、争斗"。一个人只有达到忘我，也即无欲无求的境界，才能实现真正的自由。在这一过程中，人除了要对他人怀有爱心，也要理解天地万物与自我的关系。

从《怀念狼》《老生》到《山本》《秦岭记》的秦岭题材叙事，贾平凹似乎一直在尝试打通自然与人的界限。在他逐渐建构的秦岭世界里，秦岭展现的不仅是山川地势造就的磅礴气息，更是生生不息的生命力量与万物平等的价值尺度。于讲述故事之外，作者呈现与思考的是道法自然的宇宙观和因果报应的自然定律。贾平凹深受道家哲学的影响，他曾不止一次表达过，"在这个天地间，植物、动物与人是共生的"，自然与人类平等并置，才能构建一个和谐的生态圈。不难看出，作家反思"人类中心主义"，反对那些以人类为主宰、把自然界视为供人索取的原料仓库的观点。虽没有"人类中心主义"那么极端，现代文学中""文学是人学"的观念也在强调人的主体性地位。"五四"以来的很多文学作品都是以人和社会、人和人的关系为命题，思考人的生存的。《秦岭记》没有遵循现代小说中以人物为描写中心的布局，而续接中国志怪小说荟萃万象、掇拾片段的写作方式，除了有打破文体疆界上的尝试，也在表明，自然界中的生灵与世俗中的人应该连同他们依存的秦岭生态，融为自得其所的一部分。世俗众人要做到这一点，实非易事。为此，贾平凹将佛家因果报应之说也纳入文本中。人若心生贪念，或自尝恶果，或美梦碎为泡影。正如前文所说，那些唯利是图的人，想把秦岭商业化、物质化，殊不知他们眼前的蝇头小利正如河面开出的一朵朵牡丹（即汤泉，过度开凿会造成土地塌陷），实则是祸乱的开端。有的诱惑可能是空空山下张姓两兄弟挖掘的"水晶"，他们幻想这水晶能带来巨大的财富，甚至为此大打出手，却没意识到这水晶也许只是山中的冰块，泼到地上就化成了水。水晶是人性欲望的具象，人们费尽心力想要得到它，却终是一场虚空。其他诸如作假的豆在田托生成跛脚猫，以阉猪为业的武来子被猪撞伤，种种报应都是恶果的表现。

按照书中呈现的，秦岭的伟大在于它能包容世间万物也能藏污纳垢，无论是战乱灾害还是历史风云搅动起滔天的变化，秦岭依旧是秦岭——"过去是秦岭，现在是秦岭，将来还是秦岭"，秦岭始终不改其苍茫本色。若是在现代性发生以前，我们或许可以接受历史车轮轰隆前行而秦岭四季照旧如昨的循环时间观。在古代社会，那些所谓的各路神仙、鬼怪、精灵都可以在原始信仰、民间巫术中得到解释，人们试图以此建立和自然世界的沟通与联系，也在这个过程中敬畏自然的神力。而现代社会则用理性化的力量和科学技术驱散了这种神秘的魅惑，即韦伯所说的"世界的祛魅"——世界被祛除了神秘性、魅惑性，人对自然世界的认识发生了改变。当自然世界客观化，不再具有神性和灵性了，人无须再惧怕巫魅，秦岭又如何保持其永恒的"常"？《秦岭记》记载的故事，已经隐含了现代之变对秦岭造成的巨大伤害。山民们发现旅游业的潜在商机，兴办农家乐、打造旅游景点，不仅致使大量外来游客进入秦岭，挤占其他生物的栖息地，那些配套的钢筋混凝土建筑更像一道道无法消除的疤痕，留在秦岭深处。更多秦岭人感知到了现代性的加速时间，世界在向前推进，他们跟随着浪潮进城，之后不再回来。越来越多的土地被荒废，祖辈传下来的手艺无人继承，村寨一个个变成了空心村，人们不再相信"靠山吃山，靠水吃水"的旧有观念。现在的秦岭已然被现代性进程纳入其中，我们又该如何断言将来的秦岭？贾平凹竭力把秦岭构建成一个自然灵性与世俗人性的共生地带，他的这种人与万物是同类、关注人类也关注其他生物的中国传统哲学，可以作为世界性命题，呼应当今全人类普遍认同的生态整体主义。然而，秦岭地带在听到功利性的现代大潮带来的喧嚣之声之后，还能保持其永恒不变的固有状态，其可能性微乎其微。贾平凹没有回答大钟带来下一次的轰鸣是什么时候，也许未来的日子里，人类不仅能和非人类的自然生灵同居，还会与非自然的智能机器共存。

作者单位：厦门大学中文系

来去之间：志怪志人之下的秦岭命运思虑

洪伊琳

《秦岭记》以笔记杂谈的体式，展露了全景式书写的野心。贾平凹不满足于一人一地一景，而是以一种跳脱的列锦呈现秦岭的山水草木、世故人情，并阐发作者的心境与全书的主题。全篇多有分置的章节，以某种统一的气韵和逻辑为穿引的针线来完成呼应与贯一。

完成"志怪"，离不开以"迷糊"为表征的中国式魔幻现实笔法。黑顺庄周梦蝶式的迷思"弄不清了花斑豹是自己还是自己就是了花斑豹"①，是对中国古典文本与哲学思辨的回望；到秦岭购移奇花异木的蓝老板，在院子里眼花把家具器物视作山间生灵，返回城中才发觉从搬东西的壮丁那儿退回来的钱是冥票，试图搬运出山的银杏也翻入水中，如此，整个喂子坪便成为桃花源的一个现代翻版，蓝老板之流注定只能空手而归；蝎子镇糖炒栗子铺的老板把会说话的鱼扔回河里，只见"河面上是无数闪耀的金星星，一下子全没有了"②，也正是小镇命运的象征——靠煤窑而来的繁荣转瞬即逝。

为实现"志人"，作者将一批原先游离于生活与叙事边缘的人置于文本聚光灯的中心，实现了两重突围。年轻的傻子问天问地，似是一种对屈原式求索的复归，让探寻人发觉他的诗人倾向和与神性的接近；村人认为，以写诗来反映问题的王长久是疯子。伍德曾提出"不负责任"的自由人物（诸如小丑、傻瓜和疯子）一说，认为莎士比亚往往会用这类人物说出普遍的、甚至智慧的真理。和《秦岭记》中的怪人中心论类同，此类书写是一种背离与反讽，质疑话语权与真理的绝对捆绑，以一种表象的超越（诗人与疯子皆明显有别于普罗大众）来构筑深层的超越。疯癫与真理的联系又有内在理论支撑，依据福柯的分析，疯癫的本性、疯癫表现的特殊风格以及谵妄的内在结构使疯癫真正为疯癫；而无可辩驳的逻辑、论述话语与语言的明晰表达又使得疯癫具有真理性。"疯癫—真理"这种二元构建的张力与创造性在于，它意图以一种由对峙至接近的弹性结构与在推拉中确认彼此存在的"贴身肉搏"，打碎先入为主的价值评判，并伺机爆发出巨大的文本能量。再结合不胜枚举的诗人、哲人走向疯癫的历史记忆，人们对未知的敬畏、对身处边缘境地的移情，或可以解释此类书写的文本合法性与接受性。

同样身处边缘的，还有身残者及其后代。如果说跛子的塑造偏向于一种平等的关照，那么，尾章中立水的刻画则是有意为之的聚焦。父亲是瞎子、母亲是哑巴的立水有着勾连天地、继仓颉之学的野心。在这里，（隔代）形体的残缺并不掩心智的明亮。立水似是贾平凹自己的写照：生于秦岭，并无比渴望理解、书写秦岭。立水被贾平凹指认，他们又一同渴望自己被神灵指认。立水"似乎理解了与神的沟通联系方式就是自己的风格"③，这也正是作者对本篇体裁尝试性的自我发声。作者试图用杂合了散记、百工杂谈、志怪笔录的特殊体式，来呈现这方山水天地间驳杂而蓬勃的万千生命形式。"似乎理解了秦岭的庞大、雍容，过去是秦岭，现在是秦岭，将来还是秦岭"④，既呈现时空腾挪交叠的宏阔，又内蕴这样的发问：秦岭从何处来，又将归依何方？

秦岭是大地之脊背，也是长江流域与黄河流域的分水岭。广货镇是秦岭东南区域的物资集散地，"你真的搞不清那么多人都是从什么地方集聚来的，又将要分散到什么地方去"⑤。这也正是秦岭的写照，我们可以将其类比为中国传统文明与现代文明的集散处。

纵横观察整篇文本，可以发现许多中国古典文学文化的影子。"岳上树木……在风中发响铜音"，此金石之声，让人有欧阳修《秋声赋》之想；史重阳作《秦岭药草谱》，麻天池作《秦岭草木记》，分列文章一首一尾，可视为李时珍式原型的现代阐释；会计做了个梦，"这一夜它（稻草人）去寺里避雪，寺里的护法神挡住不让进"，其间雪夜、庙里、梦神的元素运用，可以回溯至《水浒传》中林教头风雪山神庙这一经典情节；阴歌师唱起"人活一世有什么好，说一声死了不死了"，又颇有几分《红楼梦》好了歌的意味；孙在全养猪，自比为孙悟空养二师兄，又说及嫦娥奔月，融合了古典名著与神话想象……在这里，"重写"比"文本间性"更能精确地贴合写作情境。贾平凹并不仅仅满足于自己的书写与中国古典文本的"互证、游移、衍生、相生、归并"，而是在行文中承继与涵融中国古典文学文化的同时，又包纳了自己身为"重写者"的"自我、环境和时代"。就"自我"而言，如此以指认人物之法凸显主体意识，不失为一项创举；就"环境"与"时代"而言，《秦岭记》位处城市化、现代化乃至全球化的复杂语境而试图对话无经验可循的矛盾与更广袤的世界。这是作者在文学表达的层面，对于文化如何新生的思考与探索。

作者关照的不仅是文化，还有无数具体的生灵。太多贫困像命运枷锁一般如影随形：在国家整治污染的政策背景下，没了煤窑的蝎子镇釜底抽薪；俺家寨旅游经济依托巨石而繁盛，在巨石分裂后，农家客栈与饭馆随之倒闭。而经济衰颓、人口流失正是村落败落的前兆。整部《秦岭记》是一首对行将逝去的乡村风土的挽歌，牵挂无数小镇的生死存亡。在此背景下，书写一个人，便是着眼一种谋生手艺；书写一种生物，则是书写一种产业，但又不仅仅如此。"秦岭里，有的山上熊出没，有的山上金丝猴为王，有的沟里羚羊成群……"它们是这片土地古已有之的主人；偷盗并转卖红豆杉的人都身遭不幸甚至死于非命；《秦岭草木记》提出"草木比人更懂得生长环境"，并赋予植物神性。作者并不认为非人的生物是纯粹的工具与"他者"，而是试图凸显人与万物生灵共命运之切要。这也印证了文本中立水的理解："在未来的日子里，人类与非人类同居。"站在秦岭文明来去之历史维度，这是作者对村落命运的关照、对人和自然关系的探讨。

《秦岭记》是一个兼具忧虑与希望的文本。里面的人物或为生计挣扎，或空手而归，或受冷眼取笑，或以戏剧性的死亡告终，但大多皆呈现出了蓬勃的生命力，其间普通人身上的诗性还呈现出了精神的超越。"志人""志怪"是手段而非最终指向，堆积神秘主义现象并不能助益文本深度的呈现，以奇异见平常才能不流于猎奇志趣，从而表现"人类集体的欲望和恐惧"。五十七个短章构筑的世界博大而轻盈，但个体人物的塑造不免趋于扁平化与观念化（尽管可能多是由于每章篇幅限制），女性也多被工具化了，这是局限所在。

《秦岭记》实现了全景式书写的野心吗？或许立水已经做出了回答，"他似乎理解了自己的理解只是似乎"，在这片广袤的大地与往来之时间中，我们和作者都将认识自己的渺小。

注释：
① 贾平凹：《秦岭记》，人民文学出版社2022年版，第6页。
② 贾平凹：《秦岭记》，人民文学出版社2022年版，第119页。
③ 贾平凹：《秦岭记》，人民文学出版社2022年版，第179页。
④ 贾平凹：《秦岭记》，人民文学出版社2022年版，第179页。
⑤ 贾平凹：《秦岭记》，人民文学出版社2022年版，第11页。

作者单位：厦门大学中文系

电影化叙事下的传奇与现实
——关于贾平凹的小说《秦岭记》

何 烨

贾平凹的新作《秦岭记》有五十七个章节，十余万字，每个章节都是一篇独立的故事，讲述了秦岭下发生的奇趣之事，时间从 20 世纪中后期一直追寻到 21 世纪初，跨越六七十年。作品以不同崖谷河流下的村寨为背景，讲述了人与动植物或人与人之间的事件，在结构、内容、手法和主题上皆具有独特之处。

不同于之前笔记小说《世说新语》《聊斋志异》的背景并不集中，是不同地区的不同事件，《秦岭记》开头是一幅全景，十分宏大："中国多山，昆仑为山祖，寄居着天上之神。"这一句将小说的背景放大，不只有山，还有神，但之后的句子所指逐渐收缩，最后聚焦在"经过的路为大地之脊，那就是秦岭"。开头一段，便让小说从天上慢慢降落，而下一段更是将视点再缩小，落到秦岭的一条河中。开头的写法有如深呼一口气再慢慢吐出，既有大局，又落在实处。小说最后一节描写则开始是洛水，慢慢到了某个村，落到启山和仓颉书院上。小说末尾的"他于是坐在秦岭的启山上，望着远远近近如海涛一样的秦岭，成了一棵若木、一块石头，直到大钟再来一次轰鸣"和倒数第二段的"秦岭的庞大、雍容"，是将视角逐渐放大，又回到大的秦岭，甚至思考到神和上天，与一开始的山、神、天形成呼应。因此《秦岭记》在布局上有其特点：集中在秦岭，一开始收缩视角，结尾放大视角，在每一章节中也是逐步定位到某个具体地点，形成了独特的扁担式的结构。因此我们对小说的分析也应从宏观的视角开始，慢慢深入内部的细节。

小说内部的特点源自几个方面，其中一个方面是在内容上能将传奇与现实平衡，让读者不会因过于奇幻而无法投入，也不会因和日常生活完全相同而感到无聊，能够在阅读中产生美感。如第三章鱼化腾变魔术，将四胞胎变成鸭子，找不出破绽，使鱼化腾产生了神秘感，具有传奇色彩，但在最后，他表演时心脏病发死去，这又将人物从传奇扯入现实中——他也是人，会受制于生老病死。作品使读者的关注点从未揭秘的表演转移到他是个普通人身上，丰富了小说的内涵。在飞猪寨中，这样的平衡通过另一种方式展现。飞猪寨的名称会让读者产生先入为主的印象，认为真有会飞的猪的存在，但故事层层揭示，原来飞猪是指秃头雕抓着小猪飞到空中。但这样的解谜并没有完全将故事落于普通的自然现象上——在客观世界中，雕可以抓鱼或蛇，但抓更大的动物几乎是不可能的。因此，秃头雕抓猪仍是难以实现的。小说对于动物的选取让小说内部具有弹性，在传奇与现实中拉扯，但并不掉入其陷阱中，能引发读者的想象，让小说留有余韵。

小说的余韵还体现在对留白的使用中。小说的篇幅紧凑，但它通过在五十七个章节中使用留白的手法，让读者展开思考，将节奏放缓，让小说呈现出了松弛有度的状态。如第三十章老和尚真的成为一截石头，第六章见不到自然死亡的野兽尸体，第二十章金黄花蕊一夜全部掉落……这样的自然现象都放在章节的末尾，也不是小说的主要表达对象，更多是次要情节或物象，但在主要情节讲述清楚后，作者通过给这样次要的情节留下悬念，既让小说总体情节完整，又留有悬念，使得小说层次更加丰富。

《秦岭记》的严谨结构和丰富细节来源于叙事中的电影化特征。这一方面是对电影戏剧式结构的充分化用。笔记小说作为介于随笔和小说之间的一种文体，若过于随性和散漫则无法集中读者的注意力，难以吸人眼球。因此作者将戏剧式结构移植在小说中，以冲突来结构故事的基本框架，绝大部分章节都建立在冲突、麻烦，甚至磨难上，如，第十三章有对于出村打工与否的冲突，二十二章黑有亮有挖掘去世村民的尸体之苦，第二十七章有傻子吃错东西的遭遇，还有城市与乡村，破坏与保护，真实与虚幻在具体事件下的冲突。这些戏剧性迎合了读者的阅读喜好。与此同时，在笔记小说的文体限制下，作者能够加入更灵活、松散的叙述，有效预防戏剧性情节带来的审美疲劳。

另一方面是对古典戏剧中三一律的使用。三一律是一种关于戏剧结构的规则，要求戏剧创作在时间、地点和情节三者之间保持一致性，即要求一出戏所叙述的故事发生在一天之内，地点在一个场景，情节服从于一个主题。《秦岭记》第七章就充分运用了三一律，讲述白又文在葫芦村的一个晚上的故事，围绕的是"梦"的主题。此篇还使用了电影中的长镜头——指用比较长的时间对一个场景、一场戏进行连续拍摄，形成一个比较完整的镜头段落——如从月亮对动物的观察，村民的互动，等等。严守时间的连续与空间的统一与完整，逼真展现了梦的存在，不只白又文和村长会迷惑，连读者也会产生疑问，这到底是梦还是现实？第二十四章也运用了三一律，以捕狐为主题展开，时间集中在捕狐狸的几个小时，人物集中于两个捕狐人和木匠妻子，地点则在木匠家中。通过对电影特色的学习，作品章节的结构较为严谨，也能丰富篇幅限制下的细节描写。

最后，小说慢慢从内部情节和叙事中抽身而出，正如立水"望着远远近近如海涛一样的秦岭"[①]。将小说的五十七个篇章看作一个整体，我们会发现它们之间联系较弱，每一章节的独立性强，但尽管故事内容不同，我们也能从其中发现两个较为统一的主题。一是对于人生的思考，体现在梦境与现实的混淆，傻子与正常人的思辨，以及最后一章中立水本人的思索上。作者不直接展现主题，而是透过人物对话或者场景描写，引导读者发现此主题。二是对城市与乡村矛盾的展现，如第二章蓝老板想买村里银杏树遇到的奇异之事，第十三章乡村和城市收入差异引发的矛盾，第二十五章柳麻子在乡村和进城后境况的转变，第五十五章父亲不同意儿子与外面的人合作打铁，等等。城乡之间的差异一方面展现了乡村地区观念的落后，说明乡村百姓需要采用更加灵活的思考方式，另一方面则展现了城市对于生态保护的忽略，对自然环境的破坏。此主题的揭示能让小说的社会功能得到发挥，促进读者对于生态环境的关心与保护，同时为推进乡村振兴提供新思路。

《秦岭记》的作者能够充分认识到当代社会发展遇到的问题并以文字表达，同时也放入长久以来对现实、对人本身的思考，既具有时代意义，其永恒性的表达也不会轻易被埋没。

注释：
① 贾平凹：《秦岭记》，人民文学出版社2022年版，第180页。

作者单位：厦门大学中文系

原始性的沉落与打捞
——《秦岭记》中的自然人性映射

龚涵月

对秦岭自然风情与社会人情的书写，是贾平凹一直以来创作的重要主题。《秦岭记》的发表，是这一书写传统的赓续。从自然意义上看，秦岭是我国南北最重要的分界线；从文化意义上看，秦岭与黄河流域一同构成中华文明的发源地，既是人文历史的象征，也是华夏民族的图腾。可以说，《秦岭记》的场域建构，正是基于秦岭本身所具有的二重性——原始性与文明性而言的。

与《秦腔》《老生》一样，《秦岭记》同样是一部将原始场域建构与历史神话书写发挥到极致的作品。从白鸟山、倒流河，到拔仙峰、二道梁，再到仓颉书院，映照满眼的是广阔壮丽的山河风光，但这一叙写并不是简单的、乡土性的情感言说，从层层铺展的森林、山川、草木与农民出发，自然主义的敬畏和人性错综的沉思展露无遗。

在《秦岭记》中，人类的主体性与自然的震撼感产生了巨大的张力。纸坊村原来以制作宣纸和火纸为生，却在一夜之间被泥石流尽数埋葬；蓝老板自作聪明地买下八百年的古银杏树，可散尽家财得到的银杏树不过是一场黄粱。如此看来，无论人如何自恃高明，又从自然的母性中得到过多少馈赠，只要原始自然的面貌再度浮现，人力堆砌而成的繁华都只是不堪一击的废墟。人的地位被崎峥叠嶂的群山挤压到近于渺小。在这里，自然才是主体，人是入侵、索取于自然的他者。在主体与他者的倒置中，文本呈现出一种返璞的"去理性化"倾向，这种倾向体现在魔幻现实主义书写中，即通过《山海经》式志怪奇谈的笔记书写，将秦岭这一小说主体光怪陆离、气象万千的原始风貌碎片式而又饱满地呈现出来。

秦岭在作者笔下成为神性与人性的化身，秦岭的高度原始性，形塑了整部小说山川人情的原始性。现代工业文明的侵入，既是对这种原始性的破坏、剥离，也是对这种原始性的整合、形塑。处在原始与工业文明夹缝中的人在这种交互与交锋中呈现出种种复杂的面相，二者看似分离，却彼此形成了互射关系。这也体现出作者在后工业时代对先进与原始的理性沉思。

一、自然与人

《秦岭记》作为志怪型笔记小说，一共记录了发生在秦岭不同方位的五十七个单元的逸事奇谈。整部作品看似在记录故事，实质上是在探讨人与自然的关系。从故事的结构来看，每个故事的流动都有意无意地从人与自然的某种互动切入，并在其中穿插极富神话色彩的情节，由此来构成叙述整体。豆在田被毒蛇意外咬死后，魂灵托生于一只无助的跛脚猫，驼背梁和秦王山的植物有人的情态与特征，由村支书和村长化成的稻草人在若干年后还在互相吵架，这一切的一切都浸透着"万物皆有灵"的思想。

在作者所建构出的文学场域中，这是可以理解的。秦岭作为万物生灵的栖息地，具有不可置疑的神圣性，换句话说，秦岭就是自然神的化身，山上水中的一草一木无时无刻不在与这种神性发生互动与关联，这其中当然也包括人。段凯睡在地里宛如土豆，老和尚死后化为一截石头，人生于大地，长于大地，是大地的造物，自然的婴孩，人与自然本为一体。在这里，作者对现代性与工业文明所高扬的人进行了反思。现代以来，人类一直将自身确立为主体，将自然书写为他者，认为人能够改造、利用甚至战胜自然，作者恰恰在这里进行了微妙的反讽。《秦岭记》的文本叙述中完全找不到人的威权与力量，在神圣的造物面前，人是渺小、无力和滑稽的。水田在一夜之间被冲垮，山火烧光了寺院，人妄想通过财富、私心或权势改变自然，最终只会在其伟力面前一败涂地。通过神异现象的不可解释性，自然的生命力量得以彰显，人的主体价值变得卑小，这种反差展现的是作者对人类与自然关系的思考，即人对孕育、生养自己的自然，应该抱有神圣的敬畏之心。自然的神秘正在于它的原始性，不以物喜，不以己悲，在人成为人前，秦岭早已经存在，自然可以脱离人，而人却离不开自然。人主体性的确立不过是永恒时空的一瞬，而自然的奥秘是崇高且不可穷尽的，对此，人们能做的只有望洋兴叹。在这种语境下，神话书写是最适宜的方式。

二、碎片化叙事的象征意涵

与《聊斋志异》完全碎片化的单元故事架构相比，《秦岭记》采用的是地理空间脉络叙事，即以秦岭为源头，通过道路与河流的纵横发散叙事线索；与《山海经》非叙事性的志怪相比，《秦岭记》的书写又具有明显的故事性特征。《秦岭记》的独特性在于，虽然叙述结构受空间范围及其发散线索的限制，时间和事件不得不高度压缩，但文本的折叠也制造了多重叙事褶皱，可阐释性大大上升。这为全书制造了审美的向度。

除此之外，《秦岭记》的叙事方式同卡尔维诺所创造的"城市诗学"也不谋而合。在《看不见的城市》中，每一座城市按发散的时空方位不断发生着自己的故事，每一个叙事单元既外在独立而又具有内在关联性，这就让叙述不只是单纯的记录，而是社会人生的高度反映。在《秦岭记》中，发生在不同地域、不同个体上的五十七个故事各有特点，但都通过人生、草木的不同遭际，体现出人与自然的互动、关涉及其带来的后果，也隐微透露出城市化给中国传统乡村带来的冲击和撕裂。秦岭是母性的怀抱，也是人性的场域，作者以碎片化的空间为舞台，要思考的正是作为人的生命个体如何在工业社会与自然空间的缝隙中自存，并挣求平衡的出路。

总而言之，通过拼贴，《秦岭记》的五十七个故事共同拼接出了秦岭这一中国社会地理标志的神秘面纱。

三、自然与人生的互射

从作者的书写中，可以窥见自然与人生的彼此折射。自然即人生，每个人的人生也是自然的一种面相。对自然的书写于现实有着强烈的隐喻性，千百种不同人生构成千变万化的自然，而波谲云诡、变动不居的自然也为每一个活动在山间林下的人的人生提供了广阔的舞台。

自然象征着人生，人生拼贴成自然。作者对自然的书写，反映的也是他对社会生活、深层人性的沉思。空空山阴坡的巨大水晶在未被发现前，只是自然肉身一块最普通不过的组成部分，可一旦被发现开掘，重见天日，就成为"潘多拉魔盒"，将兄弟两人的私心无限放大，最终使得物碎人走；一块巨石使两乡之人反目成仇，直至巨石再次碎裂方才止歇。面对自然的馈赠，不同的生命个体乃至整体社群所展现出来的面容，在短小精悍且留白丰富的文本中产生了巨大的反思张力。自然与人生，恰如庄生梦蝶，人在社会人情的纠缠中展现出的种种爱憎情仇，归根结底，不过是以秦岭为代表的自然母神面貌的一部分而已。

四、结语

自然与人，既是包含与被包含的属从关系，也是主客不分的映照、隐喻关系。自然与人、传统与现代、文明与原始性……多层次、多面貌的矛盾关系在自然主义的史笔中层层铺展。通过《秦岭记》碎片化的志怪叙事，我们得以开掘被工业文明蒙尘的自然原始性，又或者说，这份原始性从未消失，只是直到今天才被人类重新发现。

作者单位：厦门大学中文系

山野表达下的失落与坚守

——读贾平凹《秦岭记》有感

赵卓然

《秦岭记》以城市化和现代化介入传统乡村生活为背景,记述了秦岭各处人与山野之间的志异怪谈,传递了作者关于生存、自然、传统文明等问题的思考。

作者试图于文字中传递一种山野气息。在《秦岭记》中,山野作为故事的生态背景,成为不可或缺的存在物。花鸟虫鱼,山水石木,文章中随处可见大段的自然景物描写,使得清冽的山野之气流动于字里行间。值得注意的是,贾平凹笔下的山野万物不是雄奇壮美的名山大川风格,也并非淡泊宁静的田园牧歌,而更偏向于灵性与野气,由此具有"万物有灵,草木有情"的特点。作者善用拟人来赋予草木人的情感动态,一花一叶不再是静止的死物,而富有灵气。如这一段:"太阳要出来了,先是一个红团,软得发颤,似乎在挣脱着什么牵绊,软团就被拉长了,后来忽地一弹,终于圆满,随之徐徐升起。而一起长上来的云,这时候分散成块,千朵万朵的,踊跃着,开始了鼓舞欢匝的热闹。"①野性方面,作者力在表现山野之不羁与自由,无拘无束、肆意生长的生机与活力。如他对野菊的描写:"一场雨,遗落纽扣的地方长出了一朵野菊。数年后,整个崖头、坡上、峡谷里都有了野菊。一朵野菊,指甲盖大的一点黄,并不起眼,而满山满谷,密密实实拥挤的全是野菊了,金光灿灿,阵势就十分震撼。"②

除此以外,作者并不单纯描写山野之物的孤芳自赏,而更着力于刻画自然与人之间的深层互动与交流,即人的生命与自然万物的生命本体、本性是相通的,人与山野共享命运、互为因果、自成一体。作者时时刻刻将对山野的描写穿插于叙事之中,不断暗示角色似乎与山野万物有着若有若无的联系。比如豆在田托生成了猫;稻草人发出怪声恰似支书与村长吵架;睡着的段凯像是一个大土豆;柯文龙与狗情谊深厚;任丘生的死恰如天上的云,混混沌沌,来去无常。作者对生命的轮回和重复也有着深刻认识,正如阉割猪的人自己也会被阉割,鱼吞食人的遗体最终也葬身人腹。除了以上委婉曲折的隐喻式手法,作者在喂子坪的故事中更是直接点明了人与走兽的相互转换。睡着的人是小兽,呼啸而去的车辆都是秦岭的野兽跑出来变的,茫茫人群中三分之一为非人。这种超现实主义的表达分明是在模糊人与自然的界限,超越有限之现世,追回一种物我不分、天人合一的生命状态。

而作者笔下常常会出现一些傻子、疯子,他们看似傻却是真正能参悟自然、与山野融为一体的人。如宋家吃土的孩子,知晓万物,能预言灾祸,颇像庄子笔下能"乘天地之正,御六气之辩,以游无穷"的"至人"与"神人"。再如老城的傻孩子,对充满灵性的自然万物充满了好奇。故事的结尾,作者点明,傻子是诗人、不死人,与神接近。人被拘禁于现世之中,常常被功利化、庸俗化、物质化,无法获得超脱,而傻子却通过对自然万物的关怀想象,发现生命本该有的神圣和神秘,从而展现"天地与我并生,万物与我为一"的韵味与玄机。

山野是乡村的话语,可随着城市化进程的加速,乡村不可避免地被裹挟其中。人与山野的联系愈加淡薄,传统乡村迎来了自己的失落时代。一方面,大批年轻人出走，村落走向空心化，人从山野走向城市。这在文本中也有所体现，比如西后岔的女人相继离开村庄，喂子坪因为年轻人去城市打工逐渐败落，还有月亮湾、白芦岭等地，也是如此。另一方面，城市消费文化也在改变着传统的生存方式，山野背景下建构的淳朴本真的价值体系遭到冲击。如上元坝白城子带来的骚动；地窝子的年轻人在繁华之地醉生梦死；青云峡旅游节目虽带来了经济的繁荣，但也带来了小偷和妓女；桥楼乡和安家寨乡为了争夺旅游资源不断产生纠纷。同时，现代工业文明也逐渐侵蚀着传统经济的生存空间，比如手工制造业的逐渐衰落，张铁匠儿子对家庭小作坊工业的抛弃，等等。

现代化与城市化对乡村的确有积极的一面，作者客观陈述了在现代工业的影响下，乡村脱离贫穷落后、走向富足的状态，但同时也观察到乡村人在这个过程中产生的逃离与消逝、迷惘与怅然的心态与现象。现代化对乡村的影响利弊兼有，但无论是积极的还是消极的影响，可以明确的是，乡村受到城市逻辑的影响愈加明显。参照陈家洋的说法，山野秩序被打破后，乡村的话语权逐渐变弱，其主体性也变得愈加模糊。当下有学者以"土地的黄昏"来形容此种现象："城市以一种人为的方式消除了黄昏，改写了黄昏经验，它没有黄昏。在一个被城市经验和城市价值支配的世界和时代，真正的'黄昏经验'，或者说与之相关的土地经验、乡村经验、农民经验正在迅速消失。"[3]

因此，作者执着于山野表达，通过对人与山野间联系的思考，重新审视乡村的主体身份，使乡村价值能够通过山野话语，在现代化的坐标体系下再定位和再表达，其具体路径为对自然性的坚守，体现为以下两个方面：

一是对本真天性的回归。本真是人与自然的根本交流，是摆脱物质、功利、世俗束缚的一种简单、淳朴的状态。《秦岭记》中多处地方体现了作者对单纯本真生活的崇尚与向往，比如戴帽山神仙简朴的吃食——两个蒸馍一碗白菜豆腐汤；鸡头坝村人虽然粮食多了起来，却患了胃病，一吃饱东西胃就疼；月亮湾的陈冬淳朴简单，以吃饱饭为目标，八十还健在。事实上，山野中人们更容易回归本我，摆脱俗累。斯宾格勒曾在《西方的没落》中指出："所有伟大的文化都是市镇文化，这是不争的事实，但此前谁也没有认识到这一点。第二时代的高级人类是被市镇所束缚的动物。"[4]而山野之"原象"便是未经矫饰和"规训"的本真状态，这也是乡村区别于城镇的优势所在。

二是对人与山野可靠性的保持。随着现代科技的发展，人类对于自然的感受趋于迟钝与麻木，就如张红翠所说，"因为在都市人与大地泥土之间已经横亘着板结坚固的柏油与混凝土"[5]。因此，认识人类自身与自然界的一体性关系，恢复人对于生灵万物的敏锐感受，便是乡村之于现代社会的重要意义。《秦岭记》中，麻天池编撰《秦岭草木记》便表达了人对山林草木的贴近。还有老城的傻孩子，对万事万物都怀揣着无限的好奇，如"溪水溅起来像沙子一样一粒一粒的，会不会就流不动了呢？鸡叫天就亮，鸡不叫天怎么也亮了？屁股黑是裤子捂的，萝卜在土里怎么是白的？太阳如果不热了呢？"[6]——傻子对世界的追问恰好表明了人与自然牢固而稳定的联系。

纵览《秦岭记》全篇，奇趣清新的故事，云淡风轻的文字，作者将乡村的失落不着情绪地隐藏在字里行间，而用富有山野气息的表达传递了自己的坚守和态度。贾平凹曾指出："回归自然才是乡村文学的属性。"在《秦岭记》这篇作品中，他又一次回归山林，将目光投向更为本体性存在的自然，以感性探寻万象的流动与变化，观照生命的野性与灵性，为失落时代下的乡村出路问题做出了自己的回应。

注释：

① 贾平凹：《秦岭记》，人民文学出版社2022年版，第89页。
② 贾平凹：《秦岭记》，人民文学出版社2022年版，第14页。
③ 张柠：《土地的黄昏》，东方出版社2005年版，第14页。
④ 斯宾格勒：《西方的没落》，张兰平译，陕西师范大学出版社2008年版，第62页。
⑤ 张红翠：《重审〈受戒〉的多重内涵》，载《中国现代文学研究丛刊》2016年第12期。
⑥ 贾平凹：《秦岭记》，人民文学出版社2022年版，第88页。

作者单位：厦门大学中文系

秦岭：一场生态的游戏
——生态关怀视域下的《秦岭记》

练 韬

《秦岭记》是贾平凹创作的长篇笔记体小说，以秦岭为主要的书写场域，记载了五十七个小故事，承载着作者对人性、自然、社会的苦思。这篇缀合起来的志怪小说结合体，以苍茫壮美的秦岭生态为背景，呈现秦岭里的百态人生，宛若一场生态的游戏。小故事的内容彼此互相独立，却又在精神实质上紧密关联，始终流淌着作者对乡土的深深依恋，而在这种依恋背后，潜藏着的是作者值得玩味的生态关怀。

秦岭无疑是三秦地区的自然象征，是一切乡土意识的承载体，也是贾平凹精神原乡的自然外化。生于斯长于斯的贾平凹对苍茫壮美的秦岭自然有深深的关切：《秦岭记》多数故事的开篇都以秦岭风光为领起，且秦岭的自然始终与人物的活动相伴相行，是人物活动最重要的基础。因而自然与人的关系，也就成为小说所探讨的一大中心议题。作者的生态关怀，也就在探讨人与自然关系里得以流露。

本文的生态关怀指的是在生态整体主义思想下对自然生存状况的关怀，以及对人与自然关系的探讨，即作者在这场生态游戏里的态度是怎样的。在小说中，作者的生态关怀首先体现在对自然的眷恋和喜爱上。作者耗费了大量的艺术精力来将秦岭的生态风光诉诸笔墨，将钟灵毓秀、苍茫神秘的秦岭展现在读者的面前，这正是眷恋自然的外化。而且，这种描写体现了生态审美的"自然性"原则：自然景物并不是故事里人物人格或者某种精神的外化，也不是作者不平则鸣的抒情借力物，作者是以流淌的文字展现自然美本身的兴象万端。这表明作者并非仅仅将自然当作审美的客体，而是将其当作感知的交互主体，这就将自然美提升到了一个新的高度，将功利化、工具化的生态审美排除在外，这本身就是生态关怀的应有之义。

其次，小说的一大显著特色就是表达的朦胧化，神话、梦境、荒诞传说等神秘意象大量存在，如小说中秦岭诸神谱系、肉身不死的和尚、蓝老板误入折叠空间里的"鬼村"、豆在田的转生、白又文玄而又玄的梦境等，为秦岭笼罩上了神秘的色彩。神秘书写的采纳，使得雄伟的秦岭在神话的庇佑下变得更加庄严，增添了不可亵玩的意蕴，这是生态关怀的另一个侧面：对于自然本身深远神秘的探寻。

值得注意的是文章中动物的叙事方式。小说中的动物，颇有"通灵"之能，甚至在智慧上超越了"愚人"：柯文龙的狗可以知晓村子里的大事小情，通达人情冷暖；鹅能晓畅教师的羞耻心理，并且让教师产生了"庄生梦蝶"般的迷狂；死生亦大矣，而人的转生也托付给了动物——豆在田转生为一只跛脚猫。作为生态系统的重要成员，动物不再只是人的陪衬，而是成为具有主体价值的存在，同样是这场生态游戏的参与者，这也从侧面反映了作者对于生态的珍视。

进一步而言，作者的生态关怀还体现在了对自然和人的关系的探寻上。秦岭所"记"的主体乃是人的活动，而人的活动当然是基于秦岭的母体之上的。对于人和自然的关系，作者最鲜明的观点就是对人类中心主义的驳斥。人类中心主义是与生态主义根本对立的思想体系，它将人作为万物的主宰，给人类对自然的掠夺赋予合法性。在秦岭故事的书写当中，作者对人类在自然肌体上的攫取行为，都做了文学手段的批判。对青云峡的娱乐开发，最终惹得神灵迁怒，每逢表演辄降下大雨；桥楼乡和安家寨乡为了巨石的盈利价值而老死不相往来，巨石最终一裂为三，消解了所有攫利的可能——只有自然才是天地的中心。作者还借用不可靠叙事手法来解构人类中心主义：红崖村放牛的傻孩子都能看出洵河潜藏的自然危机，而"聪明人"的代表村支书对此却浑然不觉。一愚一智的正反对比，在普遍逻辑的倒置中强烈批判了自诩聪明的人类在破坏自然时的可笑：人类所规定的"智慧"在生态中被吞噬，"反智"的不可靠叙事藏着自然的最大真实，是对人类中心主义的绝妙反讽。

对人类中心主义的解构的进一步延伸就是对欲望动力论的批驳。欲望动力论即将人的欲望满足当作经济和社会发展的动力的言论。《秦岭记》书写的时间场域正是中国现代化飞速发展的几十年，"发展才是硬道理"深入人心，片面追求发展速度也成了莫大的问题，因为片面追求发展速度的背后正是人们欲望的无限膨大，正如恩格斯所说，"正是人的恶劣的情欲，贪欲和权势成了阶级发展的杠杆"①。对欲望的渴求，导致生态的损伤，作者对此持截然相反的态度：崖底村的人们为了经济利益将自然改造为大鲵饲养基地，却最终变成偷窃来的自行车的交易点；半坡村盗树者最终被抓或被狗咬，均不得善终。人类无限的欲望终将在对生态的破坏中化为灰烬，生态才是最为重要的价值统一体。因而，秦岭上的生态游戏里，主角不是人类，真正的主角乃是生态。

以上的生态关怀，背后均隐藏现代化与生态的矛盾：生态之美如何在现代化的背景下得到保存？发展与保护的冲突将以何种形式化解？针对这些问题，作者在文本中给出了答案：在生态关怀的原则之下，实现人与生态的和谐共生。少阳山原本想走矿产资源开发的粗放道路，这样势必造成生态的极大损毁，此路不通，但种植兰花给村民带来了"绿色黄金"，生态致富之路豁然开朗；茶棚沟的许先生用天然的药材医治百姓，并且在逝世后给村民以与自然和谐相处的发展之道。作者给出了现代化与生态矛盾调解的药方，点明了生态经济应是发展的导向，解答了我们今天该如何协调生态关怀与现代化关系的时代之问。

小说中最值得玩味的，还是作者在生态关怀的某些问题上有轻微摇摆之处，即生态关怀与人文主义的矛盾该如何平衡。人文主义不同于人类中心主义，它强调以人为本，尊重人最基本的生存需要。人文主义与生态关怀冲突的最突出例子是鸡头坝村因饥馑而奋力开凿梯田，付出了艰辛的代价，终于将荒山改造成良田，家家粮米盈仓，却都患上了胃病，无福消受，为农业发展做出巨大贡献的村主任也因此殒命。破坏生态的结局当然是悲剧，体现了作者一贯的生态立场，但此处的悲剧却带有人道主义关怀的色彩：村主任死后受到村人的纪念与缅怀，成为村人心中的丰碑，与前文所述的破坏行径的结局大为迥异。同情而悲悯的笔调，浓烈的悲剧色彩，显现了作者在处理此类矛盾时的某些精神指向：作者既抱有对生态的深切关怀，在理智上反对对生态进行破坏，但基于主体性的人的同理心，又在情感上支持人类开发生态以赢得生存空间，作者的思想天平在二者之间摇摆，只能在其中寻找微妙的平衡，进行文学上的处理，对生态予以关爱，对人类予以同情。这是一种极大的内心矛盾，信非人类所能开解。

小说的最后，立水开悟，秦岭"过去是秦岭，现在是秦岭，将来还是秦岭"②。秦岭的生态亘古长存，而作为现代人，我们能做的只有在现代化的背景之下，给予皇天后土以更多的生态关怀，让秦岭的生态游戏继续进行下去。

注释：

① 恩格斯：《路德维希费尔巴哈和德国古典哲学的终结》，人民出版社2018年版，第32页。

② 贾平凹：《秦岭记》，人民文学出版社2022年版，第179页。

作者单位：厦门大学中文系

《秦岭记》：灵魂在山林深处

张雨荷

《秦岭记》是贾平凹发表于《人民文学》的又一新作。这是一部长篇笔记体小说，全作共分为五十七章，每章之间相互独立，整体行文结构较为松散。作者以点带面搭建起一个作品的框架，在多线游走间为我们呈现出秦岭之磅礴宏大以及秦岭深处的人生百味。

按照鲁迅的观点，学界通常将笔记小说分为"志人小说"和"志怪小说"两种，而本部作品兼具了"志人"与"志怪"两种文类特征，想象奇异，怪诞不经，甚至有几分《山海经》的影子。与《山海经》相似，《秦岭记》亦以山、海为空间线索展开叙述，在秦岭这一苍茫山林的广阔背景下，万物生灵都富有原生态的灵性与野性。然而，随着城市文化以不可抵挡之势向秦岭扩张，公路开始在高大巍峨的山体上蜿蜒，山外的人进来了，山内的人走出去了，原有的人与自然之间的平衡关系被打破。城市的影响是巨大的，外来商业机构的建立不仅破坏了当地的自然生态，殃及生活在其中的生灵，也带来了人类精神文化的失落。在文本中，我们可以感受到作者对现代性的批判与迷茫：我们应该如何抵抗城市对自然的异化？大山深处的灵魂究竟该何去何从？

"万物皆有灵，有灵以为生。"在该作中，作者极力描摹秦岭之人杰地灵、钟灵毓秀。他先是有意描摹自然环境的诗意，再从自然环境的视角去赋予山民以自然性、赋予动物以人性。而这一切，又都被笼罩上了一层神秘的面纱，使其影影绰绰，耐人寻味。贾平凹给人起名字有意思，通常名字中都带有草木山林、节气时令的自然意味，豆在田、史重阳……这些名字极具画面感，很容易让人眼前浮现出绿色的豆苗带着新鲜的泥土、重阳节里金黄的菊花开了一簇又一簇的情景。在名字上下功夫只是贾平凹建立人与自然联系的第一步，在其笔下，人的自然性更多地表现在一种自然的原初气息上。山里的女人们用凤仙花染指甲；史重阳六十四岁开始采药，到一百余岁仍精神矍铄；七座山上的阴歌师总能见景生情、随意编排，唱得听者悲悲戚戚……在山林与外界相对隔绝的时候，人与自然几乎是融为一体的，自然生态在人的精神生态中得到了充分的展现。作者着墨于此，又有意加入神仙鬼怪之类的色调，增添了几分神秘色彩，更凸显了其灵性与自然性。《秦岭记》中的飞禽走兽，被作者赋予了人性，仿佛个个都成了精，在用敏锐的眼光静悄悄地打量这个世界。比如能分辨宅屋吉凶的大狗，会叫"奶奶"的跛脚猫，以及悄悄把炸弹药丸叼到猎人屋前的狐狸……在贾平凹的笔下，人和动物似乎没有太大的差别，我们可以在人的身上找到动物性，也可以在动物的身上找到人性，而归根到底，这都是自然带来的属性，是自然带来的灵性。在这座广袤的山林里，人与万物之间的关系是平等的，无数生灵的灵魂寄居于此。而秦岭本身，就是一个巨大的生命体，蜿蜒的山形是它起伏的呼吸，大地深处，心脏在有力地跳动。

美国环境伦理学家霍尔姆斯·罗尔斯顿曾说过："山对人的影响，既有物理方面的，也有心理方面的，如果去掉空中的鹰，我们会遭受一种精神的损失。"① 秦岭对于生活在其中的人们的意义是巨大的，在很大程度上参与了人们精神生态的塑造。然而随着城市化的发展，城市文化以不可阻挡之势向山林扩张，打破了原有自然、人、其他生灵之间的平衡。在小说中，我们可以感受到作者对都市文化逐步侵蚀自然生态与人的精神世界的深深忧虑。在第二章当中，城市的发展催生了从秦岭中购买奇花异木的产业，蓝老板买下一株百年银杏，但因与搬树人起争执，树最终没有被运回城里。搬树人退给蓝老板的钱币是冥币，蓝老板看向高楼，"看出那么高的楼都是秦岭里的山，只是空的，空空山"，"茫茫人群里哪些是城市居民，哪些是从秦岭来打工的，但三分之一是人，三分之一是非人，三分之一是人还是非人，全穿得严实看不明白"②。可见，人在商业利益的蒙蔽与熏染之下发生了异化。与此相似的内容还有很多，比如第二十二章中的村庄为了经济利益，把掩埋着村庄人遗体的堰塞湖改造为旅游景区，并投放鱼苗来冒充天然淡水鱼，发展户外野钓、农村餐馆等。湖中打捞出的特别的黑鱼隐喻亡者的灵魂，它们在食客的肚中鼓腹而歌。再如第四十四章中，挖到了水晶王的张氏兄弟因担心水晶被偷盗而每日心忧紧张甚至起了争执，最后弟弟一不小心将水晶敲成了四块。空空山的水晶王将人性中的贪念放大，空空山的名字仿佛隐喻着人心"空空"……这些故事之间毫无关联但又好像被一条无形的丝线紧紧捆绑着，在整体上被塑造为对现实的隐喻。城市的发展以秦岭的生态环境为代价，都市文化在侵蚀自然环境的同时也一步步带来了人的精神异化，金钱腐蚀了人性的自然与诗意，人的精神生态呈现出一派荒凉景象。人的灵魂、动物的灵魂、这座山林里万物生灵的灵魂，在都市化的侵袭之下，四处飘荡，无处安放。

《秦岭记》的神秘色彩很浓。五十七个篇章中的故事很难说是完全现实主义的，因为其中穿插了很多无法用常理来解释的现象；但我们又不能说这是完全虚构的，因为其中很多事件都浸润着现实的笔墨，甚至很多地名都是真实、有迹可循的。在这种虚虚实实的笔法中，我们可以感受到作者对于神秘感的追寻。在生产力落后的年代，面对大自然的变幻莫测，人们对于自然有着崇高的敬畏，人们的自然观是附魅的。而科技的发展使人们控制自然的力量逐渐增强，理性和科学的光芒将每一个神秘的角落都照亮，人们的自然观逐渐走向祛魅。而贾平凹在对黑鱼、石头、藤蔓等神秘事物的欲言又止中，有意为秦岭附魅，来表达对自然、对神秘事物的敬畏。

这部长篇笔记小说的空间背景是秦岭，但其辐射的范围远远不止于此。贾平凹在过去的作品中多体现出对于城乡文化价值冲突的思考，而在这部作品中，他将重点放在了探讨自然生态与人的精神生态之间的关系以及城市化的侵袭带来的人的精神异化。在文本中，他给这些思考披以怪诞奇异的外衣，并做大量留白处理，予读者想象的空间。应当说，城市化的发展是社会进步的必然趋势，而贾平凹在面对城市与自然、乡村之间的冲突时，对于城市化的批判有些许过度，也放大了乡土作为现代化解药的功能。但其给予我们的思考是必要的：我们应该如何平衡好城市化与自然生态之间的关系，如何保护人性中的自然与诗意？

当太阳的余晖渐渐消失，城市的霓虹灯亮起。山林中众声喧哗，最终归于寂静。秦岭在那里，过去、现在、未来都在，而灵魂在山林深处……

注释：
① 霍尔姆斯·罗尔斯顿：《哲学走向荒野》，刘耳、叶平译，吉林人民出版社2000年版，第28页。
② 贾平凹：《秦岭记》，人民文学出版社2022年版，第11页。

作者单位：厦门大学中文系

书画贾平凹

史星文

贾平凹文学创作之余，喜欢书画，而书画于他是兼学别样，是间作套种，是文学创作之外的积极休息。然而做事认真惯了的贾平凹即使是涉猎"游于艺"的余事亦相当敬业，日积月累，竟也收获多多，不能不让人钦佩其如有神助的艺术创造力。

贾平凹画画起于何时，我一时还说不准，但大量看到他的画作则是在20世纪90年代后期。他每每在一部长篇完稿之后，换一种方式用画画宣泄胸中之块垒，一画一个故事，画中都隐含了某种秘籍。这也是贾平凹不同于一般专业画家有程式化倾向的特别之处。他的画是文学的另一种表达，有独立之思，是绘画长廊中绝对的这一个。当然有人曾写文章怀疑贾平凹在绘画上的造型能力，我想他们大都是用美术院校那一套模式和标准，具体说就是用西画中的素描与速写来进行考量的。素描与速写好不好，我觉得对画西画当然好，而对于画中国画却并不尽然。西画采用的是焦点透视，多静态观察，讲光讲比例讲精确等；而中国水墨画是散点透视，是动态观察，讲提炼概括，讲笔墨意境。贾平凹倾心文学创作，他当然没有大量的时间与精力去专门练素描速写，动手的机会是少了些，但他天才的作家头脑在对万事万物做细致观察时却一刻也没停过。形象思维是他的强项，而且他有超乎常人的联想，甚至会延展至超存在领域。超存在之奇幻也许会为他打开一个天眼，那是一个多么精彩的世界啊。从目中的画，到心中的画，再到手中的画，期间从感官感觉到心中打磨再到手底化出，那是多么复杂的一个过程啊！而中国画不只悦之于目，更要会之于心，心理共鸣才是中国画要达到的最高审美境界。大千世界，其物象对贾平凹来说已然成竹在胸，他心中的文学素材也一样会被转化为绘画素材，这一点我们不用怀疑。

去岁秋末，我在报端看到老画家韩羽给老画家华君武写的一篇文章，一时有些激动，与贾平凹相聚时就将其文章中对绘画的观点贩卖给他。韩老说："中国画最根本的是线。在线和形的关系上无非也就是三大类。这三类画法各有千秋，各有不同的欣赏者。一类是纯写实。以准确地描摹对象为手段来表达创作意图。形和线的关系，是形为主，线为奴。线从属于形，其行笔是描。再一类，线不再是描，而是写。如郑板桥说的以写字之法作画，从而使绘画更富有韵律节律之美。这就是所谓的书法入画。然而这类画法，形和线依然是主奴关系，线仍从属于形，与第一类画法没有本质上的差别。第三类，是形和线的主奴关系颠了个儿，是形从属于线，线彻底解脱出来，从而发挥出其在绘画形式上的重要作用。也只有在这种状况下画家才能畅快地抒发其性情、心迹、审美意趣。"我心仪的是第三类绘画形态。第三类绘画形态完全是主体精神在发挥作用，万法归一，大千世界万事万物随手拿来，诉诸笔墨，这也是中国绘画的写意精神。我以为八大山人、齐白石和陈子庄等人的作品具有如此品格，贾平凹的绘画也与此相类。这也应了齐白石一贯说的中国画"太似则媚俗，不似则欺世，妙在似与不似之间"的画理。

中国绘画的写意特性，与中国人"大道至简"，一切皆统归阴阳的哲学思维有关，加之中国人智慧地使用了毛笔，而"惟笔软则奇怪生焉"（蔡邕语），毛笔的中锋侧锋将墨分五色，化阴化阳而得万千气象，所以中国画最重要的一点是用毛笔写出来的。绘画固然需要有形质为基，但神韵才是中国绘画的灵魂。贾平凹曾给我谈过他对汉画像石、敦煌壁画和武威画像砖等的感觉，他崇尚的是书画同源、源头质朴古拙的东西。西画有西画之长，但生吞活剥、一味跟着人家跑也会成为"邯郸学步"，那样我们还能画出中国人自己的神韵吗？前年冬天我去北京看了一回全国美展，发现竟然有百分之九十的画作没有落款，其余的作品也大多只写个穷款作者名字，而有文化意蕴和笔墨情趣的落款则是凤毛麟角，文化缺失可见一斑。如果一味炫技，片面放大形式，只有躯壳而乏于思想，那我们的绘画只能是感官上的刺激，难以达到精神上的满足了。

好在这个时代还有一个在文学创作闲暇乐于给绘画帮忙的贾平凹，他的绘画属文人画，契合了真正的中国绘画精神，他也为我们提供了一个思考中国画的文本。虽然是闲暇的涉足，但他在绘画上独立潮头的英姿还是值得我们为他喝彩的。他能否得到画界大佬们的认同可以不去管，贾平凹是在为自己画画，别人怎么看，于他都无关紧要了。他的绘画没有重复前人，也没有重复自己，以遗貌取神寻求精神上欣悦的高标都值得我们给他致敬。齐白石说画家要剔除画家气，就是告诫画家不要拘泥固有程式，不要为形式而形式，不要为美而过分粉饰，而重在内涵精神上，这一点，让不乏灵动又崇尚古拙的贾平凹做到了，实属不易，难能可贵！

与贾平凹真正熟悉是因为我们都爱写字。说来都是缘分，我被周围朋友恭维为书法家之后，一时冲动就只身来到西安闯荡，常去参观书画展览，就认识了贾平凹。2004年我与吴振锋、遆高亮在西安举办"华山三友"书法展览，贾平凹不但看了展览，还给我们写了一封信，信中对我们奖掖有加，让我们都有点飘然。2008年我们举办"华山三友"师生书法展览，贾平凹不但出席了展览开幕式，还参加了作品研讨会，再次对我们三人的书法和友谊予以表扬，让我们增强了艺术自信，也让我们在西安闯荡平添了胆量。而2013年陕西省作协成立作家书画院，贾平凹出任院长，他提议我任副院长，这样他就成了我的领导，这是我不曾想到的事。

汉字具有音、形、义三种功能，汉字首先是实用的，是交流思想的工具，而以汉字为载体运用毛笔蘸了水墨在宣纸上尽情挥洒成为书法艺术，这实在是使用汉字人的福分。贾平凹喜欢写字，也让他喜欢上了一样爱写字的人，这完全是出于对汉字的敬重。写字是需要点天分的，有天分就有丰富的想象。汉字最初为象形字，是天地万物的超级化育。虽然汉字在其发展过程中被不断丰富，甚至符号化抽象化，但骨子里依然保留了象形的基因，这也在冥冥中为汉字的书写成为艺术帮了大忙。贾平凹对汉字无疑是敏感的，他善于想象的头脑在不断寻绎着汉字的密码，我想他的精神深处，一定有一个汉字迷人的桃花源。人一旦被面对的事物弄得沉醉了，他的精神就一定会变得更加纯粹而能飞扬起来，相应的，他也就更能得到汉字的眷顾与赏赐。

贾平凹的父亲是一位教师，在父亲的指导下，他自小就受过书法基本功训练。贾平凹说他小时体质较弱，不爱运动，移情文字是无奈，也是宿命。从不自觉到自觉再到迷恋日深，贾平凹对文字的敏感就这样被激活了。他因爱写文章和书法才成了当时水库工地的笔杆子，写简报刷标语让他在穷乡僻壤成为人们心中的文化人，而这些本事也使他有了人生价值的荣耀，更有了不断行走的自信，这种荣耀和自信在他后来的人生岁月中得到了放大。贾平凹在文学之余有了一手好书法，就像收获粮食的同时也收获了柴草一样，一切都是伴生的，皆是水到渠成的。

中国书法讲结构，讲用笔，贾平凹六十年伏案的书写量，足以让他对汉字的结构笔法烂熟于心，他那勤劳的手更能为他做出证明。贾平凹希望毛笔能生长在我们身上，成为我们肢体的延伸，以期心手相会，当然，这也是贾平凹不断说给自己的话和提出的目标。他对文学的感觉亦自然而然地回到对书法的理解上来——艺术领域中各个门类都有通感，它始终贯穿着中国文化最本源的道。近年来我与贾平凹在书法上多有探讨，他对我的书法也多有评点，让我受益匪浅。我给他送过一些我使用过的旧毛笔，他也慷慨地给我写过字，友情让我们感动着。

贾平凹的书法创作很少抄录唐诗宋词之类他贯熟了的东西，他喜欢自撰，不管是给画上写大量题款，还是写诗题联，抑或散文创作，内容与书法相得益彰，无意于佳而乃佳。今天我们看王羲之的《兰亭集序》、颜真卿的《祭侄文稿》和苏轼的《寒食诗帖》，皆是书家诗文手稿，圈圈点点，情感随笔墨流淌，文与书才得其高标。可惜今天能这样进行书法创作的人太少了，一味玩弄技巧，只能使书法气象越来越小，文化承载量越来越低。贾平凹的本色书写值得书界同人们借鉴学习。贾平凹写字多用中锋，喜欢浓墨，质朴敦厚，弥漫着真气，从他的书作中能看见一个郁勃的生命。"书如其人"在贾平凹身上能得到最好的印证。容我私心，在中国现代作家中，我最喜欢鲁迅的文章和书法；在中国当代作家中，我最喜欢贾平凹的文章和书法。喜欢就是喜欢，这是一己之价值判断。

作者单位：**中国书法家协会**
陕西省书法家协会

文本再造、意义增值、舞台思维

——论贾平凹《秦腔》的戏曲改编

马聪敏　杨　佩

　　《秦腔》是贾平凹创作的一部长篇小说，该作品主要以陕南的一个村镇清风街为焦点，以秦腔戏曲贯穿整部作品，通过一个叫引生的疯子的视角，讲述了农民与土地的关系、农民的生存状态，集中展现了中国农村改革开放以来深刻而又巨大的变迁，力图创作一卷中国当代乡村的史诗。西安秦腔剧院易俗社将贾平凹的小说《秦腔》改编上演，以传统的秦腔舞台艺术，演绎当代小说《秦腔》的精深内涵，为振兴秦腔艺术而放声呐喊。《秦腔》的戏曲改编具有特别的研究价值，对比小说原著，我们可以发现在贯穿舞台思维的改编过程中，出现了文本再造、意义增值等典型现象，本文拟通过对这两种典型现象以及舞台思维进行深入剖析。

一、文本再造

　　从文学经典到舞台搬演，从小说到戏曲，两种文体之间有着广泛的联系。小说和戏曲都是为了讲故事，它们具有共同的叙事性基础，在戏剧结构、人物塑造、情节冲突等方面都有共通之处。但由于小说和戏曲的艺术形式不同，其在文体结构、时空处理、叙事方式等方面又有很大的不同，因此戏曲要在尊重原著的情况下适当做出改编。

　　改编对原作的忠实重在精神内蕴，追求神似而非形似。现代戏《秦腔》在忠于小说原著的基础上，进行了符合场上演出的情节改写和人物设置。在叙事上，原著中将夏天义力保土地与新主任夏君亭为商业开发而占用土地之间的矛盾和冲突这一条叙事线作为主线，将白雪坚守秦腔剧团与夏风要她调离秦腔剧团的矛盾冲突为辅线进行故事的讲述。但戏剧《秦腔》将这两条叙事线进行了对调，把秦人对秦腔的坚守作为主线，两条叙事线相互交织，生动地展现了秦岭山民鸡零狗碎的泼烦日子，厘清了小说复杂的社会纷扰，举其纲、张其目、传其神、抒其情，整体再现了作品的艺术魅力。

　　在人物塑造上，原著中设置了夏天义和夏天智这组人物，他们代表了农耕文明的守望者。夏天义是中国传统文化向现代文化过渡时期的典型代表，夏天义身上体现了中国传统文化中底层农民求生存而重土地的文化特点。当夏天义得知旧土地要被新主任夏君亭搞商用开发而占用时，他多次进行反抗，反抗无果后又以开垦新土地七里沟的形式，守望土地。夏天智酷爱秦腔，经常在马勺上画秦腔脸谱，他以画脸谱、听秦腔的形式，守望秦腔。舞台剧《秦腔》将原作中的夏天义和夏天智合二为一，在舞台剧短短数小时的呈现中，使得夏天义人物形象更加饱满，有了巨大的张力。夏天义终其一生，对土地的痴迷与热爱高于一切，他的事迹是与土地紧密相连的，他身上存留着历史传统的深刻烙印。夏天义淤地时由于塌方而被永远地活埋在七里沟的崖壁下，死于一生热爱的土地，始终与土地同在，甚至与天地同在。

　　在人物塑造上，戏剧《秦腔》因人设戏，大胆虚构。世界三大表演体系中，斯坦尼斯拉夫斯基体系和布莱希特体系都是导演中心制，但中国的梅兰芳体系是演员中心制，不管是京剧、秦腔还是其他曲种剧种，都有文本再造、因人设戏的成功先例。秦腔现代戏《秦腔》以引生这一人物作为叙事视角，在物欲横流的社会背景下，以疯子的身份更直接地表达出对于生存环境中的人、事、物最本真的情感，毫无保留地道出生活的真谛。《秦腔》中的引生是疯子，有自己的坚守，能引神，能隐生，也是清风街最智慧的村民。就是这样时而清醒、时而疯癫的人，将近二十年清风街的变迁和清风街上的生老病死、喜怒哀乐娓娓道来。在西方文学中，塞万提斯笔下的堂吉诃德是这样一个疯癫的形象，莎士比亚笔下的哈姆雷特也是这样的疯癫形象，他们的疯癫不是真正病理上的疯癫，更多的是作者赋予他们话语权的一种合理手段。在小说中，引生因为对白雪爱得疯狂，遂将白雪洗晾在院子里的内衣偷走，被人发现之后因羞愧而挥刀自残。但在戏曲中，这一情节发生了改变，白雪和夏风因为工作的事情激烈争吵，暴雨夜，白雪冲出家门，因为过度悲伤晕倒在古戏台上，路过的引生看到后忙上前救助，并大声呼救，闻声赶来的夏风和其他村民误以为引生对白雪有什么过分的举动，便将引生一顿痛打，引生为了证明自己的清白也为了证明白雪的清白，挥刀自残，痛苦不堪。这一情节的文本改造，使得夏风和引生形成了鲜明的对比，更能体现引生对白雪真挚的爱。引生是一个执迷不悟的追随者，他疯狂地爱白雪和白雪演的秦腔，爱得迷乱而理性，爱得执着而毫无结果，爱得丑态百出，但丑陋到极致其实是壮美到极致，让观众从乱哄哄的社会纷扰与世道畸变中听到了人性正直的呼唤。实际上，他对白雪的追求，就是对传统文化的追随。白雪坚持唱秦腔、坚持不和夏风去省城都表现出在现代文化冲击下坚持传统理想的文化态度。引生因为白雪爱唱秦腔，自己也就爱上了秦腔，并时不时吼几句。另一方面，他也是夏天义的追随者，在清风街开了农贸交易市场之后，引生就和哑巴一起跟随夏天义去七里沟淤地，引生对夏天义的追随，就是对乡村乡土的追随。引生正是以这种被冠以"疯癫"的清醒观察者形象，为观众展现了以清风街为代表的中国农村社会在现代文明冲击下精神的异化和农民无奈妥协让步的现实。

戏中也着重塑造了另外一个角色——白雪。白雪是县剧团的秦腔演员，秦腔代言人和守望者，也是剧中最靓丽、最感人的艺术形象。她酷爱秦腔，从事秦腔艺术十多年，和相恋三年的夏风结婚之后，夏风一心要调她进省城，可是白雪却执意要留在家乡拯救陷入危机的县剧团，因此与丈夫发生了激烈的矛盾。在原著中，因为白雪要留在县剧团追寻自己热爱的秦腔，夏风生气，独自去往省城后再也没有回清风街。白雪此时已有了夏风的孩子，她坚持将孩子生了下来，但造化弄人，这个孩子带有先天残疾。最终，夏风抛弃了白雪和孩子。在戏曲改编中，白雪因为调工作这件事情和夏风发生争吵，夏风一气之下提出了离婚，在那个暴雨夜，白雪因为悲伤过度导致胎儿流产，她和夏风的婚姻也走到了尽头。丧子之痛的情节改动更能体现出白雪对秦腔的执着和热爱，也更能刻画出这一角色呈现出的人性的真善美，这种美是从灵魂深处开掘出来的。白雪把对人善良、对事负责的心灵美，对艺术执着的性格美，对夏风一家的忠孝美，坚守秦腔的女性特有的韧性与牺牲精神的人性美，表现得淋漓酣畅，感人至深。

二、意义增值

2003年，在贾平凹的《废都》发表十年之后，他开始撰写这部长篇小说《秦腔》。在后来的采访中，贾平凹表示这是第一部以他的家乡棣花镇为原型写作的小说，也是一部对棣花镇和秦腔的纪念之作。贾平凹借助秦腔在乡土社会中逐渐消亡的过程，写出了在现代文明冲击下，人们对传统文化的摒弃以及由于经济物质的不足和匮乏所带来的生活困境。秦腔，形成于秦，精进于汉，昌明于唐，完整于元，成熟于明，广播于清，几经演变，蔚为大观，是相当古老的剧种，堪称中国戏曲的鼻祖。秦腔作为西北地区传统的戏剧，也是西北民间生活的核心。自20世纪80年代以来，秦腔受到现代文化的巨大冲击，专业演出团体生存艰难，优秀演艺人才缺乏，传统表演技艺面临失传的危险。贾平凹让白雪和夏天智新旧两代秦腔守候人相聚，是为了寻找秦腔再次焕发生机的机会。当剧团里的老一代艺术家们逐渐退出历史舞台，当年轻一辈疯狂迷恋流行歌曲，当秦腔对人们而言不再具有精神价值时，秦腔注定走向消亡，县剧团也终将解体。曾为人们所敬仰的秦腔演员，最终只能在乡间红白喜事中吹拉弹唱，而白雪也只能在别人的婚丧嫁娶中短暂地实现自己的秦腔梦。这是贾平凹笔下对传统文化丢失的惶恐，是贾平凹文字中对秦腔的深切担忧。

文字的表述固然使人感到震撼，但视听上的冲击更能使人极速共情。秦腔是整部作品的灵魂与精髓，以秦腔贯穿整部作品，使得作品思想主题和艺术形式高度统一，也被赋予了浓厚的地方色彩。秦腔，在贾平凹的笔下，是秦人之声，是黄土地与老百姓生生不息的命运之声。作品中几乎每个人都和秦腔有着千丝万缕的联系，他们也都会时不时地吼两声秦腔，不管是在平常生活中，还是在像红白喜事这样重大的日子里，他们的喜怒哀乐都伴随着秦腔，表达不同的感情时有不同的秦腔，秦腔已经成为他们生活的一部分。而舞台剧中的秦腔元素形成了一种气场，渲染人物心理、营造气氛，表达团块状的情绪，构成人物所共有的文化和精神气质。在舞台剧中，每场开始都有秦腔，涉及人物内心独白以及重要对话的时候都是用秦腔的方式展示。夏风和白雪在结婚大喜的日子，请来了县剧团的演员来唱戏庆贺，清风街的人都在台下祝贺夏风和白雪这一对才子佳人终成眷属，古戏台上老生在唱秦腔经典曲目《打镇台》："皮鞭打得人满腔怒火，七品官在公堂我无法奈何。"台下的角落里，引生蹲在地上迟迟不能接受自己心爱的白雪嫁给了夏风这件事，此时的秦腔唱段就是引生的真实心理写照，秦腔的演唱和人们庆祝欢笑的喧闹声形成鲜明对比，狠狠地刺着引生的心。悲伤愤怒的时候用秦腔来表示，高兴的时候秦腔的加入更能渲染情绪。新婚不久的夏风和白雪，还未经历一丁点波折。此时的他们恩爱甜蜜，白雪在河边洗衣服，夏风则捧着一本书边看书边等待白雪，两个人如胶似漆一刻也不能分离，此时人物在内心独白时，就采用了用秦腔唱出来的形式，白雪唱道，"句句情话响耳畔，绵绵情意醉心田，夏风才情令我羡，我与他缔结好姻缘"，配上演员喜上眉梢的神情以及欢快的音乐伴奏，直让观众们跟随着这对爱人沉浸在幸福的气氛中。与此同时，剧中还有一些秦腔经典剧目的展示，比如，白雪演唱的秦腔经典剧目《三滴血》等，这使得整部作品在各种秦腔中悠扬顿挫、更有节奏，秦腔的魅力在这里得以充分展示。

《秦腔》的成功改编赋予了文本新的意义，剧中的秦腔既是狭义的、具体的，又是广义的和象征的。戏中包含的主线和副线把秦腔的狭义和广义、具体和象征全都包括其中。在原著中，夏天义为了保护土地和夏君亭产生一系列的矛盾和冲突是叙事主线，但在舞台剧中，白雪因为秦腔和夏风有了激烈的矛盾这一条叙事线变成了主线。可以看出，整个改编突出展示了秦人的守望。承续文化之脉的秦腔，日渐衰落，叫人痛楚难当。这种困惑与痛楚，就成了戏曲舞台表达的主线和重心。白雪为了县剧团的发展，甘愿放弃去省城工作的机会，忍着不能和夏风朝夕相处、花前月下共伴良宵的苦痛，驻守古戏楼，固守着大秦腔，最终腹中胎儿流产，和夏风的婚姻破裂。通过这样一个热爱秦腔的女性角色，舞台剧展示出了秦人对秦腔的热爱、眷恋和守候的决心。钟爱土地、钟爱秦腔的夏天义画的马勺戏剧脸谱终于得以出版发行；白雪坚守县剧团而放弃调进省城，为了秦腔事业而牺牲了婚姻家庭，不幸流产也不改其志，这一系列情节与情境，唱响了为秦腔文化招魂呐喊的壮歌。

三、舞台思维

中国戏曲按照演剧形态，可以分为三种形式，即传统戏、新编古代戏和现代戏。戏曲是"以歌舞演故事"，但它不是铁板一块。古往今来，"歌舞"一直在发展，"故事"一直在改变，"演的"方式一直在更新，三者互相支持，互为表里，现代戏较之前的传统戏便有了新的艺术追求、新的舞台思维。

作为一部戏曲现代戏，《秦腔》的舞台导演思维与传统戏曲的舞台导演思维不可同日而语。在舞台设计思维上，传统戏曲的模式是"以一当十"，这种思维方式在舞台形式的表现上就是仅在舞台上放置一两个简单的道具，在不同的戏剧氛围中表现出不同的戏剧环境和景物。在传统秦腔戏曲中，经常能见到的这种形式就是"一桌两椅"，简单的一桌两椅，在不同的戏里，可以幻化成不同的环境和景物。在秦腔《三滴血》里，它是衙门；在秦腔《火焰驹》里，它是庙堂；在另一些戏里，它还可以是城楼，是山坡。这是传统戏曲的写意性，由写意性派生出程式性，程式性则派生出虚拟性，它所描绘出来的客观视觉形象是模糊的、不具体的，它所表现出来的景物，完全不像现实生活中的景物，观众只能通过文字和表演受到暗示，得到补偿，从而以自己在现实生活中的真实感受去创造出戏曲中的环境和景象来。但现代戏却不同，现代戏受话剧影响，自觉或不自觉地将现实主义的美学元素融入其中，使写实美学和写意美学相融合，在继承经典与程式的前提下，改革创新古老秦腔的舞台表现形式，使时间空间的流动性相对集中，出现了复杂的布景和道具。由此，我们看到了《秦腔》大幕拉开时充满黄土气息的清风街——原著中有很多场合都需要清风街的民众在场，所以舞台剧《秦腔》做了一个开放式的实景舞台，通过布局还原原著中的建筑风格和社会背景，让演员的表演能与背后的场景相契合。于是，有限的舞台上用实景搭建出了岭谷相间的样貌，搭建出了村里的古戏台。舞台上夏天义的庭院里，有陕南农民家家户户都有的石桌石凳，背后还有葡萄藤架，以及在藤架两旁挂着的夏天义最爱的马勺脸谱。在白雪和夏风新婚的家里同样出现了很多实景的道具，比如充满喜庆色彩的新婚房间里的彩色装饰品，高低柜上摆放的白雪演出的剧照，墙上挂着的两人甜蜜的婚纱照等。还有七里沟顽强生长的麦穗等都有了实景的展示，这些都让观众身临其境，置身其中。

舞台上的现代戏《秦腔》准确把握了小说《秦腔》的艺术境界与创作的个性风格，同时也区别于传统戏曲，有了新的舞台思维和艺术追求。正如贾平凹所说："我的写作充满了矛盾与痛苦，我不知道该赞美现实还是诅咒现实，是该为棣花街的父老乡亲庆幸还是为他们悲哀。"贾平凹的高明之处就是把现实的矛盾、悖谬和痛苦，只做具体、真实、客观的呈现，把是非得失的评判留给读者和社会。这种超越现实、俯视生活的兼容并蓄的叙事伦理与方式，搬到"高台教化""惩恶扬善"的传统模式的舞台上，显然是很难的。现代戏《秦腔》的改编却十分成功，剧中没有进行刻意的道德说教，而是通过一系列的改编与创新将着力点放在矛盾冲突中人物性格的挖掘和精神世界的展现上，着力开掘和展示人性的光辉与丰富。现代戏《秦腔》的成绩体现了创作团队的创新精神和智慧。对《秦腔》而言，"文本再造""意义增值""舞台思维"三者互相关联，改编的成功在于形式与内容的高度统一。就艺术创作而言，形式是十分重要的，内容和思想的开拓同样不能被忽视，所以《秦腔》在改编中通过大量秦腔元素的呈现，通过对文本的再改造，赋予了原著新的意义，达到了戏曲最重要的"以情感人"的效果。如现代戏《秦腔》的主题曲所唱："吼一声大秦腔激情燃放，捧一把黄泥土荡气回肠，秦声多铿锵，秦韵赛天罡，秦川儿女血奋亢，皇天后土孕秦腔。"秦腔艺术的精髓是人生理想的昂扬和生命的慷慨悲歌，是人性真善美的激情表达，是西北老百姓的心灵寄托和精神家园。现代戏《秦腔》是秦腔艺术多方面的收获，是为秦腔舞台艺术强根固本的一种时代责任的表达，也是为秦腔艺术开拓创新发展而探索的一种艺术实践，将秦腔艺术的文化精神本质演绎得十分真切、透彻。

作者单位：陕西师范大学新闻与传播学院

深耕于古典文学之沃土
——《贾平凹文学纪传》第五卷节选

孙立盎

有人问贾平凹的读书格言，他不假思索地答："读书有福。"他解释说："有福的人才读书，读书是最幸福的事情。当然现在许多人觉得读书是受罪的，但是当你长大走上社会，你就很难有时间安安静静去读书了。"有人问他读的第一本经典作品是什么，他答："《红楼梦》。"

《红楼梦》的确是贾平凹读书写作生活中的一部重要作品，他说："读了这两本书，当时让我产生了一种创作欲望。一本是《红楼梦》，一本是《白洋淀纪事》。"多年来，他一读再读《红楼梦》。1981年，《自在篇——文外谈文之一》中写道：夜里又读了《红楼梦》，我觉那块石头真好，它既没有本事去补天，就让它留在草莽吧。在他与穆涛的对谈中，他多次提到《红楼梦》是一部大书。他也曾对友人说过："《红楼梦》在初中时读过，上大学又读过，直到我从事写作近二十年，曹雪芹的影响反倒大起来了。""我小时候读《红楼梦》，就跳过'太虚幻境'的部分，中年后再读《红楼梦》，小时候跳过去的部分就读得有味道有兴趣了。""当我以前阅读《红楼梦》……我欣赏的是它们的情调和文笔，是它们的奇思妙想和优美，但我并不能理解他们怎么就写出了这样的作品。而今重新捡起来读，我再也没兴趣在其中摘录精彩的句子和段落，感动我的已不在了文字的表面，而是那作品之外的或者说隐于文字之后的作家的灵魂！"从以上的话语中可以看出，贾平凹对《红楼梦》的阅读是从泛读而至精读，从囫囵吞枣而至细嚼慢咽，由作品而至作家，由文字而至精神。

正因为如此阅读，《红楼梦》已在不知不觉浸入作家的血脉之中，对他的创作产生了根本性的影响。曾有学者将引起过文坛热议的《废都》称为"当代的《红楼梦》"：不仅《废都》中主人公庄之蝶、诸女性的形象设置，小说结构、语言、情节乃至神秘文化的描写等都与《红楼梦》有神似之处，而且《废都》通过对日常生活的琐屑描写去揭示人生的虚无、世界的荒诞，在世态人情的描摹中写出对世界的大彻悟、大悲悯，都在某种程度上与《红楼梦》有诸多暗合。贾平凹也曾公开说，到《废都》，他要追求《红楼梦》的味道。看来，《废都》中《红楼梦》的味道，并非读者、评论者的多情牵引，而的确是作家的苦心经营。

纵观作家的创作，并非只有《废都》有"红楼之韵"。在《贾氏家族》中他写道："当我后来读了《红楼梦》，其中有些人际关系简直和我们家没有多大的差别，可以说这个贾家是那个贾府的一个小小的缩影。"后来他还进一步说道："我那个大家族写得好，跟《红楼梦》像得很。我三伯的媳妇，我叫三妈妈，就是三婶吧，那像王熙凤一样的，没文化，到老了，被接到县上去，往那儿一坐，人都说那是不知道哪来的老干部。那形象，长得又漂亮，收拾得干干净净，坐那儿气质不凡……处事、看问题、讲话，气质不凡，能干得很，一辈子拿着家呢。"《秦腔》里，清风街上大家族夏家的由盛而衰，夏风、白雪的婚姻悲剧，以及夏天礼、夏天义、夏中星他爹的人生悲剧，包括传统农耕文化逐渐消亡的社会悲剧、传统戏曲秦腔式微的文化悲剧都与《红楼梦》的悲剧在精神实质上是相通的。通过对爱情婚姻悲剧、个人人生悲剧、社会时代悲剧的展示，作品获得了一种逼近现实生活的洞察，显示了作家独特的视角和悲天悯人的人文关怀。在《秦腔》中，甚至连主人公的名字，也与《红楼梦》人物的取名一样，蕴含深意：《红楼梦》中元春、迎春、探春、惜春四姐妹谐音"原应叹惜"，而《秦腔》中的夏天仁、夏天义、夏天礼、夏天智兄弟四个名字的最后一个字连起来是"仁义礼智"，而夏天义的几个儿子的名字庆金、庆玉、庆满、庆堂，后面的字连在一起则是"金玉满堂"。

在《带灯》和《山本》出版之后傅小平对贾平凹进行的访谈中，贾平凹也多次提到《红楼梦》，如谈到《老生》的多义性，他说："我喜欢《红楼梦》的'满纸荒唐言，一把辛酸泪'。"谈到小说与历史的关系，他说："这百年是历史，也是我们的经历和命运，既然我们要把它写成小说，我以为，最好的，还是像《红楼梦》那样，写出'大荒'，而我们遗憾的是达不到曹雪芹的才能。心向往之是必要的，当我们面对这百年历史时，我们要勇敢、真诚，当写作的时候则要忘掉这是历史。"当记者问道："以我看，体现在《老生》里的'荒'，是得了《红楼梦》的神韵的，却不像《红楼梦》那样'荒'了时空……这个'荒'字，是不是包含了你以《老生》向《红楼梦》致敬的意味？你是否果真如李敬泽反复强调的那样，一直承受着《红楼梦》影响的焦虑？"贾平凹答道："我是喜欢《红楼梦》，自不敢说承受《红楼梦》影响的焦虑，但读《红楼梦》我就有通感。"

《红楼梦》中塑造了诸多女子形象，这些女性形象也成为贾平凹塑造女性形象的借鉴。他在《关于小说创作的答问》中曾坦诚地说："《红楼梦》《聊斋》，我的女性人物，主要是学习这两本书。我之所以这样，主要是我与他们有一种感应，那里面的东西，我完全能理解，两位作家对女性的感觉，我能感应到，从心里产生共鸣。""曹雪芹的伟大之处在于他在中国文学史上第一次把女子当作与男子平等的人全面地写。"

贾平凹笔下塑造过诸多美丽善良、勤劳热情、纯洁痴情的女子，贾平凹的好友穆涛曾经在写给他的信中说："您差不多是尽了全身去抒写女子的，女性在您的笔下灿然俏立，或美在诗意，或美在良善，或美在妖娆，或美在不可言传，总之，您有多少种心思，您笔下的女子就有多少种美丽。"的确，贾平凹作品中的女性往往会给读者留下更为深刻的印象。如《满月儿》中的勤奋严谨的满儿，聪明灵秀、活泼可爱的月儿；《火纸》中楚楚可人、本分勤快的丑丑；《天狗》中天狗美丽大方的师娘；《浮躁》中美丽善良的小水与开放大胆、打扮入时的英英；《黑氏》中心地善良、勤劳能干的黑氏；《美穴地》中美艳的四姨太；《古堡》中的云云和小梅；《废都》中的唐宛儿、柳月、牛月清；《九叶树》中纯朴和善、天真无邪的兰兰；《秦腔》中"清风街最漂亮的女人"白雪；《暂坐》中西京城中的"十块玉"；等等。可以说，这些女性形象都是他塑造极为成功也最倾心的鲜明人物，正如作家曾说的："我写她们，对她们都倾注了我的挚爱、同情、伤感和哀怨。"正如《红楼梦》中的女性为曹雪芹所钟爱，寄托了曹雪芹的审美理想与希望一样，贾平凹笔下这些充满灵性、聪慧而富有古典悲剧色彩的女性人物身上，也寄托了他的理想与希望。

不仅《红楼梦》，其他明清小品、世情小说也是贾平凹阅读的主要内容。在给周同宾写的一篇序文中，他告诉我们："那些年里，生活中原是多看着假面孔，多听着客套话，已经活得是很累的了，故不愿再读一些装腔作势的文章受罪。一日，正在家读一本《影梅庵忆语》，有熟人来，我便让他拿几本杂志去凉台上翻，待我读罢再饮酒对弈。当读到辟疆与董小宛两次相见之节，不觉被文字里涵和的一种丰富感情所摄，如仙如死，便合书默然寂坐。"作家已然忘记朋友的存在，进入文字的世界了。《北京日报》编辑李静有一段话也揭示了贾平凹对明清世情小说的借鉴："从《废都》开始的贾平凹，他几乎是亦步亦趋地传承了明清世情小说的叙事技法，不厌其烦地描摹世道人情。"

《废都》中，贾平凹提及了大量这类书籍，除了庄之蝶夫人开的太白书店所销售的书中涉及畅销书、金庸武侠小说和《查泰莱夫人的情人》等具有现代气息的书以外，书中人物言说、阅读的均为明清世情作品，如《西厢记》《梁山伯与祝英台》《浮生六记》《翠潇庵记》《闲情偶寄》《洛神赋》《西游记》《素女经》《水浒传》《红楼梦》《金瓶梅》等等。作品中唐宛儿无事时专门读的那本《古典美文丛书》里面收辑了沈三白的《浮生六记》、冒辟疆的《翠潇庵记》以及李渔的《闲情偶寄》。当唐宛儿读到李渔的文章，说女人最紧要的是有"态"，有态了三分人材便会有七分魅力，无态了七分人材也只有三分魅力，态于女人，如火之有焰，灯之有光，珠玉有宝气，于是就自信于自己绝对是有态的人，又联想到自己对庄之蝶的诱惑，不禁飘飘然起来。在这里，贾平凹显然将自己读《闲情偶寄》之感，关于女人之说移情到了唐宛儿身上。可以说，《废都》尽得《金瓶梅》《红楼梦》之神韵。"古镜古筝，禅佛卦卜，才子佳人，琴棋书画，构成了贾平凹生活世界和历史想象的另一套符码。"

贾平凹曾经说过，如果能表现出现在城市的生活，又能传达出像古典小说（指《金瓶梅》）中那一种味儿，那就太好了。事实上，贾平凹做到了这一点。《废都》的精神气氛、整体结构、人物塑造、细节描写与《金瓶梅》有诸多隐映之处。有学者指出："自五四以后，中国古典小说传统出现了断层，中国现当代小说大体上是五四后在西化小说的基础上产生的。《废都》第一次回到了五四以前中国小说的传统，是中国古典小说美学和现代思潮的成功接轨。"文学批评家孟繁华先生在授课时谈到，《废都》作为一部当代文学作品，成功地展示了传统的"借尸还魂"。无论外形还是精神，《废都》呈现出的都是中国古典小说的范式。继承和创造本来就是一枚硬币的两面。从中国传统文化土壤里生长出来的作家，用自己的传神之笔，让《红楼梦》《金瓶梅》《西游记》等古代小说重新焕发青春，这本身就是对中国传统文化的重新体认，实际更是一种难得的文学精神。

从这里可以看出，贾平凹对于中国古典文学有深入的阅读和深刻的认知。他的老师，也是研究贾平凹的专家费秉勋曾经这样论述过："他（贾平凹）以开放的艺术胸襟吸收着多种信息和营养。他的古典文学修养为人们所称道，这方面的老师有司马迁、陶渊明、柳宗元、苏轼、李清照、施耐庵、蒲松龄、曹雪芹、苏曼殊等。"有人请贾平凹给青少年推荐几本书，他说："我一般不大喜欢给人推荐书籍，我觉得就是肚子饥了以后多吃一些，肚子饱了以后少吃一些。书籍很多，一般是自己去寻找，适合自己胃口的把它留下来。要大量浏览，浏览过程中就知道自己需要哪些东西了，然后再去精读它。"这是贾平凹根据自己的阅读经验总结出来的。

说到贾平凹对古典文学的阅读，还得追溯到"文革"初期。那时的他在乡间无所事事，不停地在邻村往日同学的家里寻借些没头没尾的古书来读，抄写过缺页的《古文观止》，浏览过贾谊的《过秦论》，还找到过一本《今古贤文》，读过《诗经》、汉赋，背诵过唐诗宋词元曲……到西北大学读书后，有段时间，他什么也写不出来，感觉自己的创作没有了出头的希望，便索性停下笔来，埋头读书。他和同学共同决定用古代文化的精华充实自己，他们一起读《诗经》，读《诸子考索》、《史记》、范文澜的《中国通史简编》……进校第二年，由于被怀疑患了肝炎，学校安排他单独住在一间宿舍里，他趁机更加发奋地读书和写作，读了汉赋，又读了唐诗宋词元曲，再读《古文观止》《史记》《中国通史》，等等。读得越多，他越觉得自己渺小，读书的欲望越来越大，以至于在献血三百毫升拿到二十元钱的营养费后，他用这些钱全部买了书——虽然物质条件很艰苦，经常挨饿受冻，但他的精神生活绝不能受穷。他读明代宋濂的《送东阳马生序》，看到"天大寒，砚冰坚，手指不可屈伸，弗之怠"，很是感慨，并以此来激励自己，在本子上写下两句话："书山有路勤为径，学海无涯苦作舟"。

1979年，他较为集中地读了中国古典文学，虽然只是在浅层的艺术形式上进行学习，但作用于自己的创作，效果却极明显，如炼字炼句、描写的招式、抓取有意味的细节、以空灵的文笔造成优雅的意境等。在《读书示小妹生日书》一文中，他写道："夜读《西游记》，悟出'取经唯诚，伏怪以力'，不觉怀多感激，临风而叹息。"

1984年，贾平凹注意到："中国几千年来的文学，陶渊明、司马迁、韩愈、白居易、苏轼、柳宗元、曹雪芹、蒲松龄，尽管他们的风格有异，但反映的自然、社会、人生、心灵之空与灵，这是一脉相承的。空与灵，这是中国文学的一项大财富。"显然，这些财富给了作家丰富的给养，空与灵正是他创作的一大特点。

1985年，在家养病的日子里，他集中时间重读了《史记》——他崇尚司马迁叙事的简洁和准确凝练的文笔。是年9月，在赴陕北参加省作协举办的"长篇小说创作突破与提高研讨会"的路途中，中国青年出版社的李向晨问贾平凹："你最近在读什么书？"答曰："又看了一遍《史记》，正在读《金瓶梅词话》。因为在病中，也读了一些中医书籍。看中医书太好了，中国文论的许多东西全在里头……看了《武经七书》，极有意思。"

1986年，《答〈文学家〉编辑部问》更是提到，贾平凹读过《道德经》，他不仅喜欢老庄，也喜欢佛学方面的东西——要了解中国民族传统的东西，对中国的儒家、道家、佛家的了解是很重要的，这样才能弄懂中国的国民性，了解中国的文学发展史。

1987年，贾平凹在《妊娠序》中讲："夜里阅读《周易》，至睽第三十八，属下兑上离，其《象》曰：'火动而上，泽动而下；二女同居，其志不同行。'又曰：'天地睽而其事同也。男女睽而其志通也。万物睽而其事类也。睽之时用，大矣哉！'我特别赞叹'睽之时用，大矣哉'这句，拍案叫绝，长夜不眠。"

1993年，他在《红狐》中说：十多年来，我读《聊斋》，夜半三更的时候，总企盼举头一看，其实是早已经感觉到了窗的玻璃上有一张很俏的脸，仅仅是一张脸，在向我妩媚。他认为蒲松龄的超人之处是写透了女子之美，写活了女子之美，是从女子的人本身去写美的，写的是一个男子眼中的女子，而不是社会意义中的女子。

他读李白，说"床前明月光"的句子，"最容易的其实是最难的，最朴素的其实是最豪华的"。读苏轼，他说："他的诗词文赋书法绘画无一不能，能无不精，世人都爱他，但又有多少人能理解他？他的一生经历了那么多艰难不幸，而他的所有文字里竟没有一句激愤和尖刻。他是超越了苦难、逃避、辩护，领悟到了自然和生命的真谛而大自在着，但他那些超越后的文字直到今日还被认为是虚无的消极的，最多说到是坦然和乐观。真是圣贤多寂寞啊！"

贾平凹回顾自己的阅读体验："我叹服过先秦的开放与深邃、博广，沉溺过魏晋的随心而述、神采飞扬，对汉唐的雍容与饱满，在一个时期里又充满了敬意。另外，我喜欢过'性灵派'文人，读过'笔记小说'，感慨并忘情过元的戏曲及明清的叙事小说，中国的古代文学，每一个时期的，我都多少浏览过，每一个时期都有我爱的人和作品。"

他的阅读向历史的深处追溯，在《带灯》的后记里，他写道："几十年以来，我喜欢着明清以至三十年代的文学语言，它清新，灵动，疏淡，幽默，有韵致。我模仿着，借鉴着，后来似乎也有些像模像样了。而到了这般年纪，心性变了，却兴趣了中国西汉时期那种史的文章的风格，它没有那么多的灵动和蕴藉，委婉和华丽，但它沉而不糜，厚而简约，用意直白，下笔肯定，以真准震撼，以尖锐敲击。何况我是陕西南部人，生我养我的地方属秦头楚尾，我的品种里有柔的部分，有秀的基因，而我长期以来爱好着明清的文字，不免有些轻的佻的油的滑的一种玩的迹象出来，这会使我真的警觉。我得有意地学学西汉品格了，使自己向海风山骨靠近。……这是一个人到了既喜欢《离骚》，又必须读《山海经》的年纪了。"

贾平凹说：年龄大了，经的事情多了，就更能理解《离骚》和《山海经》，尤其在这个年代。《离骚》让我知道人生命运的苍凉和苍凉后的瑰丽。《山海经》使我知道了中国人"思维的源头"。在写作《带灯》和《老生》前后的很长时间里，我再次读了一些古书，想着能做一点解读文章，后来又打消了，投入到写现实题材的小说中来。在《老生》后记中，作家写道："《山海经》是我近几年喜欢读的一本书，它写尽着地理。一座山一座山地写，一条水一条水地写，写各方山水里的飞禽走兽树木花草，却写出了整个中国。"正是将自己的阅读兴趣和爱好移情到作品中，我们才可以看到他作品中古色古香的氛围和厚重磅礴的气质。

《老生》共由四个故事组成，每个故事开头和中间都有师生诵读《山海经》的情节，引述了《山海经》之《南山经》《西山经》《北山经》共八节内容。师生对话就是贾平凹对《山海经》的解读，所谓问就是贾平凹阅读中曾经产生的疑惑，所谓答其实就是贾平凹以自己的学识阅历做出的个性化阐释。从《老生》足见贾平凹对《山海经》阅读之细，用功之勤，思考之深。在作品中，他对《山海经》进行了详细的字词、语句阐释，比如在《南山经》解释"凯风"为"南风"；在《西山经》解释"可以已腑"中的"已"为"消除、治愈"之意；解释"婴以百珪百璧"中的"婴"是"绕、围绕"之意；在《北山经》中对"其音如梧"的解释是"琴瑟一类的乐器，是梧木制作，所以梧指琴瑟，这里是说声音如弹拨琴瑟一样"。这些解释说明了贾平凹对《山海经》的阅读是从理解基础文意开始的。喜欢读，经常读，细细读，深入读，《山海经》的阅读经验是贾平凹写出翔实的师生对话录的坚实基础。此外，《老生》中还详细阐释了地理、矿藏、生物现象，甚至阐释了神话和历史。如其问曰：南山次山系共写到十七山，为何九山无草木？答曰：无草木的山上都有丰富的金玉等矿藏。又如写到西山第二山系十七山中有金银铜铁玉、青碧、雄黄、石涅、丹砂这么多的矿石，是因为这里地处泾渭流域，气候湿润，水量沛，土地肥沃，矿产资源自然丰富。这里奇木怪兽少，那是因为矿产多，金克木，当然草木就少了，人发现矿藏、进行冶炼，人一发达，怪兽就远避了。又问曰：西山经第三山系说的就是现在的青海新疆一带，这里现在是高原沙漠，为何有巨大的湖泊、沼泽，"其光熊熊，其气魂魂"？答曰：据史料记载，现在的塔克拉玛干沙漠原来就是海，有十六国建在海的四周，青海以海命名，那更是海了。说明这里曾经发生了沧海桑田的地理变化，导致古今地貌的差异。再如《西山经》第三山系有少昊、鼓、葆江、钦鸦、英招、陆吾等众多天神，贾平凹阐释说，那是因为西天是诸神的地方。

贾平凹曾说："将来有时间，我要把全本《山海经》都给注解了。"可见他对《山海经》的喜欢不是停留在浅层，而是有研究的深度的。贾平凹在写作《老生》过程中曾三次中断，反复读这本书，又数次去了秦岭，终于从《山海经》获得启示，让远古的神话与当今的人话沟通，最终得以顺畅地完成写作。他甚至期望创作出一部如《山海经》一样的作品，这样的愿望在《山本》后记中，有明确的表达："曾经企图把秦岭走一遍，即便写不了类似的《山海经》，也可以整理出一本秦岭的草木记，一本秦岭的动物记吧。"《山本》里确实有秦岭水文、地理、风物的写实描写，而且占据了一定的篇幅。作者不仅通过小说中人物的视角和语言来分散呈现秦岭物产，而且通过塑造麻县长这个人物，以潜隐的方式来实现自己的初心：战乱中麻县长逃命时不忘带上自己耗费半生心血编成的《秦岭志草木部》《秦岭志鸟兽部》，把纸本藏到了树上的老鸹窝里，并用自己的褂子将其包好以防雨淋。

《老生》通过师生口耳相传的念诵方式直接引用了《山海经》的许多篇章，并用师生对话问答的方式来阐释自己对《山海经》的理解，《山本》呈现秦岭生物的博异，这都是贾平凹接受传统经典《山海经》的力证。从日常阅读《山海经》到创作小说《老生》《山本》，是贾平凹阅读到创作的一次升华。

贾平凹还曾说："要做大作家，就首先是个思想家，以哲学的眼光审视生活，有在生活中浸润哲学。"为此，他读老庄，读孔孟，读佛读道，读《黄帝内经》，读《金刚经》《易经》等，思考天人合一、有序亲和的天人关系哲学和人际关系哲学，又读宋明理学，思考理气和心物问题，思考人的价值、人的自觉、人格尊严等问题。

从以上内容我们可以看到，先秦的开放与深邃、博广，魏晋的随心而述、神采飞扬，汉唐的雍容与饱满，两宋的忧愤旷达，明清的性灵通透都经由阅读成为贾平凹创作的给养。正如贾平凹研究专家韩鲁华所言：在他的创作中，有着史传传统、笔记传统、志怪传统、传奇传统、世情传统。的确，他早期散文的抒情，以《商州三录》为代表的笔记体，《废都》的世情，《秦腔》之后的由情趣于明清而喜爱起汉唐，包括史传，以及《老生》对于《山海经》的吸收，《极花》对于水墨画的借鉴，等等，都表明他似乎在做着与整个中国文学艺术传统拉通的工作。由此可以认为，他是在打通当代文学创作与中国传统文学艺术的经脉，为此，需要作家有一种含纳中国文学艺术历史及其传统的胸怀与精神。这说起来容易，但是要真正做起来，很难。

作者单位：陕西学前师范学院文学院

传统与现实对话的多重可能
——2021年贾平凹作品研究述评

于洁茹

2021年，贾平凹的写作和思考依然势头强劲，而论者对贾平凹作品的研究也同样新作不断。综观各成果，会发现研究者们更多地也更为深入地意识到贾平凹写作的标识性与个人性，因此共识颇多。各成果继承着贾平凹研究中的乡土、古典传统、现实主义等经典议题，又在现代生命体验与空间理论等方面有所开拓；既有对单个文本的细读，也有对创作整体脉络的梳理，还有史料的整理及译介传播研究。本述评将围绕贾平凹研究中古典的当代建构、乡土与百年发展历程、空间与现代感受这三个视点展开，兼及史料整理和译介传播情况介绍。

一、古典与现实共鸣

"作为具有非常鲜明传统色彩的贾平凹从来就不是单纯地谈论文学，也从不把文学独立于现实社会和历史之外。"[①]贾平凹小说的古典笔法建立在对于现实的深刻发觉、体会之上，作品中的传统思想因为与现实的交感共鸣而不断被唤起并重新建构。

论者首先关注贾平凹传统的思想方法对中国自身特有的思想、情绪的塑造。吴义勤在《"传统"何为？——〈暂坐〉与贾平凹的小说美学及其脉络》中，借《暂坐》重申贾平凹作品的民族传统思想底蕴。文章将《暂坐》置于贾平凹创作的整体谱系中，梳理其中的美学精神脉络，指出贾平凹的气质个性与审美趣味使其更擅长通过世情、人情观照历史与现实。贾平凹的性情被《红楼梦》、楚文化和明清性灵诗学等传统涵养；贾平凹小说的文体经历了从传奇体到笔记体的过渡与融合，一直到《暂坐》体现出常态的简约之美；贾平凹还继承现代文学的诗化小说传统，审美性地书写当下生活。最后，文章期许贾平凹"以坚实的个人主体性立足深厚民族文化大地，传达的却是融会个人、民族和人类的声音与追求"[②]。此外，文章贯穿性地探讨了传统和现实之间的相互发现与互动共生，激活了中国古典文艺美学的诸多范畴，在批评文体上具有示范意义。

周景雷梳理出古典思想传统作用在《老生》中的三个方面：《山海经》不仅作为结构要素勾连全文，还延续着从远古文明到秦岭故事的哲学观念；匡三的传奇经历发生于现代历史的特殊背景下，显示现代历史正在熔铸新的传统；唱师的死亡则寓言现代化进程对传统的丢失。这三方面体现着文化、生命和心灵的"老"与"生"的赓续，体现着对历史的看法，为书写中国经验提供了启示。最后，文章呼唤研究者在"传统文化、灵异人物和民风民俗"之外，发掘贾平凹赓续传统的新线索。

小说的古典笔法也关联着作家对于现实人生和历史的看法。许子东在《重读20世纪中国小说》的整体讨论中，将《废都》概括为"写无聊的大书"，在对小说做整体评点的同时，发掘小说中深具古典意味的关键情节、特殊笔法，行文屡见惊警妙语。文章认为，《废都》是晚清狭邪传统在世纪末的复现，贾平凹以非批判的态度、自然主义的笔法，描绘作家庄之蝶琐碎的社会生活与性生活；他学习《金瓶梅》、张爱玲等写世情、人情的笔法，勾勒小说高潮处的欢宴聚会，使其成为男性知识者古典旧梦的现代复现,并为人物设计了符合古典小说道德结构的结局。文章聚焦《废都》对"无聊人生"的刻画,反思《废都》的批评史,启示论者反思写实的主流文学批评标准。

程华认为《山本》历史书写的整体视野体现了中国看待历史的传统方法。作品中涡镇人事的生灭是在天、地、人多重视角的观照下发生的,丰富的视角接通"天人合一"的观念,而隐喻和象征的叙事方法开拓了小说的哲学空间。作者将"史话"和"闲笔"相结合,以有情之笔联结人与历史,以忧患悲悯的情怀呼唤"和"的理想,开拓着历史书写的新面向。

刘艳以古典美学境界作为贾平凹早期"商州系列"作品的独异之处。重读"商州系列",回溯20世纪80年代寻根思潮和改革文学场域,可以发现贾平凹此阶段的特性:民间性、抒情性与古典美学境界交融并呈。与这些美学追求匹配的,是拟笔记体的文体追求,体现的是对中国文学传统的复归和致意。同时,文章提出了序跋研究、地方空间视角等多种研究方法与贾平凹80年代创作主张的内在一致性,这是极为重要的观点,对后续研究具有启示性。

古典传统影响了贾平凹小说的创作观念。继承着前人的观点,马闻箫在《混沌与生活流——简论贾平凹小说美学特征》中,梳理贾平凹审美观念中"混沌说"的源流、内涵,以及与之相适应的细节生活流写作手法。生活流笔法以自然主义的精神冲击经典现实主义写作观念,以生活细节传达现实,达到以实写虚的辩证性和丰富性,塑造了具有中国特色的审美世界。

以上成果,说明贾平凹古典的思想方法、美学追求、创作技法唤醒了中国古典文论的众多概念,他的创作实践反向促进了批评观念和文学史观念的完善。

二、乡土与百年发展历程

贾平凹自初登文坛,便鲜明地选择乡土题材以反映中国历史进程。贾平凹的乡土写作贯穿着一个关键创作主张,就是作为一种文学精神的现实主义。他努力弥合历史经验与当下现实的裂隙,调动古典传统与现代文学传统,融汇自身个性情感,汇聚于乡土题材的创作,传递的是中国的百年历史经验。在内容上,他既通过塑造丰富的生活情景横向展示时代面貌,也通过勾勒历史的变迁纵向展现传统与现代的碰撞。

商州作为贾平凹乡土题材创作的"血地",不仅是贾平凹创作所借重的地理空间,更是作为一种思想资源,为现代历史的塑造打开了重要的空间。谢尚发关注贾平凹的早期创作,考察贾平凹1983年重返商州对其寻根作品的影响,通过考证小说本事和人物原型,勾勒贾平凹关于商州的"创作路线图",探讨"文学"如何与"地方"互文。王亚丽以空间理论进入《秦腔》,认为商州作为有主体性的地方空间,具有传统与现代交织的特征,其中的秦腔剧目内容与人物命运构成互文关系,秦腔艺术在乡土文明中的衰落表达着作者对乡土文化记忆的怀念,秦腔代表的文化之根和艺术想象,为小说塑造了朴拙而飞扬的气质。

自《秦腔》发表以来,其反映的社会转型时期的农村面貌被研究者广泛讨论。雷鸣从社会史视野进入《秦腔》,发现了"后改革"时代乡村真实而复杂的存在形态和运作模式。在"乡政"层面,乡镇基层向农村索取资源;在乡村内部,干部、宗族势力和新兴资本、外出流动的乡村精英构成影响乡村的隐形逻辑。借此,"作家传达出对现代化进程以及市场伦理中的乡村社会之深切忧思,对城乡变局、多元利益博弈之下的农民命运的强烈关注"[3]。

贾平凹书写乡土生存的日常境况,在经验层面反映了时代的变迁。关峰探讨《山本》日常生活写作的内容与技法。首先,小说中个人日常生活与游击队记忆相交融,用人的生命体验联结过去与当下,散点式书写丰富的生活现实。其次,女性是联结日常生活的纽带,从《废都》的众女性,到《山本》的陆菊人,城乡日常生活中女性形象的变迁,映现着传统与现代裂变背景下女性的自我分裂。再次,贾平凹借抒情将日常生活诗化，学习沈从文与废名的传统，通过构建意象世界、经营叙事角色、引入复调结构，将自我思想、情感熔铸在小说中。在书写脉络上，"《废都》开始，发扬光大于《秦腔》，到成功运用于《古炉》的日常生活诗学，在《山本》中取得了更加绵密和精炼的进展"④。

刘新锁重读 80 年代的小说《丈夫》，发现了其主题与其时历史语境的共振关系。《丈夫》表层是爱情婚姻故事，深层则关注知识者如何借"知识信仰"在新时期初的阶层差序格局中实现理想。小说所展现的知识主体与德性主体的分裂，表征着新时期的思想症候。

贾平凹乡土题材作品中传统与现代的碰撞一直是论者关注的经典议题。席建彬对贾平凹新时期乡土小说做叙事伦理分析，最关注的是贾平凹处理城乡关系之时的诗学倾向，又结合乡土题材相关的讨论，进一步对贾平凹各阶段的创作给予了总结式评价：贾平凹先以乌托邦式的想象诗化乡土，后来风格发生裂变，从对城乡双方的理想化塑造，到审视城乡冲突中乡村的困顿，最后对城乡文化都表现出犹疑和否定。乡土理想的失落也为贾平凹的创作带来了无所支撑的困顿，使小说刻画的文化与社会趋向颓杂迷乱。这样的文学困局，不仅昭示贾平凹小说乃至新时期乡土小说在思想资源、审美逻辑上的特征，也表明了当代乡土叙事的历史性变异。

贾平凹乡土作品中的人物关系也具有丰厚的现实土壤，往往参与着也体现着时代的变迁。雷金庆关注《人极》中性别与权力的关系，而李彦仪也从"性"与"情爱"这两个具有现代意义的概念入手，梳理贾平凹几部代表性作品的脉络，引出人物情感背后的历史动力。文章从反思"性"书写的批评史出发，发现贾平凹小说中，"性"先是随着"人的发现"而觉醒，后又被社会规则扭曲、异化为被权力分配的资源，再到成为救赎社会身份的方式，其流变的深层原因是社会历程中人的生存现状和精神心理的变迁。论者在分析情爱的"致病"与"治病"时，也遵循同样的思路，情爱中的人物结构随着现代性历程与人的心灵历程而演化。借此，文章提示研究者关注贾平凹"性"与"情爱"书写背后的文化反思意识。

从人物论的角度分析贾平凹作品，会发现乡土历史塑造着它的人物，而人物的行为选择也呼应着广阔的现实。张亚斌对《山本》中的人物进行道德文化批评，呼唤建立道德理性。而杨雷注意到了《山本》人物的"恶魔性"。井宗秀这样的人物，同时有着神性与人性，将创造与破坏相统一，在原始蛮力驱使下，以狂暴的形态呈现着悲壮之美。对"恶魔性"人物的塑造表现了作者对历史的真诚，开拓了文学的审美空间，同时也使"恶魔性"人物具有了重要的审美价值。

张晓辉关注《带灯》的结构反映的现实：小说串珠式的情节横向地塑造了人物形象，"皮虱"意象斗争交替的背后是时代变迁，而笔法上虚实两条线索代表的中国特殊叙事哲学与精神维度。通过这样的结构，《带灯》展现了转折时期村庄的现实与理想，文学内部的形式得以自然地与外部历史和现实相联结。

此外，邢小利以散文形式还原历史现场，对贾平凹青年时期与陕西文学同人共同成立的"群木文学社"的成立和解散时间、成员及活动、目的及评价做史料梳理，发掘社团的活动对于贾平凹创作的影响。

三、空间与现代感受

2021 年是《暂坐》出版的第二年，基于小说的文本特征以及论者的知识结构，《暂坐》的研究成果持续积累，并达成了一些共识。众论者将《暂坐》定位为贾平凹继《废都》后的第二部城市题材长篇小说。小说以西京空间为框架，体现着鲜明的空间意识；以细节生活流的笔法，描写城市人的生活和心灵世界，勾勒现代城市空间的虚妄和现代人在城市另类空间中的生命焦虑，传达现代意识和现代感受。20 世纪 90 年代，《废都》作为贾平凹城市想象的集中表达，展现了"现代"的复杂况味；21世纪第二个十年，《暂坐》的城市空间及现代感受与《废都》遥遥呼应，启发论者，城市题材正在不断的自我发展中成长为新的传统。

季进认为《暂坐》是贾平凹真正书写城市和女性的作品，在城市空间里勾勒了生存的寓言。女性被视为现代化的见证者而与城市联结，书写女性时，相比张爱玲的《倾城之恋》，贾平凹并未替笔下人物争取大团圆的结局，而写了众女性日常生活中乌托邦理想的失落。在笔法上，《暂坐》继承了《海上花列传》的穿插藏闪之法，又结合空间叙事，加入羿光这一有限的见证者和伊娃这个有限的叙述者，最终结成了一个无时间的叙事。主题上，小说表面刻画女性对男性秩序的依赖与精神世界的无所依傍，实际上勾勒了刹那间的众生相，书写了一个生存的寓言。

朱静宇立足于百年来女性解放问题，以犀利的话语一针见血地挑明了《暂坐》中现代女性悲剧的外在因素和内在因素。"西京十块玉"看似自由，实则生活在窒息的自然环境与男性的威权之下；她们自身也并非一尘不染，而是在出轨、行贿等行为中走向堕落。女性不仅仍然面临"死亡"或"回来"的结局，还面临精神的苦痛，但最终有救赎的期盼。文章思考女性问题，既发掘外在原因，又具备针砭自身的勇气。

李徽昭发掘《暂坐》中美术书写所勾连的空间与城市，探讨的实际是古典与现代、自我与时代的相互发现。贾平凹作为具有浓厚美术意识的作家，他的审美倾向深刻形塑了小说叙事。《暂坐》将美术性的物象置于城市空间中，使城市空间也具有了现代美术的意义，而"空间即人"，西京空间暗含写作者对乡土社会向现代变革的思考。小说在现代空间中安置古典物事，表现古典与现代文化的冲突纠缠，寄寓着作者的境遇和现代情绪。贾平凹的书画思维与创作相关联，内在呼应着贾平凹的古典审美选择，而小说中的书画体验则反映着艺术消费的异化，这使自我经验与时代精神汇合。因此，《暂坐》的美术书写开拓了城市叙事的境界。同样是探讨《暂坐》的城市意象与空间话语，刘秀哲认为，《暂坐》的城市意象将社会批判审美化，公共空间为叙事提供场域，城市空间隐喻了城市人的生存状况，这背后是作者的现代主义意识与生命感受。

贾平凹在《暂坐》后记中，提到超现实主义与现实主义的关系，超现实主义与时代和生命的关系，可见现实主义也是《暂坐》的题中之义。王金胜从《暂坐》的城市空间想象中，发现贾平凹与现实主义的辩证关系。相对于贾平凹之前作品中以城乡双重空间勾连的时间感、历史感，《暂坐》的城市书写将时间空间化，以细节还原生活纵切面和人物关系，获得了没有被观念化的现实生活。贾平凹以自身体验和思考塑造的人物，区别于典型环境塑造的典型人物。《暂坐》以一种与现实保持张力的姿态直面现实，小说中各个人物的遭际与生活反映着人心与现实，内在地关联着历史。《暂坐》与现实主义的辩证关系体现在两方面：小说用"说话"的叙事形式，塑造生活和情感的真实，融汇着现实与抒情、现实与超现实；现实又将自身编织进人的"精神生活、心灵结构乃至日常生活的深层"[⑤]。孙立武也同样从《暂坐》与现实主义的关联出发，发现小说以碎片化和"说话"的笔法塑造城乡人的境遇，在语言中塑造现场感却又挑战着真实，且通过鬼神的设计带来荒诞感。《暂坐》以现代主义文体为现实主义发展提供了可能。

穆拾将《暂坐》视为对《废都》及"《废都》现象"的回应，因此分析两作的联结点：西京意象世界的哲理和诗性。西京暗喻人难以逃遁的根本境遇，种种自然意象和文化意象形塑了人物的精神困局。小说的主要人物，众姐妹、活佛以及冯迎构成了人、神、鬼共生的关系，因此也具有了意象的意义。《暂坐》与《废都》意象世界的相通，启发论者关注文化赓续问题。也是从意象角度出发，贾丽萍《〈暂坐〉：城市喧嚣中的精神栖息与救赎》的独异之处在于发现了冯迎与活佛在叙事功能及精神内核上的隐秘关联。同作为未到场的人物，活佛一直被等待，而冯迎因空难一直未出现,但活佛的启示通过冯迎的笔记道出,冯迎正是佛的众生相之一。冯迎的离世,寓意着佛与众生难容,众生获得救赎的希望渺茫。

四、译介传播研究

作品的选择、翻译与推介在贾平凹作品的对外传播中具有决定性作用。2021年4月20日,加拿大籍翻译家Christopher Neil Payne翻译的英文版《老生》在英国正式出版。同年4月9日,由出版者英国查思出版(亚洲)有限公司主办的"在英国重新发现中国:贾平凹翻译文学研讨会"在线上举办。贾平凹介绍了《老生》的创作过程,译者Christopher Neil Payne谈及《老生》的方言翻译、人物性格和外文标题拟定等问题。《老生》的英译出版,为贾平凹译介传播研究注入了活力。总体而言,2021年贾平凹作品译介传播研究在研究对象、理论工具方面都有进展,呈现外部研究和内部研究并承的格局。

外部研究方面,邵璐、于金权在社会翻译学论域里,将影响英译传播的"翻译行为者"具体化为中国政府、译者、作者、出版社等多层次主体,探析贾平凹作品英译复兴的原因。文章先勾勒了贾平凹作品在英语世界的翻译动态,其后分析贾平凹英译复兴的原因:首先,国家汉办资助的"中国文学海外传播"工程出版"今日中国文学"系列丛书,由中方选材,外方出版。中国政府为外译提供了战略支持、资金保障。第二,海外民间翻译机构纸托邦熟悉目的语国家的审美需求,促动葛浩文和韩斌将《废都》和《高兴》译介入英语世界,而中国民间翻译家胡宗锋采用与英语译者合作的方式,促进了源语文化和目标语文化的协同发展。第三,作者、译者和出版社积累的资本为传播提供了动力。这些都将有利于中国文学的海外传播。

韩红建、蒋跃也以译介传播主体为支点展开讨论,并在梳理贾平凹作品英译传播现状时,发现由国内推动的翻译活动忽略了读者接受,而原作的方言及地域文化又影响了译作的可接受性,因此主张"将译介资质和模式的选择、出版社及赞助人的构成、原作及翻译策略的选择、目标读者定位和译作推广以及传播等要素纳入翻译复杂系统"⑥,将影响翻译的社会因素与微观语言层面的翻译策略相结合。文章赞同"中西合作、译入为主、译出为辅、作者参与"的翻译模式,对于乡土语言和叙事模式,则主张顺应目标文化系统,采用归化为主、异化为辅的平衡翻译策略。此外,还强调原作者对译作推广的重要性,提倡构建多元的推广网络。

梁红涛采用描述评价的方式,梳理贾平凹长篇小说在2010—2020年的英译与接受情况。他首先考虑到了商业翻译与学术翻译、本土和海外译者及机构的区别,将翻译活动按照主体构成分为四种模式,统计各种模式译作的归化、异化比例,发现超前的异化策略不利于当下译作的对外传播。而选择海外的出版机构和译者,以市场为目标,并使用归化策略则更适应中国文学在英美文化中立足的要求。这对贾平凹作品的海外推介提供了借鉴。

与对译介情况的整体分析评价相对应,建立在微观语言基础上的内部研究是推进翻译行为、推介译者、建立语料库的基础。冯丽君选择《废都》英译个案,分析翻译过程中作者贾平凹和译者葛浩文在翻译观、诗学观、价值观方面的协调、变化。贾平凹最初坚持原文中心主义的翻译观,主张保持作品语言特色;葛浩文则希望通过改编使译文情节鲜明,增强译作的可读性。随着二人合作翻译《废都》,贾平凹开始注重作品的对外推广,给海外译者以译入的自主权;而葛浩文尽力忠实于原作,同时以前言等形式帮助读者接受。这一个案启示传播者,翻译过程中作者和译者的协调帮助贾平凹作品走向世界。刘见红也从微观语言层面聚焦葛浩文译本《废都》,在模因视域中观察译者处理《废都》方言、俗语、称谓语等乡土语言的策略,以期为中国乡土文学的翻译提供借鉴。卓欣莲将贾平凹乡土文学定位为语言资源,据此提出创新译介模式,拓展海外接受图景，采用节译、创译等翻译理念，来促进乡土文学海外译介。

在与贾平凹相关的译者研究方面，冯正斌以《倒流河》为例，缕析韩斌中国文学英译脉络。在选本上，韩斌倾向于关注中国现实，反映时代风貌。在翻译策略上，对《倒流河》的乡土语言，采取直译、套译、释义、省译结合的方式。不仅如此，韩斌还注重人才培育和文化的传承，通过译、介、推、引的方式，促进中国文学在域外发展。

在语料库研究方面，冯丽君介绍了贾平凹汉英平行语料库的建设过程，为贾平凹作品英译研究工作提供支撑，为其他双语语料库建设提供借鉴。而在译作推荐的意义上，钟思远、潘靖壬对2020年8月出版的黄元英注、邵霞译《贾平凹长篇小说序跋注译》做了介绍评述。文章认为，该著作集文、注、译一体，注释对方言、地域文化解释精当，翻译部分则努力反映原作和注释的意义、语法、情感，并在英语语境中凝练形成原文可感的修辞风格、语言艺术和文化蕴藉，对贾平凹作品对外传播和研究起到了积极作用。

余　论

本年度的成果多聚焦于文本细读和在此基础上的脉络梳理，而在整体的思想方法上，杨辉在《读贾札记十四则》中，提示了贾平凹研究的多种进路。其中包括贾平凹创作的三阶段、对古典传统的现代转换、对现实主义传统的继承和发展、对西方创作经验和现代意识的融通、创作的地方路径、大散文的主张与实践、对抒情传统的赓续、人物的精神面向、自然物色蕴含的人事浩叹、语言的节奏韵律，最终达至思想观念、文章做法与自我的融通。

以上期刊成果之外，在论著方面，2021年7月，魏华莹《贾平凹研究论衡》通过梳理贾平凹作品的评论，呈现新时期以来作家、批评家与文学思潮的复杂互动历程，以及知识分子在历史沿革中的观念变迁。8月，程华《细读贾平凹》出版。论著上编从外部研究的角度，分析贾平凹的成长道路、阅读接受、城乡视野和地方经验对创作的影响；下编则以对文本和理论的细读为基础，对贾平凹的文学观念，以及小说、散文、诗书画等各种艺术形式展开分析。这两部成果以丰厚的材料积累、细致的文本爬梳见长，为贾平凹作品及研究的历史化整合了材料。

本年度贾平凹研究一以贯之的是传统与现代在思想方法、题材情节、叙事方式等方面的相互激发，拓展了研究的历史维度，在继承中孕育着发展的可能。随着小说《秦岭记》首发于《人民文学》2022年第2期，贾平凹研究的版图将进一步扩大，新作品为文学批评注入活力，而作品研究为文学创作带来启迪。

注释：
① 周景雷：《论〈老生〉里的三个"关系"——重读贾平凹〈老生〉札记》，载《中国当代文学研究》2021年第4期。
② 吴义勤：《"传统"何为？——〈暂坐〉与贾平凹的小说美学及其脉络》，载《南方文坛》2021年第2期。
③ 雷鸣：《乡村政治图谱及生成逻辑——重读贾平凹长篇小说〈秦腔〉的一种视角》，载《中国文学研究》2021年第4期。
④ 关峰：《〈山本〉与贾平凹的日常生活写作》，载《写作》2021年第2期。
⑤ 王金胜：《空间、历史与人——由〈暂坐〉看贾平凹小说与现实主义之关系》，载《中国现代文学研究丛刊》2021年第3期。
⑥ 韩红建、蒋跃：《复杂系统视阈下的贾平凹作品英语译介》，载《小说评论》2021年第4期。

作者单位：陕西师范大学文学院